Journal d'Aleyna Brook :

Le secret des Oxiones

Tome 1

Coralie Desportes

📷 @aleynabrook

𝗳 @Journaldaleynabrook

Les cinq règles de l'APICM

1. Vous ne tuerez jamais de créature magique, même si l'une d'elle veut votre peau.

2. Vous ne révélerez jamais l'existence des créatures magiques aux non-initiés.

3. Les relations amoureuses inter-espèces sont strictement interdites. Toute descendance outrepassant cette règle sera considérée comme inférieure aux sangs purs.

4. Vous respecterez la hiérarchie imposée par le Commandant.

5. Les agents féminins, même de rang supérieur, se verront assigner un agent superviseur masculin pour assurer leur protection.

Tout manquement sera sévèrement puni

© 2020, Coralie Desportes

Edition : BoD – Books on Demand
12/14 rond-point des Champs-Elysées, 75008 Paris
Impression : BoD – Book on Demand, Norderstedt, Allemagne

ISBN : 9-782322-240722

Dépôt légal : septembre 2020

Salut, moi c'est Aleyna Brook.

Oui, je sais ce que vous pensez. Encore une de ces héroïnes décomplexées et excentriques qui raconte sa vie à tout bout de champ. Une nana ordinaire, un peu folle, à qui il va soudain arriver des choses extraordinaires et tout à fait improbables.
Faux !
Je vous dirai d'abord que ce carnet sur lequel je griffonne n'est pas le mien. J'ai bien meilleur goût. Un papier de qualité médiocre, une couverture couleur vase et l'odeur qui va avec, croyez-moi ! Il a dû moisir des mois dans le casier de son propriétaire, entre des cigares miteux et de vieilles chaussettes sales. Beurk ! Rien que de le tenir entre mes mains, j'en ai des démangeaisons. Je vous jure, je crois bien que des plaques rouges sont en train d'apparaître sur mes paumes. Je ferais bien d'en parler à Hank. Hank, c'est mon coéquipier. Mais je sais déjà ce qu'il va me dire : « Tu n'as rien du tout, arrête tes bêtises, tu sais très bien que cela n'a rien à voir avec ce foutu carnet ! » Gnagnagna.
Bien sûr que cela n'a rien à voir avec ce carnet. Ce n'est qu'un carnet de supermarché. Un p*** de carnet qui appartient à un p*** d'enfoiré. Pardonnez mon langage. Je ne m'énerve vraiment pas souvent. Jamais, même. Sauf quand il s'agit du Commandant. Là, vraiment, il y a de quoi me sortir de mes gonds. C'est l'homme le plus répugnant, le plus abject, le plus stupide et le plus misogyne que je connaisse. Pour lui, les femmes ne sont que des êtres inférieurs, à peine plus élevées intellectuellement qu'un gobelin en rut. On est au 21ème siècle, merde ! C'est quoi cette façon de penser d'homme des cavernes ?!

Le problème ? C'est le patron. Quand je dis patron, comprenez bien que ce n'est pas un simple supérieur hiérarchique que l'on peut envoyer c*** de temps en temps. La seule personne au-dessus de lui, c'est le Président de la République. Voyez le genre. C'est l'ennui avec les organisations d'État top secrètes. On peut difficilement se rebeller et soulever l'ardeur populaire. Eh oui, compliqué quand, officiellement, on n'existe pas.

J'ai l'impression que je vous perds un peu, non ? Je ne le fais pas exprès. Mais quand je suis énervée, je perds un peu en cohérence. Et je suis TRES énervée. Mais passons. Puisqu'il faut absolument que je tienne ce fichu carnet, autant le faire correctement. Reprenons du début.

Bonjour à vous, chers lecteurs, bien que j'ignore comment ce carnet pourrait passer des sales mains du Commandant Splark aux vôtres.

Je suis Aleyna Brook, agent spécial de l'Agence de Protection et d'Intégration des Créatures Magiques (APICM). Notre rôle est de veiller au maintien de l'équilibre entre les créatures magiques et les humains. Mais surtout – surtout – de faire en sorte que personne ne soupçonne leur existence. C'était mon job de rêve.

Malheureusement pour moi, je suis une femme.

Et j'ai merdé.

Deux mois plus tôt
(1ᵉʳ Novembre)

Le Brésil.
C'est là que tout a commencé.
Après avoir été mise à pied plus d'une fois depuis mon arrivée à l'Agence – de manière tout à fait injuste, par ailleurs – j'ai enfin décroché la mission idéale. Une enquête mystérieuse dans un pays chaud, loin, très loin de l'ombre écrasante du Commandant dans mon dos. Il n'a pas eu d'autre choix que de céder à ma demande, à contrecœur. Personne d'autre ne voulait de ce job, de toute façon. Mais pour bien montrer que Monsieur est le chef suprême, il a tenu à poser ses conditions. Seul mon coéquipier, Hank, est autorisé à partir avec moi. Le reste de l'équipe reste sur place pour seconder des unités de première ligne. C'est-à-dire ceux qui font des choses vraiment importantes… Je n'ai rien dit. Je n'allais pas lui faire ce plaisir. Il ne m'aura pas si facilement. Il ne voudra jamais le reconnaître, mais je fais du bon boulot. J'ai réglé un sacré paquet de problèmes, j'ai gagné le respect de nombreux collègues parce que je suis une battante. Et je le prouverai à nouveau cette fois-ci.

***

Hank et moi avons atterri sur une petite piste dissimulée entre les arbres. Il fait bon, mais l'humidité qui me colle déjà à la peau m'agace. Je déteste l'humidité. « Bienvenue à Sao Paulo ! » se sont exclamés les trois locaux payés une misère par l'Agence pour nous accueillir à notre arrivée sur le continent sud-américain. C'était il y a déjà quatre jours, le temps pour nous d'expliquer à nos collègues brésiliens que nous n'étions pas vraiment là pour les former, mais bien pour une mission secrète et capitale dans la forêt amazonienne. A voir leur tête, j'aurais dû me douter que ce ne serait pas de la tarte. Je n'imaginais pas à quel point…

Je jette un regard professionnel et détaché à la verdure luxuriante qui m'entoure. Au fond, la chaleur, l'air moite, les moustiques et autres petits désagréments ne sont guère importants. Je suis entraînée pour ça. Et j'ai Hank à mes côtés. C'est l'homme idéal pour gérer les situations extrêmes. 1 pour moi : 0 pour la forêt.

Mais quand on est un agent spécial de l'APICM, il faut savoir rester humble, et se méfier de tout. Il est vrai que l'on ignore ce qui peut se cacher dans ces centaines de milliers de kilomètres carrés de nature vierge et inconnue. L'endroit est parfait pour vivre en toute tranquillité quand on est une créature magique, de la plus inoffensive à la plus bestiale… Et je crois bien que c'est ce que pense notre pilote. Ça fait déjà cinq minutes qu'il se dandine en jetant des regards paniqués à la lisière des arbres. Je le sens prêt à partir en courant rejoindre son vieil appareil rouillé pour s'envoler loin d'ici le plus vite possible. Mais quelque chose le retient. Un sourire me vient. Ah, la cupidité ! Le meilleur allié d'un agent en terrain hostile. Les gens sont prêts à n'importe quoi pour une certaine somme d'argent. Et c'est exactement ce que nous avions promis à ce cher Paolo s'il acceptait de nous conduire ici, au péril de sa pitoyable existence.

– Hank, je crois que notre ami aimerait filer d'ici au plus vite, le hélé-je, d'un ton faussement accusateur.

Mon coéquipier laisse tomber le dernier sac sur le sol poussiéreux et tourne un regard noir sur le pilote. Pauvre petit Paolo. Il tremble comme un chiot. La situation est tellement ridicule ! Je me retiens tant bien que mal d'exploser de rire, mais cela gâcherait tout. En

effet, Hank est un vrai gentil. Une sorte de mère Teresa de deux mètres de haut et cent kilos de muscles saillants. Un nounours dans un corps de catcheur poids-lourd. Mais ça, le Brésilien l'ignore, et son attitude menaçante le terrorise. Hank se rapproche doucement, carrant les épaules. Il pousse même le vice en retroussant ses lèvres, dévoilant ses dents comme un prédateur affamé. Il n'est plus qu'à quelques pas du petit Paolo qu'il dépasse de deux bonnes têtes.
– Hank...
Je prends une voix autoritaire et légèrement inquiète. Le pilote brésilien est complètement paniqué. Il bafouille, recule, se prend les pieds dans une racine et s'étale de tout son long.
Hank éclate de son rire tonitruant et je ne peux m'empêcher d'en faire autant. Bon joueur, il attrape le petit Paolo par le col et époussette ses épaules pour en faire tomber la poussière de la piste ensablée. La moustache du pauvre homme est trempée de sueur, et il s'essuie rapidement le visage avec un linge usé sorti de sa poche de pantalon. Il ne semble pas vraiment avoir apprécié la blague.
– Vous êtes complètement malades ! Ça m'apprendra à transporter des étrangers jusqu'ici ! Faut être cinglé pour vouloir traverser cette partie de la forêt ! Et vous l'êtes, ça oui ! Complètement cinglés ! hurle le pilote, rouge de colère et de honte de s'être fait avoir si facilement. Son ego en a pris un coup. Il a l'air tellement piteux que je regretterais presque notre petite farce. Presque.
Hank congédie le pilote en lui tendant une liasse de billets. Une lueur cupide illumine alors ses yeux tandis qu'il recompte les coupons bleus d'une valeur de cent réaux chacun.
Il nous a quand même fallu négocier pendant plus de deux heures pour qu'il accepte de nous emmener jusqu'ici. Et maintenant, il y a peu chance qu'il revienne nous chercher, malgré la somme faramineuse que nous lui avons offert. Je regarde Paolo remonter

dans son appareil, non sans nous jeter un regard perplexe. Il doit nous prendre pour des fous. Il n'y a rien d'autre ici qu'une immense forêt inextricable, que même les indigènes ont renoncé à visiter. Des rares téméraires qui s'y sont aventurés avant nous, je sais que l'on n'a plus jamais entendu parler. Mais Hank et moi ne sommes pas de simples touristes en mal d'aventure. Non, nous sommes des agents entraînés et expérimentés. Et plus important encore, nous savons ce qui nous attend. Du moins en avons-nous une petite idée.

***

Ça fait déjà deux semaines que nous fouillons cette foutue forêt de fond en comble, sans résultat. Nous n'avons croisé que quelques animaux sans grand intérêt. Nous nous sommes tout de même arrêtés sur des dendrobates bleues, de petites grenouilles dont la peau tachetée sécrète un venin très toxique. Mais savamment utilisée, cette substance forme un excellent paralysant, que nous utilisons pour nos armes de défense. Avec précaution, nous en avons prélevé un petit échantillon dans un tube que nous avons rangé précieusement dans nos paquetages. C'est une substance rare et précieuse. C'était donc l'occasion rêvée de refaire notre stock sans ruiner notre budget annuel.
Depuis cette rencontre providentielle, c'est le calme plat, et le découragement commence à me gagner. Nos réserves de nourriture s'épuisent, même si la forêt est pleine de ressources. Je dois renoncer aux barres protéinées au profit de fruits et de racines bouillies qui ont au moins le mérite de me rassasier. Si, en plus, je devais avancer la faim au ventre, Hank n'aurait pas fini de m'entendre râler. Mais ce n'est pas suffisant pour me calmer. Je

n'ai plus rien à mettre sous les dents acérées de mon esprit frustré. Je m'ennuie.

Nous avons encore marché toute la journée sans trouver le moindre signe indiquant que nous suivons la bonne piste. La nuit tombe, mes pieds me font atrocement souffrir, et le bourdonnement incessant des moustiques me tape sérieusement sur le système. Je suis au bord du gouffre, déprimée, dépitée, exténuée et encore tout plein de trucs en « -ée ». Le dos musclé et bronzé de Hank est ma seule distraction depuis des heures, et je commence à me lasser. Pourtant le roulement des muscles de ses épaules lorsqu'il écarte les feuillages est tout à fait fascinant. Mais je vous l'ai dit, je me suis lassée. Et rien dans cet environnement verdoyant et humide ne vient à ma rescousse. Tout est effroyablement identique, mètre après mètre. J'avais toujours imaginé ça comme une jungle tortueuse, avec des lianes de partout et un Tarzan sexy qui se balade à moitié nu. J'avais tout faux. Il y a surtout beaucoup d'arbres gigantesques dont les racines sortent du sol et forment des enchevêtrements trompeurs. J'ai appris il y a longtemps qu'il s'agissait d'une des stratégies développées par les végétaux pour survivre dans ce milieu si compétitif : les immenses racines ancrent les arbres solidement au sol et compensent la croissance en hauteur pour permettre à la cime d'atteindre la lumière du soleil. Mais tous n'ont pas cette stratégie. Certaines plantes poussent à même ces immenses arbres. Elles profitent ainsi d'une hauteur suffisante pour capter la lumière, sans pour autant se fatiguer à dépenser de l'énergie à fabriquer un haut tronc. Je crois qu'on les appelle des épiphytes. Au sol, la flore aussi est très diverse et la compétition féroce qui se joue entre ces êtres immobiles est presque palpable. Certaines feuilles sont larges comme une table basse. D'autres sont vertes sur la face supérieure, mais rouges sur la face inférieure. Ainsi, la lumière qui traverse la feuille est réfléchie sur cette surface sombre et traverse une deuxième fois les tissus chlorophylliens. C'est d'une efficacité redoutable.

Me replonger dans mes connaissances en botanique m'avait enchantée au début. Mais de ça aussi, je me suis lassée.

Hank s'arrête, et ses oreilles réalisent un léger mouvement de haut en bas. Vous connaissez des gens capables de bouger leurs oreilles ? Je trouve ça hilarant. Quand je suis d'humeur à rire, bien entendu.

– Tu entends ça ? me demande soudain Hank.

– Entendre quoi ? Cette forêt est plus silencieuse qu'une maison de retraite pendant la sieste.

– Et tu ne trouves pas ça étrange ?

Étrange ? J'ai prié si fort pour que les cris de ces foutues bestioles s'arrêtent qu'elles ont dû m'entendre ! Je plaisante. Évidemment que je trouve ça anormal. Je l'aurais remarqué avant si le lieu ne me mettait pas autant les nerfs en pelote.

– C'est plutôt bon ou mauvais signe d'après toi ?

– J'attends ton analyse, Chef.

J'ai mal entendu, ou la manière dont il a prononcé « chef » était clairement ironique ?

– Eh bien, j'ai deux hypothèses. Soit il y a des grosses bébêtes affamées, poilues, aux dents et aux griffes aiguisées qui traînent dans le coin...

Pitié, pas les grosses bébêtes...

– Soit ?

– Soit il y a de la magie dans l'air. Et ça, c'est plutôt une bonne nouvelle. On se rapproche peut-être du but.

– Alors, croisons les doigts pour que cette deuxième hypothèse soit la bonne. Nous devrions camper ici. Il va bientôt faire plus noir que dans le cul d'un ogre.

– Tu te mets à faire de l'humour ? Ciel, la fin est proche !
– Haha, s'esclaffe-t-il. Prépare le camp, je vais chercher de quoi nous remplir l'estomac. Je meurs de faim.
– Hé ! C'est qui le patron ? m'offusqué-je.
– On se le demande... ironise-t-il en retour.
Trop heureuse de me reposer enfin, je me contente d'un sourire espiègle.

(15 Novembre)

Un rayon de lumière joue à cache-cache à travers la canopée. Jour. Nuit. Jour. Nuit. Je grogne. Oui, ce n'est pas très sexy. Mais je n'ai pas assez dormi. Laissez-moi encore un peu de temps... Les ronflements de Hank me tirent de plus en plus loin de mon sommeil bien aimé. Pourquoi tant de haine ?! Un sanglot de frustration m'échappe, et je frappe le sol du poing, enfouissant mon visage dans mon sac de voyage pour me protéger de la lumière. Mais le bouton pression de la poche centrale s'enfonce dans la peau délicate de mon front et je crie de douleur.
– Aïe !
Un petit rire joyeux et moqueur résonne à travers la végétation. Voilà, la forêt se moque de moi maintenant, manquait plus que ça. De colère, je tire sur la couverture pour me réfugier dessous. Mes pieds se retrouvent hors de la douce protection du tissu, et je lutte sans succès pour me recouvrir correctement, mes jambes battant dans le vide. Les rires repartent de plus belle.
Bizarre. Très bizarre. Je cesse de m'agiter et glisse silencieusement ma main dans mon sac pour saisir mon arme. Je tends l'oreille, aux aguets. Des craquements, à midi. Peut-être à dix mètres. De nouveau à trois heures, à huit mètres. Puis encore, à six mètres.
Étrange. Les bruits ne correspondent pas à une démarche habituelle. Un bipède provoquerait deux craquements rapprochés, un quadrupède une série de petits craquements réguliers. Mais là, il semble n'y avoir qu'un seul appui, à la fois lourd et espacé du suivant, comme un enfant qui sauterait à pieds joints. La créature, quelle qu'elle soit, n'est plus qu'à quelques dizaines de centimètres.
Je me redresse soudain, tenant mon flingue paralysant à bout de bras. La lumière m'aveugle, et il me faut quelques dixièmes de

secondes pour que la forme floue devant moi prenne un aspect compréhensible. Je cligne des paupières une, deux fois.
SOS, agitez-vous là-haut, mauvaise traduction des signaux visuels ! Ça n'a aucun sens. Je suis bouche bée. Littéralement. Une petite créature d'environ quatre-vingts centimètres de haut me fixe en souriant. Tout est tellement disproportionné que j'en reste dubitative. Commençons par le commencement : de grands yeux violets, un nez énorme et tombant, un immense sourire aux dents d'un blanc éclatant, un cou maigrelet. Le tronc est, semble-t-il, la seule partie de ce corps étrange à avoir des proportions normales. Les bras sont longs et fins, terminés par de larges mains couvertes de bijoux brillants. La plus grande bizarrerie est sans nul doute cette unique jambe, apparemment puissante, se finissant en un pied géant en éventail. Ou en palme, comme vous voulez. Et le clou du spectacle, la cerise sur le gâteau... Roulement de tambours... des cheveux rouge fluo se font la guerre au sommet d'un crâne légèrement fripé. Oui, oui, vous avez bien lu, des dizaines de mèches hirsutes couleur coulis de fraise.
La créature me dévisage sans se défaire de son sourire joyeux. Quoi qu'elle soit, elle a l'air de beaucoup s'amuser. Une brève analyse me conforte dans l'idée qu'elle ne représente pas une menace. Lentement, j'abaisse mon arme. Son sourire s'agrandit encore, si tant est que cela soit possible. Elle se met à sautiller sur place en tapant dans ses grandes mains, faisant tinter ses bracelets métalliques.
– Hey, hey, hey !
Elle essaie de me dire quelque chose ?
– Hey, hey, hey !
On dirait bien. Que dois-je faire ?
– Hey ?

Elle s'est arrêté de sautiller et me fixe de ses immenses yeux violets, la tête légèrement penchée sur le côté, l'air interrogateur. Je me lance.

– Hey ?! tenté-je, peu convaincue.

Elle secoue la tête et semble sur le point d'exploser.

– Hey, hey, hey ?! réponds-je de nouveau, bien heureuse de n'avoir aucun spectateur de cette ridicule intervention.

Un rire éclatant résonne et elle se remet à s'agiter dans tous les sens. L'éclat presque cristallin de son rire m'emplit les oreilles, pourtant, je note une modification dans l'environnement sonore. Quelque chose a changé. Un son régulier, grave, comme le ronronnement d'un moteur en marche. Les ronflements de Hank ont cessé.

Je me tourne doucement dans sa direction, de peur d'effrayer la créature. Mon coéquipier est en position de combat, prêt à bondir comme un lion à la moindre incartade. Pourtant, son visage ne traduit aucune inquiétude. Il sourit même presque, les yeux pétillants. Sait-il à quoi nous avons affaire ? Je m'apprête à lui poser la question, mais la créature, dans un nouvel éclat de rire, s'enfuit sans demander son reste.

Sans perdre une seconde, nous nous élançons à sa poursuite. Hank possède d'immenses jambes bien fermes et musclées comme vous pouvez l'imaginer. Il me faut trois fois plus d'enjambées pour me maintenir à sa hauteur. Mais j'ai moitié moins de masse à propulser, et l'effort me paraît égal pour chacun d'entre nous. Ce qui n'a pas l'air d'être le cas de notre ami unijambiste qui gagne de plus en plus de terrain. Comment peut-il se déplacer aussi vite ? Je n'aperçois plus qu'une touffe de cheveux rouges qui sautille au milieu de la végétation. Cela doit faire cinq bonnes minutes que nous poursuivons l'étrange créature à travers la forêt, et je commence à fatiguer. Elle est très rapide et l'environnement n'est pas vraiment favorable à une course à pleine vitesse. J'ai déjà trébuché plusieurs fois, sans parler des branches qui me fouettent le visage. Je jette un coup d'œil à Hank. Il n'en mène pas plus large que moi. Mais je vois la détermination sur son visage. Et une immense curiosité, comme s'il savait ce qui nous attendait si on rattrapait la créature. Je fouille dans ma mémoire à la recherche de ce que j'ai bien pu manquer. Pendant ma formation à l'APICM, j'ai passé des heures le nez plongé dans des bouquins plus ou moins poussiéreux, découvrant, analysant, mémorisant des centaines d'espèces de créatures qui m'étaient jusqu'ici inconnues. Je me suis même fait une liste au cas où. Mais j'ai beau chercher, je ne me souviens pas d'avoir jamais lu quoi que ce soit sur… ÇA ! Soudain, le soleil m'aveugle et je manque de m'étaler de tout mon long. La poigne puissante de mon coéquipier me retient à temps. Je lève ma main sur mon front pour abriter mes pauvres yeux, plus habitués à une telle luminosité. Ce que je découvre me coupe le souffle.

– Qu'est-ce que… ?

– Des sciapodes, souffle Hank, lui aussi ébahi.

Partout, courant, sautillant, chantant : des dizaines de sciapodes.

(16 Novembre)

Je crois que l'on vient d'être embarqué dans une sorte de cérémonie religieuse, ou quelque chose du genre. Je n'ai pas vu Hank depuis hier soir. Vingt-quatre heures sans lui dans cette jungle, c'est comme se balader à poil dans un centre commercial pendant les soldes. Je me sens vulnérable et sans défense.

Je ne peux m'empêcher de lâcher un soupir de soulagement quand je le vois sortir d'une minuscule hutte non loin de la mienne. Lui non plus n'a pas échappé au traitement spécial des petites créatures bondissantes. Il ne porte qu'un simple pagne rouge, et sur son torse nu sont peints des dizaines de symboles étranges. Son regard croise le mien et j'y remarque une certaine perplexité mêlée d'inquiétude.

Quoi ? Ils ont raté mon maquillage, c'est ça ? Je le savais, la petite créature fripée qui s'est occupée de moi n'avait pas l'air d'avoir les deux yeux en face des trous.

Nous nous rejoignons et nos guides nous conduisent en silence à travers le campement désert. Où sont passés les dizaines de petits sciapodes qui grouillaient encore sur cette place quelques heures plus tôt ? Tout semble avoir été abandonné, comme s'ils avaient tous stoppé ce qu'ils étaient en train de faire pour répondre à un mystérieux appel. Certaines braises fument encore. Un panier de pagnes vermillon est laissé à l'abandon, les vêtements humides attendant d'être étendus. Malgré mes efforts pour me rapprocher de mon coéquipier, nos guides nous tiennent à une distance assez importante pour nous empêcher de parler. Hank me regarde toujours d'un air soucieux, les sourcils froncés. Lui aussi a l'air ridicule, et je n'en fais pas tout un fromage !

Alors que nous nous enfonçons petit à petit dans la forêt, une clameur lointaine s'élève entre les troncs. J'ai le cœur qui se lance dans une batucada d'enfer sans que je puisse le contrôler.
– Où allons-nous comme ça ? tenté-je d'interroger la créature la plus proche. Le sciapode se retourne et se contente de me rabrouer d'un « Hey » plein de reproches, avant de reprendre son chemin comme si de rien n'était.
Ces créatures commencent à me paraître beaucoup moins sympathiques. J'adopte mon meilleur air boudeur (des heures d'entraînement) et les suis en silence. Après cinq bonnes minutes de marche, nous débouchons dans une clairière bondée, illuminée par de grands feux de joie. Les chants et les cris ont cessé tout à coup. Maintenant, je flippe sérieusement. Et s'ils voulaient nous manger ?
Le doute s'installe quelques instants, juste assez longtemps pour qu'une idée saugrenue me titille l'esprit. Je jette un coup d'œil rapide autour de moi pour être certaine que personne ne m'observe et je récolte sur mon doigt un peu de la poudre colorée qui décore la peau de mon bras. Avec une légère appréhension, je le porte à mes lèvres et goûte la poudre du bout de la langue. Beurk, c'est infect ! Je réprime une grimace de dégoût, tentant d'oublier l'amertume qui a envahi ma bouche. Me voilà au moins rassurée, ils ne vont pas nous manger. Mais mon soulagement est de courte durée.
Nos guides nous font maintenant avancer au milieu de la foule de petits sciapodes silencieux. Pas après pas, nous nous rapprochons d'une sorte d'autel de pierre dressé fièrement au centre de la clairière. Les regards violets des centaines de sciapodes qui nous entourent sont étrangement fixés sur…MOI ? Pourquoi ils ne regardent pas plutôt Hank ?
Pour la première fois depuis que nous avons quitté le campement, je remarque que je ne colle pas tout à fait au thème de la soirée avec

mes peintures et ma toge de vilain petit canard. C'est la révélation : le jaune ne me va pas du tout au teint.

Okay, j'avoue, je fais de l'humour, mais je viens de comprendre qu'au milieu de centaines de créatures en pagne vermeille, je suis la seule à porter une tenue jaune poussin.

Sur l'autel, un sciapode qui semble plus vieux que mon arrière grand-tante Simone vient d'apparaître. Dans mon cerveau, les alertes s'emballent. Il porte une grande toge jaune. AU SECOURS !

**

Mes paupières sont lourdes, pourtant, je ne suis pas fatiguée. Je suis entraînée pour passer des nuits blanches en milieu hostile. Je ne dois pas dormir. Les sciapodes dansent et bondissent dans tous les sens, et me donnent le tournis. Je sens le sol tanguer sous moi. Pourtant, il me semble bien que je suis assise sur une dalle de marbre. J'essaie de bouger, mais je n'arrive qu'à m'étaler contre la pierre froide. Les chants et les cris se brouillent dans ma tête. Le liquide qu'ils m'ont fait ingérer me brûle l'estomac. Ma vision se trouble. Hank est attaché devant un énorme bûcher. La fumée masque son visage. La fumée...

Je ne vois rien. J'ai mal, tellement mal à la tête. C'est comme si des milliers de petits êtres tapaient de toutes leurs forces à l'intérieur. Pourquoi me font-ils si mal ? Je n'ai rien fait. Du moins je ne m'en souviens pas. Tout est flou, je sanglote, les yeux fermés, seule, si seule, dans le noir. Où suis-je ? Je devrais ouvrir les yeux, essayer de comprendre ce qu'il se passe. Mais j'ai peur. Quelque chose flotte dans l'air, et me pique la gorge. J'ai du mal à respirer.
– Aidez-moi...

Cette petite voix enfantine et brisée est-elle la mienne ? Je ne la reconnais pas. Les larmes coulent de plus belle, tandis qu'une odeur de brûlé m'assaille, et me déchire les poumons. Je tousse, tousse encore et encore. De la fumée. Du feu. Danger.
Je me force à ouvrir les yeux et un nuage gris me brûle. Les larmes s'échappent et coulent sur ma peau roussie. Sois courageuse. Il faut sortir de là. J'essuie mes larmes de mes petites mains sales. Pourquoi sont-elles si sales ? Je ne sais plus. J'essaie de bouger, mais tout mon corps me fait mal. Autour de moi, il n'y a rien, rien que le chaos et la fumée noire qui s'épaissit. A quelques pas, une jolie poupée aux longs cheveux noirs repose dans la poussière. La pauvre, il ne faut pas la laisser toute seule. Elle doit avoir très peur. Comme moi. Ensemble on serait plus courageuses. De toutes mes forces, je tente de bouger mes jambes. Ça marche ! La douleur est insupportable, mais je dois aider la petite poupée. Sa jolie robe rouge est couverte de poussière. Elle pleure elle aussi, ça, j'en suis sûre. Au-dessus de moi, le bois craque très fort, et soudain une poutre enflammée tombe tout près et s'écrase sur le sol dans un fracas épouvantable. D'un bond, je rejoins la poupée et la serre dans mes bras.
– Tout va bien, je suis là...
Je dois être forte, pour nous deux. Je suis dans une petite chambre aux murs blancs. Il n'y a rien d'autre qu'un petit lit et une table en bois. La fumée descend du plafond en grands tourbillons gris. Dans un coin, un pantalon de toile beige et une petite chemise tachée m'interpellent. Mais je ne me souviens pas. Je porte une jolie robe bleue pastel, toute douce au toucher. Je ne sais pas qui je suis. Je ne sais pas quoi faire. Peut-être la poupée le sait-elle ? Je la regarde avec insistance, mais elle ne me parle pas. Bien sûr, ce n'est qu'une poupée de porcelaine. Si belle et fragile. Ses grands

yeux bleus me fixent et me transpercent. Une tâche rouge apparaît sur sa joue, puis deux, puis trois. Elles glissent et forment de longues traînées de larmes rouges. J'ai peur. Et j'ai mal. Je porte la main à ma tête, et examine mes doigts. Ils sont couverts de la même substance écarlate. Du sang. Je saigne. J'ai dû me cogner très fort. Les larmes me piquent de nouveau les yeux, mais je ne veux pas pleurer. Il faut sortir d'ici. Chaque pas est une torture, mais je parviens à atteindre la porte et manque de m'étaler de tout mon long sur le sol brillant du couloir. Il faut avancer, continuer. Je serre la poupée contre moi d'une main, et, de l'autre, je me tiens au mur pour ne pas tomber. Mes jambes sont faibles et l'air est sec et brûlant. Je marche, encore et encore, mes pieds nus sur le sol couvert de cendres. Je n'en peux plus, ça fait trop mal. Mes jambes cèdent et je tombe à genoux. Le feu se rapproche dans mon dos, mais je ne peux plus bouger. Je ne veux pas mourir.

Soudain, des voix résonnent au bout du couloir. Des voix graves et fortes. Des voix d'adultes. J'essaie de parler, mais aucun son ne sort de ma bouche. J'ai la gorge trop sèche. Des ombres apparaissent, grandes et terrifiantes à la lueur des flammes. Mais je ne dois pas avoir peur. Ce sont des adultes. Ils peuvent me sauver. J'ai la tête qui tourne et les yeux qui se ferment. Pourtant, je vois des hommes qui se rapprochent. Oui, ce sont des hommes. L'un d'entre eux m'aperçoit, et se précipite vers moi.

– Comment tu t'appelles, petite?

Comment je m'appelle ? Je ne me souviens pas. Je secoue la tête avec force. Je ne sais plus. L'homme regarde alors ma poupée, et son visage s'éclaire. C'est vrai qu'elle est belle.

– Je l'ai trouvée !

Le grand homme me soulève sans effort et me serre dans ses bras. Il se rue hors de la pièce et court à travers les couloirs. D'autres

hommes nous rejoignent. Ils sont grands, très grands, et portent une étrange tenue vert et argent. Ils crient sans arrêt, se parlent et se bousculent, mais je ne comprends rien. Un grand bruit me fait sursauter, et mon sauveur s'arrête net. Mes yeux me piquent et la chaleur devient insoutenable. Pourtant, je veux garder les yeux ouverts. Je veux savoir ce qu'il se passe. Soudain, dans l'entrebâillement d'une porte, j'aperçois quelque chose. Non, quelqu'un. Il y a une petite fille endormie là-bas. Elle est si petite, si fragile, comme moi il me semble. Et si mignonne, avec ses longs cheveux bruns et sa peau lisse couverte de traces noires. Je dois l'aider, elle aussi. Je crie, je l'appelle, mais elle ne m'entend pas. Rien ne bouge sur son beau visage endormi. Le grand homme s'agite et fait mine de s'éloigner. Non, non, on ne peut pas la laisser là. Le feu, le feu arrive. Je rue, je bats des pieds et des mains de toutes mes forces, mais les bras de l'homme me serrent encore plus fort.
– Il y a une petite fille, là-bas.
L'homme évite un tas de braises et jette un coup d'œil dans la direction que je lui indique. Mais il ne bouge pas. Je ne comprends pas. Puis d'un bond, il file dans la direction opposée.
– Non, non !
Je hurle, il murmure :
– C'est trop tard pour elle, Princesse.
Princesse ? C'est à moi qu'il parle ? Je ne comprends pas, et sers la poupée dans mes bras. Les larmes coulent sur mes joues brûlantes. Trop tard ? Qu'est-ce que ça veut dire ? Pourquoi il ne veut pas aider la petite fille ? Tout se chamboule dans ma tête, l'incompréhension, la peur, la douleur, et soudain, nous sommes dehors. Le soleil brille, l'air est frais et pur, comme une caresse.

Je reprends connaissance en inspirant de grandes bouffées d'air frais. Tout mon corps n'est que douleur. Pourtant, je n'ai pas bougé de l'estrade de marbre où les sciapodes m'ont laissée. De nouveau, mon estomac est pris de spasmes et je ne peux empêcher son contenu de se déverser sur le sol. Étrangement, la douleur et la nausée s'amenuisent rapidement. Je sens encore la chaleur des flammes sur ma peau. Pourtant ce n'était qu'une hallucination. Mais cela semblait si réel... Qui est cette petite fille ? Que s'est-il passé ? Mon esprit est trop embrouillé pour que je puisse analyser cette mystérieuse vision. Je me redresse tant bien que mal et jette un regard furieux à l'assistance. Les centaines de sciapodes présents à cette stupide fête me fixent tous de leurs grands yeux violets. C'est assez flippant pour que je ravale les injures cinglantes qui menaçaient de s'échapper de mes lèvres. L'espèce de pseudo prêtre à la robe jaune se rapproche à nouveau avec un bol de l'infecte mixture hallucinogène. Je veux m'enfuir mais mon corps ne répond pas à mes ordres hystériques. Le prêtre s'arrête face à moi et me tend le bol. Je secoue la tête de toutes mes maigres forces. Je cherche Hank du regard, mais il a disparu. Je remarque enfin que le soleil est sur le point de se lever. Cela fait déjà plus de cinq heures que je suis là, à moitié inconsciente au milieu d'un temple inconnu, à délirer sévère. Le prêtre insiste et me met le bol fumant sous le nez. Je vais vomir tripes et boyaux.

– Mais enfin, qu'est-ce que c'est que cette merde ! m'emporté-je, furieuse.

– SAVOIR !

Je me tends d'un coup comme si j'avais mis les doigts dans une prise. Je ne saurais dire ce qui m'a le plus secouée. La voix profonde et céleste qui est sortie de sa bouche, le fait qu'il ait prononcé autre chose qu'un « hey » agaçant ou la signification même de cette révélation. Il me considère d'un air agacé, comme si j'étais idiote de ne pas accepter son cadeau. Et allez savoir pourquoi, j'ai pris le foutu bol et j'ai avalé l'infecte mixture qu'il contenait.

Je sautille entre les brindilles sèches qui couvrent le sol, si heureuse de pouvoir échapper un moment à Maître Hawne.
– Le savoir et la connaissance sont au cœur de nos vies, Ellyssa. Tu dois apprendre pour t'élever parmi les étoiles et connaître la plénitude. Ainsi tu seras en complète symbiose avec le Tout.
Je ne comprends pas toujours ce qu'il raconte, mais je fais semblant. Comme ça il me laisse tranquille et Père est fier de moi. Le son de l'eau qui coule doucement d'une petite cascade m'attire et je m'éloigne de l'orée du bois. Je n'aurai qu'à écouter le chant des fleurs pour retrouver mon chemin. L'air sent les pommes de pins et les mousses. Les oiseaux chantent leur amour au vent. Mes cheveux dansent autour de mon visage sous la douce brise d'automne. Je retire mes bottes et marche sur les galets qui bordent le ruisseau. Mes yeux sont clos mais je sens l'énergie circuler partout autour de moi. Du haut de mes dix ans, je sais que je fais partie d'un Tout. Je m'avance lentement et l'eau glacée me lèche les orteils. Je laisse échapper un petit rire de joie. Je vois les milliards de petites gouttes d'eau qui s'écoulent ensemble dans leur lit de galets blancs.
– Bonjour, jeune Princesse.
Je recule de surprise face à l'étrange créature qui est apparue devant moi. Elle est bien laide, mais je lui souris en retour et lui adresse mes salutations.
– Bonjour, Monsieur. C'est un bien beau jour pour se balader n'est-ce pas ?
Il rit. Mais je n'aime pas ce rire. Il est un peu inquiétant.
– Oui, en effet. Et vous vous êtes aventurée bien loin de chez vous.

— Non, pas tant que cela, la maison est juste là...

Je me retourne mais l'orée du bois a disparu. Je n'aperçois qu'une forêt sans fin. La vilaine créature rit de plus belle.

— Je dois rentrer, il se fait tard..., bafouillé-je.

— Pas si vite, jeune fille. Vous êtes entrée chez moi sans mon autorisation. Si vous voulez partir, il faudra m'accorder un vœu.

— Quel est-il ?

— Un baiser !

Un sourire se dessine sur son visage fripé, découvrant de longues dents pointues et jaunes.

— Je... je ne peux pas, demandez-moi autre chose.

— Non, je veux un baiser.

— Je ne peux pas. La vérité est que vous êtes bien trop laid.

Une grimace de colère remplace le sourire avide. Je sens une étrange onde s'infiltrer en moi. Je n'aime pas ça. Le gnome rit de nouveau.

— Je connais ton secret...

— Je n'ai rien à cacher.

— Je sais qui tu es...

— Je suis la Princesse Ellyssa, fille de Jélyssandre, noble sage du Conseil.

— Tu as bien appris la leçon, jeune fille, mais tu mens.

— Non ! C'est la vérité.

Les larmes me piquent les yeux. Je ne comprends pas. Pourquoi cette vilaine créature prétend-elle que je ne suis pas moi ? Ça n'a aucun sens. Les souvenirs de l'incendie me reviennent, douloureux. L'homme qui m'a sauvée m'a appelée Princesse. Jélyssandre m'a accueillie dans sa grande maison et m'a appelée « ma fille ». C'est ce que je suis.

– Je vais aller dire la vérité sur la jeune Princesse rescapée. Et sais-tu ce qu'ils feront de toi quand ils sauront ? Ils t'enlèveront tes beaux bijoux, tes beaux vêtements. Tu seras la honte de ton père. Tu ne seras plus sa petite fille chérie. Tu ne l'as jamais été.
– Non ! Non, je vous en prie, ne faites pas ça ! Je ne mens pas, s'il vous plaît !
– Trop tard, il fallait être gentille avec moi, vilaine jeune fille. Maintenant, tu vas payer. C'est de ta faute. Mes pouvoirs ne mentent jamais.
Cet ignoble gnome ne peut pas faire ça. Je ne peux pas le laisser détruire ma vie. C'est impossible. Sans réfléchir, les larmes inondant mon visage, je saute sur l'abominable créature et serre mes doigts autour de sa gorge, de plus en plus fort. Ses yeux sont exorbités, et son petit corps difforme tressaute. Pourtant, il sourit. Dans un dernier souffle, ses mots me glacent de terreur :
– Tu vois, petite peste, Ils ne tuent pas. Tu n'es pas comme Eux. Sois maudite.
Il ne bouge plus. Mon secret est bien gardé. Mais que suis-je ?

– Aleyna !
Le cri de panique de Hank me ramène à la réalité. Je ne sais plus où je suis. Tout se mélange dans ma tête. Mon corps est couvert de sueur, et mes mains sont crispées autour de quelque chose. Hank s'agenouille devant moi et ses yeux sont emplis de panique.
– Qu'as-tu fait...
Un frisson glacé me parcourt le dos. Lentement, je baisse les yeux. Entre mes mains, le prêtre sciapode est allongé, mort. Son regard est vide et pourtant plein de reproches. Je viens d'enfreindre la plus importante des règles du code de l'APICM. La règle n°1. J'ai tué une créature magique. Et le pire, c'est que je n'en ai aucun souvenir.

Aujourd'hui
(5 janvier)

Je quitte le siège de l'Agence, l'air maussade. Pas de mission pour mon équipe cette semaine. Je n'ai plus d'excuse pour reporter mon rendez-vous avec ma mère.
– Bonne journée, agent Brook.
– Vous aussi, James.
Je descends rapidement les marches de l'entrée et me mêle à la foule. Les paroles du Commandant Splark résonnent dans ma tête et me donnent la nausée. « Prenez le temps de vous reposer, Aleyna. Vous rentrez juste du Brésil. Une jeune et jolie femme comme vous doit prendre soin d'elle. Et si vous avez peur de vous ennuyer, je reste à votre disposition. » Dégoûtant. Après m'avoir sermonnée sur mon incompétence pendant près d'une heure, soulevant le fait que même mon état de sexe faible n'excusait pas pareille boulette, il était encore capable de faire des sous-entendus salaces. C'est définitif, je déteste vraiment cet homme. Avec son sourire ultra-bright et ses cheveux gris gominés, il se croit tellement irrésistible que c'en est presque drôle. Presque. A vrai dire, là, tout de suite, je ne suis pas tout à fait d'humeur à rire. Me voilà de nouveau suspendue, et obligée de tenir un carnet relatant mes moindres faits et gestes. L'humiliation ultime. Et malgré mon humeur massacrante, je dois me faufiler au milieu d'une foule hystérique pour retrouver ma mère. Le premier jour des soldes, ou ce qui se rapproche le plus d'une journée en enfer. Surtout quand, au bout du chemin, m'attendent les remarques agaçantes et pleines de reproches de ma très chère maman. Comprenez bien à quel point ma journée commence mal.

Enfin, je débouche sur la place où nous avons rendez-vous. Je peux respirer un peu d'air. Tous ces gens collés les uns aux autres empiètent sur mon espace vital. Je sens un vent frais mais pas désagréable balayer mon visage. La journée est douce. La fontaine qui trône au centre de la place a dégelé, et les rayons d'un soleil timide se reflètent sur l'eau. Le clapotis des jets m'apaise. Pitié, faites que le temps s'arrête un moment !
− Hou hou, Aleyna ! Je suis là, ma chérie !
Le ciel s'écroule autour de moi. Mon répit est terminé, le calvaire commence. Je me tourne en direction de la voix criarde qui a fait se retourner la moitié des gens qui se trouvaient là. Ma mère, doudoune rose fluo et brushing parfait secoue les bras avec conviction. Il va falloir que je réponde où elle va finir par s'envoler. Allez, Aleyna, un petit sourire, un signe de la main et on arrête le massacre.
Sauvée, elle se rassoit sur la terrasse pratiquement vide du café qu'elle a dû soigneusement choisir. Ah, vide, finalement. Le seul autre client téméraire vient de rentrer se mettre au chaud devant un bon café et une assiette de cookies. J'aimerais en faire autant, mais je préfère y renoncer tout de suite. Quand ma mère a une idée en tête, il est inutile d'essayer de lui faire changer d'avis. C'est extrêmement irritant. Étrangement, cela fait beaucoup sourire Hank. « Telle mère, telle fille » dit-il. Balivernes.
Je prends place face à ma mère, qui rayonne de bonheur. Ciel, ce qu'elle peut être déprimante. Encore très belle pour son âge, avec de grands yeux bruns pétillants et une magnifique chevelure à la Julia Roberts. Je suis obligée de reculer ma chaise pour faire de la place à mes jambes. Le sol sous la table est couvert de sacs pleins à craquer. Bonne nouvelle, j'ai échappé à la corvée shopping. Pas que je déteste le shopping, les vêtements et tout ce qui va avec. J'aime

même beaucoup ça. Mais pas un premier jour des soldes, avec ma mère.

− J'ai passé commande pour toi. Ça ne devrait plus tarder.

En effet, un serveur − charmant, au passage − dépose devant moi un café noisette et une assiette de cookies. Okay, un point pour toi, maman, c'était bien joué. Je trempe mes lèvres avec délice dans le mélange fumant et croque un morceau de biscuit aux pépites de chocolat. Mon estomac, plutôt grognon depuis mon réveil, entame une danse de la joie. Mais je ne renoncerai pas si facilement à ma mauvaise humeur. Il est hors de question de la laisser gagner si facilement.

− Tu ne pouvais pas te mettre à l'intérieur, comme tout le monde ? grommelé-je, la bouche encore pleine de biscuit chocolaté.

− Avec un temps pareil ? On n'a pas tous la chance d'être bronzé comme toi en plein hiver ! Vous avez des cabines UV dans vos bureaux ?

− Je reviens du Brésil.

− Comment c'était ?

− Dépaysant.

− Et qu'est-ce que tu faisais là-bas ?

− De la formation. L'Agence de São Paulo avait besoin d'agents expérimentés.

− Et chez vous, une jeune femme de vingt-cinq ans est un agent expérimenté ?

− Je suis douée dans ce que je fais.

− Je sais que tu es excellente ma chérie, mais j'ai un peu de mal à comprendre. Tu ne m'as jamais expliqué en quoi consistait exactement ton travail.

− Hank était avec moi.

− Le rugbyman néo-zélandais ? Tout s'explique.

– Il est américain.
– Il est charmant.
– Si tu le dis.
– Enfin, ma chérie, pourquoi tu continues à le nier ? Vous passez tout votre temps ensemble, et vous avez acheté une maison, il me semble ?
Que faire ? Lui expliquer que Hank est un agent superviseur chargé de surveiller sa pauvre fille parce qu'elle a eu le malheur de naître sans un appendice pendouillant entre les jambes ? Non, ce serait humiliant et j'ai eu mon compte pour les siècles à venir.
– Hank est mon coéquipier, Maman. Et ce n'est pas notre maison, mais notre quartier général. Ça n'a rien à voir.
– Et quand est-ce que l'on pourra venir vous voir, hein?
Là, elle commence vraiment à me taper sur le système. Elle le fait exprès ou mon humeur est tellement massacrante que je n'arrive même plus à supporter ma propre mère ? Cela dit, ça fait déjà plusieurs années que nos relations sont tendues…
– Qu'est-ce que tu ne comprends pas dans « quartier général » ? m'agacé-je, sans essayer de le cacher.
– Bon, bon, j'abandonne. Mais tu ne m'ôteras pas de la tête qu'il y a quelque chose de bizarre dans cette histoire...
– Maman !
Elle sourit. J'en étais sûre. Elle adore me faire sortir de mes gonds. J'ai envie de répliquer, mais la seule idée qui me vient est de tirer la langue, et cela me semble un poil puéril. Je me contente de croiser les bras et d'afficher une mine très légèrement agacée. Je profite du silence qui s'est miraculeusement installé pour laisser mon regard flâner aux alentours. Les allers-retours incessants des passants me bercent. Le soleil picote agréablement ma peau, me rappelant à quel point j'aime la vie en plein air. Quelque chose bouge dans la

fontaine. Est-ce le fruit de mon imagination ? Pendant quelques instants, il m'a semblé voir une nymphe danser entre les jets d'eau. Je souris malgré moi. Rien n'est impossible. C'est l'une des choses que j'ai découverte depuis mes débuts à l'APICM.

Le serveur revient avec la note, un bouton de sa chemise défait, le sourire éclatant. Ma mère ne peut s'empêcher de minauder. Elle replace une mèche de cheveux derrière son oreille, pince les lèvres en un petit sourire timide, et papillonne des cils. Le pire, c'est que ça fonctionne. Le serveur en semble tout retourné. Je vais vomir.

– Comment va Papa ? l'interromps-je dans son petit cinéma.

Le jeune homme récupère le billet qu'elle lui tend et s'en retourne prestement, mais elle ne semble pas s'en offusquer et me réponds avec un sourire tendre.

– Bien, il est sorti de l'hôpital il y a deux jours. Il est en pleine forme.

– Tant mieux.

Je le pense vraiment. Mon père est un vrai gentil. Il ressemble un peu à Hank, en fait. Les kilos répartis différemment, c'est tout. C'est un ancien pompier. Et il a gardé la sale manie de toujours vouloir aider son prochain. Un modèle, diriez-vous ? Je suis bien d'accord, mais il a toujours été d'une maladresse frôlant l'indécence. A croire qu'une fée mal lunée s'est penchée sur son berceau à sa naissance. Ça ne m'étonnerait même pas. Il y a quelques semaines, l'idée saugrenue d'aller vider les chéneaux des voisins lui a traversé l'esprit. Pourquoi ? C'est bien la question que je me pose. Toujours est-il que, comme on s'en serait douté, il avait mal fixé l'échelle. Résultat : tassement d'une vertèbre lombaire.

– Au fait, tu te rappelles que dimanche, c'est l'anniversaire de tante Suzie. On compte sur toi. Ça fait des mois que tu n'es pas venue à

une réunion de famille. A croire que ton boulot est plus important que tout le reste.
– Il l'est, Maman. Je ne peux pas me permettre de prendre des jours de congés quand cela me chante. On a besoin de moi.
– Tu n'es pas irremplaçable tout de même !
Non, c'est vrai, cela ferait même très plaisir au Commandant si la seule femme ayant atteint le grade d'Agent Supérieur depuis le début de son règne pouvait être remplacée par un bon vieux mâle gonflé à la testostérone. Je me vois mal expliquer mes déboires à ma mère. Elle est le stéréotype de la petite femme parfaite, qui s'est toujours bien occupée de la maison, attentionnée envers mon père et toujours bien apprêtée. Elle ne comprendrait pas. Déjà qu'elle ne voulait pas que j'intègre l'école militaire, ce serait lui donner raison. Hors de question. Je ne lui en veux pas, mais c'est mon combat, celui que j'ai choisi. Elle n'a plus à s'en mêler aujourd'hui.
A mon grand soulagement, ma montre sonne et coupe court à la conversation. Je me concentre un instant sur le motif sonore répété. Deux sons aigus, trois sons graves. Le code pour « intrus en ville ».
– Qu'est-ce que c'est ? me questionne ma mère.
– Une urgence. Je dois y aller, lui réponds-je en me levant souplement, soudain de très bonne humeur.
– D'accord, mais n'oublie pas l'anniversaire de tante Suzie ! C'est dimanche !
– Je sais !
Je m'éloigne rapidement, ravie d'échapper aux interrogatoires en règle de ma mère, mais cette alarme m'inquiète. Que viennent faire des intrus en ville, en milieu de journée ? Ils vont forcément être repérés par des civils. Une seule personne peut me renseigner. Je jette mon dévolu sur ma montre et fais tourner le cadran d'un demi-tour.

– Sélénin, tu as reçu le signal ?
– Bonjour ma belle, moi aussi je suis ravi de t'entendre.

Des papillons s'envolent dans mon ventre et un doux frisson me parcourt des pieds à la tête. Quelle voix...

– Désolée, Sélénin. Mauvaise journée. Alors ?
– Oui, le signal clignote intensément sur mes écrans. Les intrus sont dans le quartier Sud.
– Le quartier étudiant ? Mais qu'est-ce qu'ils foutent là-bas ?
– Je ne sais pas. En tout cas, ils n'ont pas bougé depuis que nous les avons repérés.
– Très bien. Je vais aller jeter un coup d'œil.
– Hank est avec toi ? Tu sais que tu n'as pas le droit d'intervenir seule.
– Il fait des courses dans un supermarché du 6ème. Préviens-le, mais je ne veux pas perdre de temps.

Je me passe de lui dire que nous sommes momentanément suspendus. Mais après tout, n'étant pas en service, je pouvais bien me balader parmi les jeunes de mon âge, pour une fois. Et tomber fortuitement sur... sur quoi d'ailleurs ?

– Tu sais à quoi je dois m'attendre ?
– D'après les images satellites, je dirais des Gobelins. Une dizaine.

PIECES A CONVICTION
Professeur Benjamin Thomas

J'y suis presque, la solution est là, je le sens.... Des années de recherches, et enfin je touche au but. Des coups résonnent à la porte. Je les ignore. Ce doit être une erreur. Tout le monde sait que je ne veux être interrompu sous aucun prétexte. Si près...
Boum, boum, boum.
Bon sang ! Qui que ce soit je vais l'étriper s'il ne cesse pas tout de suite ce vacarme. J'ai besoin de calme. Je frappe le bureau d'un geste rageur et nerveux. Mes notes glissent du bureau. Non, non et non ! Ce n'est pas possible. Je sais que je suis sur le point de faire la découverte de ma vie. Il suffit d'aligner les signes correctement...
– Ouvrez, bordel ! Je vous préviens, dans trente secondes, je défonce la porte !
Une voix féminine. Évidemment. Il n'y a qu'une femme pour taper autant sur les nerfs. Mais elle se fatiguera bien vite et finira peut être par me foutre la paix !
– Vingt secondes.
Mais bien sûr !
– Dix secondes.
Du mauvais bluff.
– Je vous avais prévenu.
Un coup sourd fait soudain trembler les murs, et la porte s'ouvre dans un grand fracas, faisant vaciller mes précieux bibelots, vestiges de mes débuts d'archéologue des mondes disparus. Une grande brune en tailleur noir se frotte l'épaule en grognant. Je la fixe sans comprendre, et je sens la réponse m'échapper... Non, non, je la tenais !

– Qu'est-ce que vous faites ?! J'avais trouvé, j'étais sur le point de résoudre une énigme vieille de plusieurs siècles ! Je... j'ai oublié, par votre faute !

Je vais exploser. Elle a tout gâché.

– La solution est dans votre tête, quelque part. Vous serez bien content que je sois venue vous sauver quand on sortira d'ici et qu'elle sera toujours au-dessus de vos épaules. Les gobelins ont la fâcheuse manie d'arracher la tête de leurs victimes. Il paraît qu'ils s'en servent comme boules de bowling. Ça vous dit ?

– Les gobelins ? Ils existent vraiment alors ! J'avais raison.

– Oui, oui, félicitations, vous êtes un génie. On peut y aller ? Ils seront là d'une seconde à l'autre.

Des gobelins ! Je vais voir des gobelins ! Toutes ces années à essayer de prouver l'existence des créatures magiques et je vais enfin en voir de mes propres yeux. A chaque fois que je tenais une preuve irréfutable, elle me glissait entre les doigts. Je suis presque certain que le gouvernement est derrière tout ça. Ils doivent vouloir garder secrète l'existence de telles créatures. Mais pourquoi ? Les gens du commun ont le droit de connaître la vérité. Personne n'imagine qu'il existe un monde entier dissimulé juste sous nos yeux. Personne. Sauf cette femme.

– Qui êtes-vous ?

– Ce n'est pas vraiment le moment de faire les présentations. Ce qui m'intéresse, c'est de savoir pourquoi ils ont été envoyés ici.

– Envoyés ?

– Ils ne sont pas vraiment réputés pour leur intelligence, vous devriez le savoir, monsieur-le-professeur. Vos recherches ne sont pas très conventionnelles. Et il semblerait que vous ayez mis le doigt sur ce qu'il ne fallait pas. Alors, dites-moi, sur quoi travaillez-vous ?

– C'est top secret ! me défends-je.
– Vous vous foutez de moi ?
Soudain, des ricanements et bruits de course résonnent dans le couloir. Proches, très proches.
– Merde. Sélénin, trouve-moi une sortie !
– A qui parlez-vous ?
– La ferme. Prenez vos travaux et reculez !
Une petite tête difforme et hirsute apparaît dans l'ouverture béante de la porte fraîchement défoncée. D'un geste étonnamment vif, l'inconnue prend un objet et le balance dans la tête du gobelin. L'assiette des elfes d'Alawindir ! Mon trésor est en pièces à côté d'une créature sale et figée.
– Visez entre les yeux, ça les stoppe net pendant quelques secondes. me conseille-t-elle.
– Vous vous rendez compte de ce que vous venez de faire ?! Cette assiette avait énormément de valeur ! m'écrié-je, scandalisé.
– Ce vieux machin ? Vous plaisantez ? J'en ai plein ma cave.
Une statuette troll et un bilboquet gnomique s'envolent à leur tour. Elle va détruire toute ma collection ! Il faut stopper le carnage coûte que coûte. Je fourre mes papiers dans un sac à dos le plus vite possible. Réfléchis, Ben. Il faut agir avant que les gobelins n'envahissent la pièce et que l'autre folle furieuse ne détruise tout ton travail.
– J'attends, Sélénin, ça chauffe par ici, je te signale.
Voilà qu'elle recommence à parler toute seule. Il me faut quelque chose pour me défendre. Un objet qui n'aurait pas plusieurs centaines d'années de préférence. Un objet lourd, mais maniable. Dans quel placard ai-je rangé les affaires de mon ex... Ah oui, celui-là. Je ne peux m'empêcher de grimacer en voyant ces vieux machins dégoulinants de souvenirs. Si les gobelins veulent détruire mon

bureau, autant qu'ils commencent par ça. Des photos de notre voyage en Amérique du Sud. Ridicule. Un porte-clés tortue que je lui avais offert à la fête foraine. Sans intérêt. Une boule à neige Disney. Bonne à prendre la poussière. Quoi que...
– Hey, vous, attrapez ça !
La jeune femme réceptionne la boule avec adresse et la fait tourner entre ses mains.
– Vous êtes sûr ? J'adore les boules à neige. Ce serait du gâchis.
– Sérieusement ? Vous détruisez sans état d'âme des trésors historiques prouvant l'existence de cultures non humaines, et vous hésitez devant une camelote fabriquée en Chine ?
– Parce que vous croyez que les elfes fabriquent eux-mêmes leurs assiettes ? Avec leurs mains si délicates ? Vous rêvez, mon cher !
Je reste un instant pantois devant sa répartie. Je n'avais jamais imaginé les choses sous cet angle… Cette femme en sait décidément beaucoup trop pour être une citoyenne comme les autres. Je n'ai malheureusement pas le loisir de l'interroger, car l'affaire se complique. Trois gobelins ont réussi à pénétrer dans la pièce, malgré les efforts de l'inconnue pour les repousser. Avec une moue de regret, elle en assomme un premier, et la boule à neige retombe en éclats sur le sol. D'un geste vif, elle tire de sa poche une sorte de tube noir, qui, d'une secousse, se déplie en un grand bâton de combat. Mais qui est cette femme, bon sang ?
Je n'ai jamais vu personne se battre avec autant d'habileté. Je n'ai jamais vu personne se battre, en fait. Mais le spectacle qui se déroule sous mes yeux est tout à fait incroyable. Les gobelins sont de petites créatures affreusement laides. Je dirais même plus, complètement difformes. Comme si leur créateur n'avait aucun sens des proportions. Ne mesurant pas plus d'un mètre, ils ont de petites jambes maigrelettes, supportant un buste massif. Sur un cou presque

inexistant repose une grosse tête aux yeux globuleux et aux dents aussi acérées que des rasoirs. Pourtant, malgré ce manque apparent de grâce, ils sont extrêmement vifs. Ils évitent aisément les coups de l'inconnue qui résiste tant bien que mal à leurs assauts incessants. Quand elle réussit à les envoyer rouler au sol, ils reviennent à la charge avec encore plus de hargne.
– Visez entre les yeux ! lui rappelé-je, voulant aider.
– Sans rire ? Vous croyez que ça m'amuse ?
– Personnellement, je trouve le spectacle fort divertissant.
– On verra si vous vous amuserez autant quand ils se souviendront que c'est pour vous qu'ils sont là.
A ces mots, tous les gobelins figés tournent lentement leur tête vers moi. Certains esquissent même un sourire cruel. D'un pas traînant et ridiculement lent, ils se mettent en marche dans ma direction. Je n'ai plus du tout envie de rire. Mais alors plus du TOUT !
– Faites quelque chose !
– Désolée, je suis déjà bien occupée avec ces deux-là. Trouvez-vous de quoi vous défendre !
De quoi me défendre. Oui c'est ce que je cherchais avant qu'une armée de petites créatures cruelles ne se jette sur moi au ralenti. Croyez-moi, il n'y a rien de plus terrifiant que de voir leurs visages hargneux se rapprocher de secondes en secondes. Une arme. Vite, vite, vite. Un pistolet ? Je n'ai pas ça sous la main. Un couteau ? Je serais capable de me blesser avec. Un bâton ? A moins de prendre celui de l'inconnue, c'est foutu... Je n'ai pas de bâton de combat. Non. Par contre j'ai le bâton de majorette de mon ex. Ça devrait faire l'affaire. Je fouille rapidement dans le placard, mais impossible de mettre la main sur cette foutue baguette en fer.
– Bougez-vous, ils se réveillent !

Je sens un brin de panique dans sa voix. Pas bon. Pas bon du tout. Je mets enfin la main sur l'objet de mes convoitises quand un concert de grognements résonne dans mon dos. C'est la fin.

Je sens un liquide chaud couler sur mon visage. Bon dieu, je suis blessé, ils vont me découper en morceaux et jouer au bowling avec ma tête ! J'ouvre les yeux. Et me retrouve face à face avec un horrible gobelin dont les dents sont plantées dans un bras. Un bras lisse et bronzé. Sûrement pas le mien, alléluia !

Je sais, vous pensez que je ne suis qu'un rustre égoïste et sans cœur. La vérité, c'est que j'ai du mal à croire que cette femme vient de me sauver la vie. Voilà, c'est dit. Elle s'est jetée sur moi au moment de l'attaque et a encaissé le choc à ma place. D'un geste rageur j'abats le bâton de majorette sur le crâne de la créature. Sonnée, elle relâche sa prise et s'effondre. Libérée, la jeune femme roule sur moi et balance ses poings et ses pieds dans toutes les directions. Ses cheveux me chatouillent le visage. Ils sentent un mélange de graines et de fruits rouges. Ce n'est pas désagréable. Soudain, j'aperçois un gobelin fouiller dans mon sac. Il va saccager mes recherches !

– Mon sac ! Mes documents ! hurlé-je, effaré.

L'inconnue tente de s'extraire de la mêlée, mais trop tard. La créature a attrapé un parchemin et s'enfuit avec. Comme un signal, toutes les autres se jettent sur nous avec plus de fureur comme pour nous empêcher de l'arrêter. C'est horrible. Mon travail va finir entre les mains d'un autre, et des gobelins vont me réduire en bouillie. Je n'avais pas imaginé ma fin ainsi.

Soudain, la pression se relâche et la jeune femme est soulevée dans les airs. J'ai juste le temps de rouler sur le côté qu'une grande botte chasse d'un coup violent le gobelin qui me sautait dessus. Au moins du 50 ! Le géant dépose délicatement l'inconnue sur le bureau et repousse rapidement les derniers gobelins de ses grandes mains. Il est bien deux fois plus grand que les créatures, et sa musculature est plus qu'impressionnante.

– Merci pour la porte de sortie, Sélénin, lâche l'inconnue d'un ton amer.

Je n'entends pas la réponse de son interlocuteur mystère, mais cela a pour effet de faire sourire le géant. Et de renfrogner encore plus la mystérieuse jeune femme qui me jette un regard noir, comme si tout était de ma faute.

Après l'agitation du combat et la fuite des gobelins, la pièce se retrouve tout à coup plongée dans un silence pesant. Je déglutis avec peine tandis que les deux inconnus me fixent, les bras croisés sur la poitrine. Ce duo improbable, tout de noir vêtu, semble tout droit sorti d'un film d'action de série B. J'hésite entre les remercier et les assaillir de questions, mais la jeune femme aux yeux plus noirs qu'un gouffre sans fond me coupe dans mon élan :

– Que vous le vouliez ou non, Professeur Thomas, vous allez nous expliquer sur quoi portent vos recherches. C'est un ordre.

Journal de l'agent Brook
(5 janvier)

Hank a fait semblant de bouder tout le trajet du retour au QG. Je dis bien semblant. Je le connais par cœur. Son petit sermon n'était qu'une ganache de crème chantilly sur un gâteau au yaourt. Du flan. Enfin, vous me comprenez. Certes, il a eu peur. Certes, j'ai désobéi au règlement. Encore. Mais il fallait bien que quelqu'un intervienne, il en allait de la sécurité de pauvres civils innocents. Et puis, il est tout aussi intrigué que moi par ce que nous avons découvert chez ce mystérieux professeur. Ça, j'en mettrais ma main à couper. Je vois les rides qui se dessinent aux plissements infimes de ses yeux quand il réfléchit. Les esquisses de sourire qu'il retient en repensant à la manière dont il m'a glorieusement tirée d'affaires. Même si je me serais très bien débrouillée toute seule. Et le tressautement de ses muscles quand il se rend compte que je l'observe et qu'il reprend son air sévère et boudeur. Je fixe la route pour m'empêcher de rire. Il se vexerait, et dans ces cas-là, le nounours paisible se serait transformé en pimbêche revancharde. Une pimbêche de cent kilos de muscle. Et chauve. La voiture quitte la banlieue chic et s'engage dans la zone industrielle désaffectée. Bientôt à la maison. Les allées fleuries laissent peu à peu place aux plates-bandes bétonnées ; les belles maisons cossues aux entrepôts abandonnés. Gedicas et son matériel de robinetterie, Dankesl entreprise et ses jouets qui ont sûrement ravis des milliers de gosses par le passé. L'immense hangar où le milliardaire Benjamin Fenwington organisait ses petites orgies sanglantes. C'était le propriétaire du site. Et accessoirement, un vampire. Il employait plus d'une centaine de créatures magiques, faisant chanter les salariés humains, et buvait le sang de ceux qui risquaient de le trahir. Après des dizaines de cas de suicides, l'Etat s'est tout de même inquiété. Il était temps. Quand l'une des équipes de l'APICM est arrivée, Benjamin Fewington devait avoir eu une petite soif. Des dizaines d'employés humains et magiques gisaient au sol, dans une mare de sang. Et le milliardaire s'amusait tranquillement avec deux jeunes femmes fraîchement converties dans son lit aux draps de soies. Il paraît qu'il était mort de rire en les voyant débarquer. Ironique, n'est-ce pas ? Moi, je lui aurais tiré une balle entre les deux yeux, juste pour le plaisir de voir son sourire disparaître un instant. Mais c'était des vrais pros comme on en fait plus. Ils l'ont simplement emmené et enfermé dans un hôpital psychiatrique pour créatures magiques dérangées du ciboulot, sur une île déserte inconnue des simples mortels. Les familles des victimes ont été dédommagées et les journaux n'ont jamais eu vent de l'affaire. Bien entendu, les employés humains restants ont obtenu un nouvel emploi moins dangereux, ainsi qu'une petite contribution pour leur très aimable coopération. Finalement, le site a été vidé et fermé en deux trois claquements de doigts. A condition d'être un centaure, ou un gobelin traqueur peut-être, vous auriez entendu une mouche voler dans la zone désertée. Et elle est restée ainsi pendant trente ans, acquérant par la même occasion une petite réputation de zone maudite où personne ne met les pieds. Exactement ce que je cherchais pour installer mon quartier général. Vous comprenez donc que je n'ai pas hésité longtemps avant d'y poser mes valises. Avec Hank, bien sûr. Officiellement, c'est lui qui est propriétaire de MA caserne. La vérité c'est que j'ai eu un coup de cœur pour ce bâtiment où travaillaient les beaux soldats du feu. Hank a refusé catégoriquement comme une fillette fait un caprice. Soit disant que c'était bien trop glauque, et que ces pompiers devaient forcément être des dresseurs d'élémentaires.

Personnellement, je m'en moquais éperdument. Et j'ai gagné. J'ai donc installé MON quartier général dans MA caserne au milieu de MA zone déserte et maudite. Le pied total !

Hank gare la voiture devant le grand bâtiment blanc. Il a enlevé les inscriptions « caserne des sapeurs-pompiers », mais j'ai réussi à le convaincre de laisser la bande rouge caractéristique. Je dois dire qu'elle en jette, notre caserne, au milieu des entrepôts délabrés. Hank et moi l'avons rénovée de fond en comble à notre installation, il y a trois ans.

Je vous arrête tout de suite. Je sais ce que vous êtes en train de vous dire. C'est chaud entre ces deux-là, ils ne doivent pas s'ennuyer le soir au coin du feu. Faux ! D'abord, on n'a pas de cheminée. Manquerait plus que ça, dans une ancienne caserne de pompiers. Et ensuite, Hank et moi, c'est une relation tout à fait professionnelle. Bon, j'avoue, peut-être un peu plus que ça après tout ce que l'on a traversé ensemble. Mais je dirais plutôt que c'est une relation plus ou moins fraternelle. Oui, c'est ça, Hank est en quelque sorte le grand frère que je n'ai jamais eu. Ne lui dites jamais que j'ai écrit ça.

– Vous habitez vraiment au milieu de ces ruines ?

Je l'avais oublié, celui-là. Il me tape vraiment sur le système. Je suis certaine qu'il s'entendrait à merveille avec ma mère.

– Ces « ruines » comme vous dites, sont la couverture parfaite pour notre quartier général. Mon équipe a besoin de discrétion, expliqué-je.

– Votre équipe ? Parce que c'est vous le chef ? Je pensais que c'était le géant néo-zélandais.

– En fait, je suis américain, corrige Hank, patient.

Ciel, c'est le double masculin de ma mère. Je l'observe quelque instant dans le rétroviseur. Dans le feu de l'action, et à cause de son ton condescendant, j'ai d'abord cru qu'il était le stéréotype du professeur d'université poussiéreux, vieux garçon et aux cheveux grisonnants. Maintenant qu'il se pense tiré d'affaire, son visage apaisé ne laisse apparaître aucune ride. Il ne doit pas avoir plus de trente ans. Quelques mèches auburn s'échappent de ses cheveux ébouriffés. Sa peau claire est parsemée de tâches rousses, qui font ressortir ses yeux verts. Son regard croise le mien. Gênée, je me détourne et ouvre ma portière.

– Allons-y, je suis sûre que vous serez ravi de rencontrer le reste de l'équipe, glissé-je en descendant de la voiture, sur un ton faussement poli qui ne convainc personne.

– Tu devrais soigner ta blessure pendant que je décharge les courses, ça pourrait s'infecter ! s'inquiète Hank, toujours prévenant même quand il m'en veut. Si je n'étais pas moi-même à cran, je le serrerais dans mes bras.

– Tout à l'heure, je vais bien, le rassuré-je, malgré la douleur qui irradie dans mon bras de plus en plus fort. Je descends de voiture en faisant bien claquer la portière, espérant ainsi que le reste de l'équipe saisira le message : pas de boulettes ce soir, par pitié, ou mon cœur ne le supportera pas. C'est beaucoup trop d'émotions pour une seule personne. Surtout pour moi, qui ai toujours cherché à fuir les sentiments trop forts, que ce soit dans la joie ou le malheur. Ça rend faible. Et plus jamais je ne serai faible. Je me le suis promis. Intégrer une agence gouvernementale top secrète, c'était ma chance. Rentrer dans le moule, suivre les règles, se laisser guider et obéir. Garder le secret. Ne rien laisser transparaître. Au début, c'était parfait. Et puis, je suis montée en grade. Et j'ai découvert l'envers du décor. J'ai rencontré le Commandant. Et ma paix intérieure s'en est allée danser avec les anges. Elle doit bien se foutre de ma gueule, maintenant. Hank me rejoint sur le pas de la porte. Il a l'air inquiet.

– Qu'est-ce qu'il y a ?

– Règle n°2...
– C'est trop tard pour les règles Hank, il en sait déjà beaucoup plus que nous ne l'imaginions. Il a vu les gobelins. Il connaît toute la théorie sur les trois quarts des espèces magiques existantes.
– Oui, la théorie. Comment réagira-t-il face à un troll ? La première expérience peut être un choc.
– Ne t'inquiète pas, je suis sûre que Bog lui fera très bonne impression.

Je pousse la porte d'entrée, et une grosse masse de poils baveuse manque de me faire trébucher. La bête semble fort intéressée par le morceau de cookie caché dans mon décolleté (je n'allais pas laisser ces délicieux biscuits à ma mère, ce n'est pas bon pour sa ligne). Grand seigneur – c'est le cas de le dire –, Hank me saisit à la taille et me soulève sans effort. Je pédale donc dans le vide, un chien monstrueux se léchant les babines à mes pieds, et le professeur un air moqueur sur les lèvres. Génial.

– QUE FAIT CETTE CHOSE DANS MA CASERNE ??

Je vous préviens, j'ai légèrement hurlé. Des étages, une grosse voix rocailleuse répond d'un ton mielleux. Le sourire du professeur se fait plus hésitant.

– Cette chose, très chère, est un Old English Mastiff. On dit qu'il descend des molosses romains qui combattaient les grands fauves dans les arènes, et qui servaient de chiens de guerre.
– C'est censé me rassurer ? manqué-je de m'étrangler.
– Le Mastiff est une combinaison particulière de dignité et de courage. Ce sont des chiens ayant naturellement bon caractère, placides et étrangement doux, récite la voix caverneuse.
– Tu as demandé à Sélénin de chercher sur internet, c'est ça ?
– Pas du tout...

– Wikipédia ! le coupe une voix chantante et sensuelle qui me fait frissonner de plaisir. Je sais, ce n'est pas bien. Mais c'est complètement incontrôlable. Cela dit, j'arrive plutôt bien à le dissimuler, et, au fil du temps, je ne ressens plus que de légers picotements plutôt agréables en sa présence. Le charme des elfes est légendaire, comme vous le savez. J'en ai presque oublié la bête qui attend à mes pieds.
– En attendant d'avoir une explication qui tienne la route, vous pourriez me débarrasser de ça ?!
– J'aimerais bien, mais j'ai déjà les mains prises, souffle Hank, une goutte de sueur sur le front. Comment ça, Monsieur Muscles fatigue en me portant quelques secondes ? Je ne suis pas si lourde !
– Agent Rambo, au pied ! appelle la voix tonitruante du troll.
– Comment ça, agent ?! Cette fois, je frise la crise cardiaque. Cette histoire est une vaste blague de très mauvais goût.
– Il l'a vraiment appelé Rambo ? grimace le professeur.
Je fixe le professeur Thomas, qui regarde Hank, qui surveille le chien, qui lorgne mon décolleté. Il n'a pas bougé d'un poil. Très bien, j'abdique. Je sors le biscuit et le jette à l'animal, qui disparaît aussitôt dans les escaliers. Hank me repose à terre, le professeur fixe mon décolleté.
– Je ne vous dérange pas ?
– Joli garde-manger.
S'il n'avait pas ce ton cynique, je le prendrais presque comme un compliment. Il est vrai que ce nouveau soutien-gorge me fait une poitrine d'enfer. Je préfère l'ignorer. C'est plus sage. Je m'engage dans la cage d'escalier, suivie des deux usines à testostérone. L'austérité du garage laisse place à la douceur d'un salon cosy. J'y ai mis toute la tendresse et la douceur dont j'étais capable. On y trouve deux canapés confortables sur lesquels reposent des coussins et des

plaids douillets. Les murs sont couverts de bibliothèques débordantes. Et le chien dévore MON cookie sur MON tapis hors de prix !

− Bon retour à la maison, Aleyna.

Ma colère s'évapore. Sélénin est installé derrière ses écrans, surélevé sur sa plate-forme de commande informatique. Derrière ses lunettes à monture noire, ses yeux bleu océan font ressortir l'éclat de lune de ses longs cheveux blonds cendrés. Son nom vient d'ailleurs de cette couleur si particulière. Séléné était la déesse grecque de la Lune. Quel bel hommage... Je prends de légères inspirations pour contrôler ma respiration et calmer les battements de mon cœur. Ça y est, si je prends garde à ne pas passer trop près de cet Apollon à lunettes, il restera un simple agent parmi les autres. J'ai une volonté d'acier. Qui, bizarrement, se renforce instantanément à l'apparition de Bog. Ciel, qu'il est laid. Vous saurez, chers amis, qu'un troll est aussi repoussant qu'un elfe est attirant. Et j'ai sous mes ordres deux spécimens tout à fait représentatifs. Même si Sélénin est un hybride et Bog est... Il me faut un moment pour vous décrire une telle anomalie de la nature.

Bogdan Orlov-Brugielli (vous noterez que ses initiales sont BOB) est un troll originaire des montagnes russes. Il y est né et a été élevé dans de bonnes vieilles traditions tribales par deux parents trolls abominables et aimants. Ils étaient heureux comme peuvent l'être des trolls, à vivre dans une grotte et à manger de la viande crue. Malheureusement pour ce cher Bog, les premières années de sa vie correspondent à une époque compliquée pour la Russie, en tension avec les américains. Tout le monde connaît la Guerre Froide. Et un beau jour d'hiver bien glacial, une troupe d'élite d'espions américains est tombée sur la gentille petite famille tranquille de trolls des montagnes. Papa et maman troll n'ont pas pu en réchapper. Mais le petit Bog, du haut de ses quatre ans, un mètre et déjà trente kilos, passa entre les mailles du terrible filet. Errant dans la forêt en pleurs, un autochtone le récupéra et le cacha dans sa cabane au fin fond des bois. Quelques années plus tard, M. Orlov le Russe rencontra Mme Brugielli l'Italienne et ils formèrent une jolie petite famille. Qui pouvait difficilement sortir au parc avec un petit troll de dix ans et soixante-dix kilos. Toujours est-il qu'ils élevèrent le jeune Bog dans l'amour et le respect. Lorsque Bog eut vingt ans (et cent cinquante kilos) les Orlov-Brugielli déménagèrent à Paris et ouvrirent un restaurant italien. Bog travaillait en cuisine avec sa mère adoptive tandis que son père gérait l'établissement et veillait à ce que personne ne découvre qui était le merveilleux chef (ou plutôt ce qu'il était).

Mais un jour, les services de l'inspection s'intéressèrent au restaurant, et sans l'intervention de l'APICM, je vous laisse imaginer la catastrophe.

C'est ainsi que le petit troll orphelin est devenu cette créature débonnaire, avec une toque de cuisinier et un tablier fleuri, qui s'occupe à merveille de ma très précieuse caserne. Je dois avouer que sa cuisine est un délice, que le ménage est toujours fait à la perfection, que mes tailleurs sont pliés avec soin et qu'il est très poli.

Bog émerge de ses fourneaux, s'essuyant les mains dans un grand torchon blanc. Ses yeux ne brillent pas d'une intelligence remarquable, mais sa bonne humeur naturelle suffit à le rendre (presque) indispensable. Sauf quand il ramène des animaux errants dans ma caserne, surtout ceux qui me prennent ma nourriture et salissent mon tapis.

– Bog, d'où sort la chose dégoûtante et baveuse qui prend ses aises dans le salon ? le sermonné-je.

– Chef, il ne m'a pas l'air si vilain que ça, pour un être de votre espèce, me répond-il, perplexe.
– Quoi ?
Je me retourne à temps pour voir le professeur feuilleter un de mes précieux ouvrages et s'installer dans le canapé.
– Mais non pas lui, idiot ! Le chien !
La mine attristée de Bog et le regard désapprobateur de Sélénin me couvrent de honte. Cette foutue journée est en train de me transformer en une mégère hargneuse. J'esquisse une grimace contrite en espérant qu'il me pardonne.
– Excuse-moi Bog, je n'aurais pas dû dire ça…
– Vous parliez de l'agent Rambo…
– Pas agent, s'il te plaît.
– Pourquoi ? Il pourrait faire partie de l'équipe, lui aussi. C'est un animal très intelligent, courageux et fidèle, il pourrait être très utile !
Bon, apparemment il ne m'en veut pas, mais il manque toujours un peu de jugeote.
– C'est un chien, Bog !
– Et alors ? Je suis un troll, Sélénin un elfe, et vous deux, vous êtes loin d'être des humains ordinaires. Nous sommes déjà une famille hors norme !
Je n'ai rien à répondre à ça. Une famille… Je cherche le regard de Hank pour y trouver des réponses. Il sourit, les bras croisés, calme, détendu. J'aimerais tellement me sentir en paix, moi aussi. C'en est trop pour moi, trop en une seule foutue journée. J'ai besoin de calme pour reprendre mes esprits. Quel qu'en soit le prix.
– Très bien, il peut rester, capitulé-je.
– Oh, merci, Chef ! s'enthousiasme le Troll.

– A la condition qu'il ne touche à rien ! S'il s'en prend à quoi que ce soit, c'est retour à l'envoyeur.
– Ses anciens propriétaires sont partis...
– Bog...
– Très bien, tout ce que vous voudrez.
Un calme bienvenu s'installe pendant un quart de seconde, immédiatement rompu par l'intervention sarcastique du professeur Thomas :
– Adorable, je pourrais écrire une thèse sur votre équipe. Au-delà de l'intérêt évident de l'existence de créatures magiques, je suis sûr que vous feriez larmoyer n'importe qui.
Mon sang ne fait qu'un tour, et je lui retourne la politesse :
– Vous auriez à peine écrit trois lignes que je vous aurais déjà collé dans une cellule pour atteinte à la sécurité nationale.
– Vous n'en avez pas le droit ! s'indigne-t-il.
– Oh, que si ! Vous n'imaginez pas dans quel pétrin vous venez de vous fourrer, monsieur Thomas.
– On se calme, les enfants. On dirait deux gamins qui se chamaillent, un peu plus et vous allez vous rouler par terre et vous tirer les cheveux en piaillant, nous interrompt Hank.
Une image fugace du professeur et moi roulant à terre, nos corps serrés l'un contre l'autre, me traverse l'esprit. Mais on ne se tire pas les cheveux... Oula, j'ai besoin de repos, moi !
– Professeur, je vous présente Bogdan Orlov-Brugielli, troll, et Sélénin Il'lulia, elfe.
– Demi-elfe, seulement, précise-t-il.
– Bog, Sélénin, voici le professeur Benjamin Thomas. Il enseigne l'histoire des civilisations *humaines*, et accessoirement, il mène une enquête illégale sur les créatures magiques.

– Comment pourrait-ce être illégal puisque, officiellement, elles n'existent pas ? répond le professeur d'un ton narquois.

Ignore-le Aleyna. Il cherche à te provoquer.

– Et le meilleur est à venir. Devinez ce que ce cher Benjamin a découvert ? Le secret des Oxiones ! Rien que ça !

Rapport sur l'équipe 8.0

Agent-en-chef

Nom : Brook

Prénom : Aleyna

Age : 25 ans

Taille : 1m70

Poids : 55 kg

Parcours : Grandir et devenir adulte dans l'ombre d'une femme comme ma mère n'a pas été facile. Toujours sur mon dos, toujours parfaite dans son rôle de la ménagère élégante et admirable, j'ai eu rapidement besoin de m'émanciper de ce cadre qui ne me convenait pas. Je me suis engagée dans le service militaire à dix-huit ans, et un an plus tard j'étais recrutée par une école dont j'ignorais jusqu'alors l'existence. J'ai trouvé ma voie. L'APICM était tout ce dont j'avais besoin.

Chance : ★★ Amour : ☆ Travail : ★★★

Note perso : Je suis la meilleure, n'en doutez jamais.

Agent de liaison superviseur

Nom : Solander

Prénom : Hank

Age : 35 ans

Taille : 2m01

Poids : 100 kg (de muscles)

Parcours : Ex de l'US Navy

Notes perso : Hank est un agent exceptionnel. Trois récompenses pour service rendu à la Nation, dont une remise par le Président en personne. Preuve de son engagement sans faille, il s'est même proposé pour être formateur-superviseur au lieu de prendre la tête d'une équipe d'élite. Il fallait bien un tel homme pour me seconder. Même si cela me coûte de l'avouer, je n'en serais pas là aujourd'hui sans lui. Et malgré son teint caramel et ses tatouages, je le répète, Hank est AMERICAIN !

(Sous) Agent technicien

Nom : Ill'lulia

Prénom : Sélénin

Age : indéterminé

Taille : 1m85

Poids : 75 kg

Parcours : Inconnu. Sélénin est très secret sur son passé. Il a parfois l'air si mélancolique… J'espère pouvoir un jour en apprendre plus sur sa vie avant qu'il n'intègre l'Agence.

Notes perso : Hybride elfique. Je tiens à dire que le grade de sous-agent ne devrait pas exister. On peut encore une fois féliciter le Commandant pour sa stupidité chronique et ses règles débiles. Sélénin est un hybride, et alors ? Moitié génie de l'informatique humain, moitié elfe. Je vous laisse imaginer le résultat. Un geek à lunettes, beau comme un dieu. Ce qu'il est presque puisqu'il est à moitié immortel. Je m'interroge d'ailleurs grandement sur les avantages que cela peut lui procurer. Le premier est, en tout cas, de paraître avoir trente ans alors que je suis certaine qu'il est bien plus vieux que nous tous réunis.

Agent d'entretien

Nom : Orlov-Brugielli des montagnes russes (pas l'attraction, les vraies montagnes)

Prénom : Bogdan

Age : 45 ans

Taille : 1m72

Poids : 180 kg (de graisse)

Parcours : Élevé par des humains, ancien cuisinier dans un restaurant italien à Paris.

Notes perso : Troll. Je déteste les trolls. Ils sont immatures, puants et laids. Mais disons que Bog est l'exception. Il est laid, ça, c'est certain, un troll reste un troll. Mais élevé par des humains, il connaît l'usage de la douche, et possède même une certaine éducation, si rare désormais, même chez les humains. Il fait les lessives, repasse, nettoie, range et cuisine à merveille. Une vraie fée du logis (mes excuses à ces dernières).

Agent canin

Nom : Rambo

Age : aucune idée (et je m'en contrefiche)

Taille : 80 cm

Poids : 75 kg

Parcours : Abandonné par ses anciens propriétaires et récupéré par l'agent Bog contre mon gré.

Note perso : Un gros tas de poils baveux qui risque de me poser un certain nombre de problèmes. Sans parler des poils qu'il laisse sur le canapé, des croquettes au bœuf qui ont envahi ma cave, et des crottes monstrueuses qu'il daigne déposer dans le caniveau. Non vraiment, je ne comprends pas ce que les gens trouvent à ces bestioles. Bog m'a bien eue sur ce coup, mais je trouverai bien un moyen de me débarrasser de cet animal à un moment ou un autre. Je ne suis pas du genre à m'attacher à un chien. Vraiment.

PIECES A CONVICTION
Professeur Benjamin Thomas

La révélation de l'agent Brook a fait l'effet d'une demi-bombe. Demi, parce qu'elle n'a pas été forcément comprise par tout le monde. Le troll appelé Bog me fixe avec des yeux ronds, attendant visiblement des explications plus poussées. Le demi-Elfe, quant à lui, semble perdu dans ses pensées, le visage grave. Pourtant, je vois une lueur de curiosité dans ses yeux bleu profond. Il en sait beaucoup plus que l'on pourrait le supposer. J'en suis certain. Si je dois rester coincé ici un moment, je tâcherai de le faire parler. Peut-être possède-t-il des connaissances qui m'échappent encore. L'agent Brook semble remarquer mon soudain intérêt pour l'elfe et me fusille du regard. A-t-elle compris la raison de ma curiosité, ou bien est-ce un soupçon de jalousie qui transparaît dans ses yeux noirs ? Sa désapprobation suintante m'agace et me met mal à l'aise. Je ne peux m'empêcher de lui renvoyer un regard mauvais, et je remarque l'état pitoyable dans lequel elle se trouve. Ses cheveux en bataille s'échappent d'un chignon souple, son chemisier blanc est en lambeaux et tâché de sang. Quant à sa jupe tailleur, elle est désormais fendue sur toute la longueur, révélant une peau nue et satinée. Je me souviens alors de la morsure du gobelin, tout à l'heure, dans mon bureau. Son bras gauche est dans un sale état. Les dents acérées de la créature ont entaillé la peau assez profondément, formant un croissant écarlate sûrement très douloureux.
– Vous devriez peut être soigner ça.
Elle baisse les yeux sur la blessure et hausse les épaules en soupirant. Elle a vraiment l'air épuisée, et je m'en voudrais presque d'avoir été aussi désagréable. Presque. Sous cette apparence de petit

chef agaçant et antipathique se cache peut-être une jeune femme fragile et intéressante. Il n'en reste pas moins qu'elle a tout gâché. Je n'ai pas l'intention de pardonner si facilement.
– Je vais prendre une douche et me changer. Bog, Sélénin, je compte sur vous pour surveiller le professeur pendant que Hank décharge la voiture. Je ne veux pas qu'il fourre son nez partout.
– Vous avez pris le saumon ?
Le troll semble tout excité. Le géant sourit.
– Oui, Bog.
– La ciboulette ? La coriandre ? Le thé vert ?
– Il manque certainement une partie de la liste, je suis désolé. Il se trouve que j'ai été obligé de m'interrompre.
– Je vais me débrouiller. Soyez tous prêts dans une heure, je vous réserve une de mes recettes fétiches, vous m'en direz des nouvelles !

Journal de l'agent Brook
(5 janvier)

Je laisse l'eau chaude ruisseler sur mon corps douloureux. Je suis un peu rouillée depuis le retour du Brésil, et affronter une bande de gobelins n'était peut-être pas le meilleur exercice pour reprendre l'entraînement. J'attends que l'eau perde sa couleur rougeâtre pour jeter un coup d'œil à la blessure qui orne mon bras droit. Magnifique. On peut nettement distinguer les incisions de chaque dent pointue qui s'est enfoncée dans ma chair. Et, malheureusement pour moi, les gobelins en possèdent bien plus que la moyenne humaine. J'espère qu'il n'y aura pas besoin de points de suture. Je déteste ça. Qui pourrait aimer sentir une aiguille, puis le fil, s'infiltrer sous sa peau alors qu'on a déjà quarante-six trous qui pissent le sang ? Enfin, les autres sont occupés, je me débrouillerai toute seule et sans points de suture. La buée envahie peu à peu la pièce et je me détends enfin. Je me rends compte à quel point j'étais crispée. Comment une journée peut-elle être aussi merdique ? C'est vrai, regardez l'effet que ça a eu sur moi ! De mauvaise humeur, colérique et même méchante. Je ne mentais pas quand je disais que je ne me mettais jamais en colère. Je suis vraiment d'une nature calme et compréhensive. Mais il faut croire que depuis quelques temps, la vie en a décidé autrement. Depuis le Brésil... Mon cœur n'est pas en train de se noircir, du moins, je l'espère. Ce n'est qu'un mécanisme de défense comme un autre. Il faut combattre avant de se faire manger tout cru, n'est-ce pas ?

Au moins cette horrible journée aura-t-elle permis d'éviter une catastrophe. Si je n'avais pas arrêté ces gobelins, qui sait ce qui serait advenu des travaux de ce stupide professeur. (C'est vrai, Hank m'a un peu aidée. Et le professeur Thomas n'est pas si stupide, il est juste insupportable).

Le secret des Oxiones. Le plus grand mystère qui ait jamais existé, autant pour les Humains que pour les créatures magiques. Je parle surtout des Elfes, ce sont les seuls à avoir l'intelligence et les connaissances suffisantes pour plancher sur le sujet. Je les soupçonne même d'en savoir beaucoup plus que nous. Mais plus maintenant. Grâce à cet homme et à ses recherches, nous pourrions enfin résoudre une énigme remontant à des millénaires. Je me demande bien ce que peut être ce secret si bien protégé. Une cité engloutie, comme l'Atlantide ? Un trésor ? C'est toujours un trésor. Malgré moi, mes pensées naviguent vers un endroit lointain. Une poupée me fixe de ses grands yeux bleus...

Ma poupée est toujours sur son étagère, même si je ne suis plus une enfant. Elle reste ma meilleure amie. Je crois qu'aujourd'hui elle est fière de ce qu'elle voit dans le miroir. Mes longs cheveux bruns ont été tressés avec des fils d'or. Je porte une magnifique robe émeraude, couleur de la maison de mon père. Mes grands yeux noirs pétillent d'impatience et d'appréhension. Aujourd'hui n'est pas un jour comme les autres. C'est le jour du Roi Islandsis. Le jour de la grande Purification. Il y a cinq cents ans, le frère du Roi Islandsis, Adésien, commis le plus terrible des sacrilèges. Possédé par la haine et la jalousie, il offrit son âme au dieu des morts. Jamais telle horreur n'avait affecté notre peuple. Le mal n'existait pas dans les cités des Terres Originelles. Mais comme le plus terrible des poisons, la magie des ténèbres s'insinua dans le cœur d'Adésien et de ses disciples. Dans l'ombre, le mal gangrenait un peuple qui ne connaissait alors que l'amour, le respect, l'honneur et la sagesse. Et un soir de Lune de sang, l'irréparable faillit survenir. Mais le Roi Islandsis comprit la trahison de son frère à temps. Dans un geste d'amour et de dévouement, il sacrifia sa vie et emmena avec lui l'âme empoisonnée de son frère dans les tréfonds des enfers. Il fut interdit de prononcer à jamais le nom de l'Impur et de son dieu maléfique. Quant aux nombreux fidèles touchés par le Mal, ils furent marqués du sceau des Impurs et considérés dès lors comme un sous-peuple, esclave de ceux qu'ils avaient trahi.

De petits coups frappés à la porte me tirent de ma rêverie. C'est Lena, mon esclave de chambre. Elle apporte le cadeau de mon père pour cette journée merveilleuse.

– De la part du Sage Jélyssandre, Princesse Ellyssa.

– Ouvre-le, qu'attends-tu ?

Sans se faire prier, Lena dépose le magnifique coffret sculpté sur la coiffeuse et se penche pour l'ouvrir. A mes yeux s'impose soudain la marque qui couvre sa nuque. Le signe des Impurs. Malgré moi, la bile me monte à la gorge. Une colère sourde fait battre mes tempes.

– Tu devrais mieux te couvrir Lena, surtout en ce jour…

D'un geste brusque, elle se redresse et dissimule la marque avec ses cheveux. La honte envahit ses yeux baissés.

– Je vous demande pardon, Princesse, je vous promets que cela ne se reproduira plus.

– File, tu ne dois pas traîner dehors en ce jour, rejoins les tiens et restez chez vous jusqu'au matin.

Tandis qu'elle quitte la pièce, je ravale tant bien que mal la colère qui bout toujours en moi. De mes doigts tremblants, je saisis délicatement le collier d'or et de perles qui repose dans un écrin de soie. Désormais seule pour l'attacher, je repousse mes longs cheveux sur un côté. Sous mes doigts, je sens la peau fripée et sensible de ma nuque. Dans le miroir, une grande cicatrice couvre le haut de mon dos, là où la Marque s'étendait quelques secondes plus tôt sur mon esclave. Et sous mes yeux, les flammes dansent de nouveau.

− Aleyna ! Aleyna ! Ouvre la porte, bon sang ! Est-ce que tu m'entends ? Ça fait plus d'une heure que tu es enfermée là-dedans, crie Hank à travers la porte close.
− Le repas refroidit, je devrais peut-être le remettre au four, s'inquiète Bog.
− Elle a peut-être perdu trop de sang. Et si elle avait perdu connaissance ? dit le professeur Thomas d'un ton détaché.
− Je vais défoncer la porte, propose Hank, toujours pragmatique.
− Elle risque d'être nue, le stoppe Sélénin.
− J'entrerai, ça ne me dérange pas, s'amuse le professeur.
− On ne vous a pas sonné vous ! rugit Hank.
− Waouf !
Les coups frappés à la porte résonnent dans ma tête. Une douleur sourde rayonne de mon front. J'ai dû me cogner en m'évanouissant. Et merde. Encore ces foutus rêves. Un mois que ça dure. Hank va finir par se douter de quelque chose.
− Ça va, ça va, je vais bien. Arrêtez ce vacarme.
Je me redresse en faisant bien attention de ne pas glisser à nouveau dans la douche inondée de buée. J'attrape ma serviette et l'enroule autour de moi. Ôtant le verrou, j'ouvre la porte en grand en affichant mon plus beau sourire. Bog est déjà reparti dans sa cuisine. Sélénin pousse un soupir de soulagement et après un discret coup d'œil sur mon corps humide, il redescend à la salle principale. Le professeur hausse les épaules et le suit. Je me retrouve seule face à deux géants qui me fixent avec inquiétude. Hank et... le chien.
− Pourquoi il me regarde comme ça celui-là ?

– Il s'inquiète pour toi.
– C'est un chien. Qui bave sur mes pieds.
– Les animaux ont un instinct surdéveloppé. C'est lui qui nous a donné l'alerte. Il grognait devant la porte.
Je jette un regard plein de reproches au traître, qui baisse les oreilles et s'éloigne penaud rejoindre son maître.
Pendant ce temps, Hank me détaille de la tête aux pieds, les sourcils froncés. Il ne rate pas la bosse qui est en train de se former sur mon front.
– Tu t'es évanouie ?
– Juste un léger étourdissement. Je suis fatiguée. Et le gobelin qui a pris mon bras pour une cuisse de poulet ne s'était sûrement pas lavé les dents depuis une éternité. J'ai dû attraper de vilains microbes.
Il ne défronce pas les sourcils. Ma pitoyable tentative de détournement d'attention par l'humour ne semble pas l'avoir convaincu. Et puis zut, je suis vraiment au bout du rouleau.
– J'avoue tout. Ça ne s'est jamais arrêté. Je continue de rêver d'une poupée aux yeux bleus. Et de la jeune fille qui va avec.
– Il va falloir que tu me racontes tout ça, et en détail. La dernière fois...
– Je sais ce qui s'est passé, merci. Mais j'ai rêvé d'elle plusieurs fois depuis, et je n'ai tué personne d'autre.
– Pour l'instant.
Je réprime une bouffée de colère avant que le doute ne s'installe en moi. Au fond, il a raison. Je ne sais pas de quoi je suis capable pendant ces moments d'absence. Ou plutôt si, et ça me terrifie.
– J'ai peur, Hank.
– Je suis là maintenant. Tu peux compter sur moi. Tu aurais dû m'en parler plus tôt, tu sais bien que je serai toujours là pour toi.
– Je sais...

– Bien. Maintenant, il va falloir s'occuper de cette morsure. On va désinfecter et ensuite je te recouds.

Les points de suture, ou comment clore une journée en enfer.

Journal de l'agent Brook
(6 janvier)

J'ouvre un œil, puis deux. Des rayons de soleil filtrent à travers les volets clos. Il fait jour ? Pourquoi mon réveil n'a-t-il pas sonné ? Je tente de m'extraire d'un sommeil salutaire, et les souvenirs de la veille déferlent comme un ouragan dévastateur. D'un geste rageur, j'enfonce la tête dans mon oreiller et étouffe un cri de dépit. Comment ai-je pu en arriver là ? La roue tourne, paraît-il. C'est vrai. Elle tourne, encore et encore, pour revenir toujours au point de départ. Je suis partie de très bas. Au lycée, je n'étais rien, juste l'intello de service qui n'intéressait personne. La gamine maigrichonne dont les parents voulaient qu'elle devienne médecin ou avocate, mais qui rêvait de bagarre et de justice. Puis j'ai grandi, je suis devenue une femme qui prend ses propres décisions. J'ai cassé les codes de la gentille petite fille de bonne famille et j'ai trouvé ma voie. Je me suis battue pour être la meilleure, et j'ai fini par accéder au job de mes rêves. J'ai été associée (contre ma volonté certes) au plus costaud et adorable des agents superviseur et je suis devenue chef de ma propre unité. Le Graal. Puis j'ai eu affaire au Commandant Splark. J'ai été droguée par un chaman à une jambe, et je l'ai tué. J'ai été suspendue et mordue par un gobelin puant, le même jour. Une chose baveuse est en train de me lécher les orteils... Retour à la case départ.
− Sors de ma chambre, sac de bave ! m'écrié-je.
Comment cet animal est-il entré dans mon espace privé ? Ma zone vitale de solitude ? Je redresse la tête et chasse les cheveux de mon visage d'un geste agacé. Je me retrouve nez à nez avec la tête de l'énorme bête posée sur MON matelas tout propre. Je voudrais hurler mais je n'en ai vraiment plus la force. Je suis à bout de nerfs.

Tout ce qu'il me reste à faire, c'est m'asseoir au bord de mon lit et pleurer toutes les larmes de mon corps. Deux minutes plus tard, je sanglote comme une enfant. Étrangement, le chien n'est toujours pas parti. Il vient poser son impressionnante gueule sur mes genoux et me fixe de ses grands yeux tristes. Serait-ce de la compassion que je lis sur cette face canine ? Sûrement pas, ce n'est qu'un chien stupide. Mais au fond, sa présence me fait du bien, je dois l'avouer. Je me prends même au jeu et le caresse rapidement du bout des doigts. Je trouve soudain la situation tellement ridicule que je pars dans un fou rire incontrôlable. Je ris tellement que j'en ai mal aux côtes. Le chien me regarde, la tête penchée sur le côté, comme s'il me prenait pour une folle, ce qui a pour effet d'amplifier mon hilarité. Bog apparaît alors dans l'entrebâillement de ma porte, coupant rapidement court à ma crise de rire. Les larmes inondent toujours mon visage, mes cheveux doivent être en bataille, et mon corps est secoué de spasmes irrépressibles. Vu la tête du pauvre troll, je dois faire peur à voir. Bizarrement, je m'en moque complètement. Je me sens apaisée. Après quelques étirements, je me lève, tapote la tête de l'animal assis sur mon parquet et me dirige vers la salle de bain. Une bonne journée qui commence.

La chaleur de l'eau qui glisse sur ma peau finit de dissiper les restes de ma crise d'hystérie, et je me sens à nouveau pleine d'énergie. Peu importe les réprimandes du Commandant, au diable cet idiot de professeur Thomas. Je suis Aleyna Brook, major de promo de l'école des agents spéciaux de l'APICM, et une put*** de bombe atomique. A travers la buée qui couvre le miroir, je détaille ma silhouette, si durement acquise par des années d'entraînement. Une carrure fine et athlétique, des hanches légèrement évasées, juste assez pour faire ressortir une taille de guêpe qui fait la fierté des femmes de ma famille. Mes cheveux humides tombent en cascade jusqu'au milieu de mon dos. Selon les critères actuels, je suis consciente d'être une femme très attirante. Et j'avoue avoir pu en jouer quelquefois en mission. Avoir l'impression d'être une James Bond girl, c'est super jouissif !

C'est sans doute la raison pour laquelle le revers de la médaille est aussi douloureux. Jouer avec mon corps quand j'ai le contrôle, c'est bien. Supporter les regards insistants des hommes, cette manie qu'ils ont de nous réduire à un corps et rien d'autre, c'est dur. Très dur.

Oh et puis, merde, ce n'est pas le moment de penser à tout ça. Aujourd'hui sera une belle journée. Et moi, Aleyna, je vais tout mettre en œuvre pour mener cette mission à bien. Je vais découvrir le secret des Oxiones et empêcher qu'il tombe entre de mauvaises mains. Et rien ne m'arrêtera !

**

– Je n'ai pas besoin de la protection d'une femme qui a le don d'attirer les ennuis !!

Le professeur Thomas déboule à grandes enjambées dans la cuisine où je suis confortablement installée devant un petit déjeuner préparé avec amour par mon troll préféré. Je garde les yeux fixés sur le croissant bien doré que je m'apprêtais à tremper dans mon lait chocolaté. J'entends le pas plus lourd de Hank qui s'approche à son tour.

Exit la bonne journée, il ne fallait pas rêver. A peine ai-je entamé mon petit déjeuner que le professeur Thomas me tombe dessus. Comme ça, de bon matin, alors que je viens à peine de retrouver un brin de sérénité. Ce sacrilège ne restera pas impuni, croyez-moi.

– Je vous demande pardon ? Moi ? Attirer les ennuis ? Vous êtes bien mal placé pour parler, monsieur le professeur ! Il me semble que c'est vous qui avez manqué de vous faire étriper ! Si je n'étais pas intervenue, vous seriez mort à l'heure qu'il est !
– Sans l'intervention de votre supérieur, vous le seriez tout autant !
Mon QUOI ?? Il veut mourir prématurément ?
– JE suis le chef de cette unité, tâchez de vous en souvenir ! Croyez-moi, j'ai autre chose à faire que de jouer les nounous pour un petit professeur borné et prétentieux.
Bon, ça, ce n'est pas tout à fait vrai, étant donné que je suis suspendue pour une durée indéterminée.
– Très bien, dans ce cas, je m'en vais. S'il m'arrive quelque chose, vous n'aurez qu'à dire que je l'ai bien mérité. Ma disparition ne devrait pas trop vous peiner.
– Certes. Bon débarras. Si c'est ce que vous voulez, je ne vous retiens pas. La sortie est par là.
– Rendez-moi mes recherches et je disparaîtrai.
– Hors de question.
J'ai bien l'intention de lire ses notes dans les moindres détails.
– Quoi ? Vous n'avez pas le droit !
– J'ai tous les droits. Vos recherches concernent notre organisation. Ce sont des découvertes qui peuvent devenir très dangereuses entre de mauvaises mains. Je ne laisserai jamais une telle chose arriver. En tant que représentante de l'État, je réquisitionne ces documents.
La sentence est tombée, et le silence avec. Tout le monde me regarde avec étonnement. J'ai toujours rêvé de dire ça !
– Bien, maintenant que tout est dit, il ne vous reste qu'à accepter de rester sous notre protection le temps que l'on découvre qui est responsable de l'attaque d'hier. Quand nous aurons retrouvé le

parchemin manquant, vous nous direz quel est le fameux secret des Oxiones.
– Allez vous faire voir !
– J'étais certaine que vous seriez d'accord !
Je jubile littéralement. Je viens de remporter une sacrée bataille. Mais pas la guerre...
– En attendant, qui le garde aujourd'hui ?
Je regarde Hank avec stupeur. Merde de merde. Hank a raison. On est dimanche, c'est notre jour de repos. Chacun est libre de vaquer à ses occupations. La caserne, toujours pleine de vie la semaine, est alors souvent bien plus calme. J'en profite pour travailler tranquillement sur des enquêtes secondaires, confiées par des collègues débordés. Il m'arrive aussi de traîner au sous-sol et de ressortir de vieux dossiers classés sans suite, faute de preuves. N'allez pas croire que je suis une acharnée du travail qui n'a pas d'amis et passe sa vie le nez dans les enquêtes ou au centre de tir. J'ai des amis.
Enfin, aujourd'hui c'est MA journée et il est hors de question que je la passe avec cet insupportable emmerdeur. Il va falloir la jouer fine.
– Pourquoi pas toi ?
– C'est la réunion annuelle des anciens de l'US Navy.
Il pourrait l'emmener avec lui, même si je reconnais que ce n'est pas l'idée du siècle.
– Bog ?
– Je vais voir Mama, je lui ai fait des lasagnes courgettes-chèvre. Elle va adorer.
– Sélénin ?
Le sourire qui apparaît sur le visage du professeur me fait tiquer.
– Je ...

– Laisse tomber, ce ne sera pas toi.

Le demi-Elfe hausse un sourcil, le professeur déchante. Je souris intérieurement.

– Agent Rambo ?

– Waouf !

– Tu ne vas pas le laisser seul avec le chien ?

– Pourquoi pas ? Il paraît que ce chien est très obéissant. On enferme le professeur dans une chambre et on laisse Rambo en garder l'entrée.

– Waouf !

– Depuis quand tu acceptes cet animal dans l'équipe ?

– Depuis ce matin.

Agacé, le professeur Thomas esquisse un pas en arrière, s'attirant une série de grognement menaçant. Je suis sur un petit nuage.

– Vous voyez, c'est parfait.

– Hors de question. C'est contre les principes de l'APICM et tu le sais.

Bien sûr que je le sais. Mais les règles et moi, en ce moment...

– Mais, et vous, Chef ?

Zut. Zut, zut et re-zut. Pourquoi le cerveau de Bog a-t-il décidé de se mettre en marche MAINTENANT ! Et puis j'ai toujours eu quelque chose à faire. Avant d'être suspendue. Il faut que je trouve une idée. N'importe quoi. Je ne peux pas me le coltiner toute la journée. Plutôt mourir.

– Nous sommes dimanche. Et Aleyna doit se rendre à l'anniversaire de sa tante Suzie.

Le ciel soit loué ! Si je pouvais, je me jetterais sur le demi-Elfe pour l'embrasser, lui ôter son t-shirt pas assez moulant, et je...

– Bon, dans ce cas, on tire à la courte-paille.

***

Faites que la mort m'attende au prochain virage. La seule chose qui me réconforte, c'est de voir la tête que fait le professeur Thomas. Aller à l'anniversaire de ma chère tante Suzie semble correspondre pour lui à un aller simple pour l'enfer. Seulement c'est aussi mon cas. Je n'aurais jamais dû accepter la courte-paille. Il y avait une chance sur quatre pour que je perde. (J'ai insisté pour faire jouer Rambo, histoire de mettre les probabilités de mon côté). Bref, j'ai perdu. Et pire encore, Sélénin a finalement trouvé une occupation très loin de la caserne, me forçant à embarquer dans ma superbe berline le monstre poilu nommé Rambo. J'ai juste eu le temps de recouvrir mes sièges en cuir d'un vieux plaid avant que l'animal ne s'engouffre à l'arrière et ne s'installe confortablement. Évidemment, j'ai fulminé les trente premières minutes du trajet. Mais depuis quelques temps, je remarque que le chien ne quitte pas le professeur du regard et grogne à chaque fois qu'il ouvre la bouche. Je m'autorise un léger rictus. Agent Rambo. C'est absolument ridicule, mais l'idée qu'il puisse surveiller le professeur pendant l'anniversaire de ma tante est plutôt plaisante. Faire confiance à un bulldog géant, je deviens dingue.

Je jette un regard en coin au professeur, enfin silencieux. L'air qui s'engouffre par la fenêtre entrouverte a ébouriffé quelques mèches de ses cheveux roux. Sa fine barbe non rasée contraste plutôt avantageusement avec la tenue très élégante que lui a (trop) gentiment prêtée Sélénin.

− Benjamin ? l'interpellé-je.

Il se retourne vers moi et me fixe de ses yeux verts écarquillés, tandis que le rouge lui monte aux joues. Il semble chercher quoi répondre, je ne lui en laisse pas l'occasion.

– Oubliez ça. Je voulais juste voir ce que cela ferait si je vous appelais par votre prénom. Ce n'est définitivement pas à mon goût.
Piqué, il ne répond pas. Je souris malgré moi.
Nous nous garons enfin sur l'immense parking du château loué pour l'occasion par la famille. Pour mes vingt ans, ma tante m'a offert des paires de chaussettes. Heureusement que j'avais oublié d'acheter un cadeau. Elle aura droit à une sculpture d'un grand artiste russo-italien aux initiales mystérieuses : B.O.B.
Le château doit dater du 17ème siècle et est parfaitement entretenu. Les jardins resplendissent sous le timide soleil de ce mois de janvier. En leur centre, des chapiteaux blancs ont été installés et des radiateurs d'extérieur assurent le confort des invités. Je suis perdue dans la contemplation des lieux lorsque je vois débarquer ma mère dans un magnifique tailleur vert, un sourire éblouissant sur les lèvres.
– Alors, c'était donc ça !
– De quoi tu parles, Maman ?
– Mais de ce jeune homme, ma Chérie ! C'est pour ça que tu ne sors pas avec le néo-zélandais ! Tu as déjà un petit ami !
– Hank est américain, et...
– Pourquoi tu ne m'en as pas parlé plus tôt ? C'est formidable.
Alors que j'allais laisser libre court à mon agacement de manière peu subtile, elle ouvre de grands yeux horrifiés et fixe un point dans mon dos.
– Mais qu'est-ce que c'est que cette horreur ?
– Oh rien, juste l'agent Rambo. Il est chargé de la surveillance du professeur Thomas ici présent, qui ne doit EN AUCUN CAS tenter de me poser un lapin.
Je comprends au regard scandalisé de ma mère qu'elle n'a pas du tout compris le sens de ma remarque.

– Mais enfin, ma Chérie ! Je comprends mieux pourquoi tu ne nous as présenté aucun prétendant depuis des lustres si tu les traites tous de cette manière. Et puis, « agent Rambo » ? Un chien ? C'est ridicule.

Le professeur jubile et tend le bras à ma génitrice, tout sourire.

– Votre mère est une femme charmante, Mlle Brook. Vous devriez prendre exemple.

– Je le lui répète sans arrêt ! s'exclame-t-elle, ravie et flattée.

Et voilà ma mère qui s'éloigne au bras du professeur et l'entraîne vers le buffet, ses boucles laquées s'agitant délicatement au rythme de ses exclamations enjouées. Je bous d'une rage contenue. Voilà les deux personnes les plus exaspérantes que je connaisse réunies. Et cette association ne me dit rien qui vaille. Elle le trouve charmant. Elle a même utilisé sa fameuse technique de drague : la triade. Rires niais, regard de biche, mèche de cheveux replacée sensuellement derrière l'oreille. J'ai la nausée. Que peut-elle bien lui trouver ?

Je fulmine tellement que j'en oublie la présence de Rambo à mes côtés. Il me rappelle rapidement à son bon souvenir en frottant sa lourde tête contre ma hanche, manquant de me renverser.

– Mais qu'est-ce que tu fais encore là toi ?

Il me regarde en penchant la tête sur le côté, la langue pendante et le regard interrogateur.

– Suis-le, Sac-à-puces ! ordonné-je.

– Waouf !

Le voilà qui s'élance et rattrape en quelques bonds le duo improbable que je viens de créer. J'ai juste le temps d'apercevoir la grimace agacée du professeur avant que le reste de ma famille ne se rende compte de ma présence et ne m'entraîne loin de Thomas et de ma sorcière bien aimée de mère. Pourvu que tout se passe sans incident !

PIECES A CONVICTION
Professeur Benjamin Thomas

J'ai passé chaque minute du trajet me menant à cet affreux anniversaire à établir mon plan pour m'échapper. Il est hors de question que je reste une journée de plus prisonnier de cette pseudo équipe gouvernementale. Il est vrai que l'idée de pouvoir discuter avec certains membres de l'équipe, notamment le demi-Elfe, est alléchante. Mais cette furie d'agent Brook ne m'a pas laissé l'approcher à moins de deux mètres, et encore moins sans surveillance. Je dois admettre que ses talents d'emmerdeuse sont exceptionnels. Mais je suis meilleur. En attaquant dès le réveil, je me suis assuré qu'elle se tienne à distance de moi presque toute la matinée. Ce qui m'a permis de subtiliser les clés du Troll sans éveiller le moindre soupçon. Si je parviens à m'enfuir, je pourrais retourner chercher mes travaux et fuir loin, très loin de ces fous.

A chaque fois que ma main se porte à la poche de mon pantalon pour vérifier la présence du jeu de clés, l'espèce de cabot à l'arrière se met à grogner. Il lit dans les pensées ou quoi ?

Un moment, je me suis demandé s'il n'était pas une sorte de métamorphe, un vrai agent ayant pris la forme d'un chien pour mieux me duper et me surveiller. Puis je l'ai vu baver copieusement sur le rebord de la vitre, laissant de grosses traînées écumeuses sur le verre immaculé. Non, aucune chance. Il ne me posera pas de problème.

L'agent Brook aussi a passé tout le trajet à m'observer. J'ai bien tenté de la distraire en lui parlant de tout et de rien, mais elle n'a pas lâché prise. Sentir son regard sombre posé sur moi m'a mis extrêmement mal à l'aise. Et quand elle a prononcé mon prénom, j'ai bien cru faire une crise cardiaque. J'ai pensé qu'elle savait pour la clé. Mais non. Je me suis tu et ai affiché un visage neutre pour cacher mon soulagement. Rien ne se mettait en travers de ma route.

Du moins, c'est ce que je pensais. Cela fait bientôt une heure que nous sommes arrivés, et je n'ai pas eu une occasion de filer en douce. La mère de l'agent Brook ne me lâche pas d'une semelle, persuadée que je suis le messie tant attendu pour sauver sa fille du célibat. Il est vrai, cependant, que sa conversation est agréable, et que j'ai appris quelques petites choses sur Mlle Brook qui pourraient m'être utiles, si je ne parviens pas à m'enfuir. Si seulement ce satané chien arrêtait de me suivre partout !

Soudain, une bonne odeur de viande grillée arrive jusqu'à nos narines, et un « ah » de ravissement parcoure la foule des convives. Même mon compagnon à quatre pattes semble intéressé. Tiens, tiens, voilà peut-être mon ticket pour la liberté.

Le buffet du barbecue est tout à fait remarquable. Partout, sur des plateaux en argent, sont disposés saucisses, merguez, côtelettes, cuisses de poulet, poissons aux herbes, légumes grillés et j'en passe. Me saisissant d'une grande assiette blanche, je la remplis allègrement, sous les yeux amusés de Mme Brook.

– Ma fille est-elle si mauvaise cuisinière pour que vous soyez si affamé ?

– Elle fait de son mieux ! lui dis-je dans un sourire forcé.

Un mensonge qui provoque l'hilarité de toute la file derrière nous, attirant par la même occasion l'attention de l'intéressée. Repérable au premier coup d'œil dans sa longue robe de satin rose pâle, elle est entourée de deux jeunes hommes à peine sortis de l'adolescence, qui la couvent d'un regard appréciateur tandis qu'elle se tourne dans ma direction. Elle me jette un regard suspicieux, mais la présence du chien à mes côtés, les signes de sa mère et les efforts des deux garçons pour attirer son attention la font rapidement abdiquer. J'ai eu chaud. Ce n'est pas le moment de tout faire foirer.

Prétextant une envie pressante, je m'éloigne rapidement, l'animal sur mes talons et l'assiette fumante dans mes mains.

J'ai bien observé le site. Le château est situé sur une propriété d'environ deux hectares, pour la plupart couverts de jardins fleuris et de grandes étendues de pelouse. A l'Est s'étend un petit bois, dont certains arbres doivent côtoyer le haut mur de pierre qui ceint le domaine. Si j'arrive à détourner l'attention du chien, puis à atteindre le bois, je pourrai grimper à un arbre et passer de l'autre côté. Ensuite, il me faudra parcourir rapidement un kilomètre le long de la petite route de campagne par laquelle nous sommes arrivés afin d'atteindre la nationale. Il me suffira de faire du stop pour rejoindre le centre-ville et convaincre un taxi de me ramener dans la zone fantôme. Je pourrais enfin récupérer mes précieux documents et filer en vitesse avant que l'agent Brook ne se rende compte de ma disparition. Un jeu d'enfant !

Je m'éloigne peu à peu des festivités, faisant semblant d'admirer les parterres de fleurs à peine écloses et les buissons talentueusement taillés. Une fois l'orée du bois atteint, je dépose l'assiette de viande grillée au sol. Je n'attends pas longtemps avant que la gigantesque bête ne s'approche et attrape une belle côtelette dans sa gueule immense. Je reste assez longtemps pour voir les impressionnants crocs qui s'y trouvent. Sans perdre plus de temps, je m'enfuis en direction du mur d'enceinte, non sans donner régulièrement de furtifs coups d'œil en arrière. Le stress fait couler des gouttes de sueur le long de mon front. Je n'ai aucune envie de finir comme la côtelette !

Finalement, j'atteins le mur de pierre. Il doit bien faire quatre mètres de haut. Il me faut encore quelques précieuses secondes pour

trouver un arbre possédant des branches assez basses et solides pour me permettre de grimper sur le mur. Mon pied glisse sur la seconde branche, me valant quelques égratignures sanguinolentes, mais me voilà au sommet de l'enceinte de pierre.
– Pas si malin que ça, le clébard !
La descente s'avère plus compliquée que prévue. Sans prise ni arbre à proximité, je suis obligé de me laisser tomber au sol. Dans la chute, je me foule la cheville et retiens un cri de douleur. Ne perdant pas plus de temps, je m'élance vers la liberté.

**

Cela fait bientôt quinze minutes que je tends fébrilement mon pouce à chaque voiture qui passe, et personne ne daigne s'arrêter. J'ai même vu un homme me faire coucou avant d'exploser de rire. Enfin, une voiture noire semble ralentir. Je suis tellement soulagé que je ne remarque pas immédiatement qu'elle me semble familière. Ce n'est qu'à la vue de l'énorme tête poilue sortant par la vitre arrière que je me rends compte de mon erreur. Les grondements menaçants de l'animal me dissuadent de prendre la fuite à toutes jambes.
– D'après ce que j'ai cru comprendre, il a déjà mangé, mais je suis certaine qu'il lui reste une petite place pour une cuisse ou deux. Alors, posez vos fesses sur ce siège et tout de suite.

Journal de l'agent Brook
(6 janvier)

Nous sommes réunis autour de la grande table ronde de la salle de travail. Thomas, Sélénin, Hank et moi. Et Rambo, couché non loin du professeur, comme un bon chien de garde. Ce dernier lui jette des regards assassins, et je souris d'un air satisfait. Finalement, Rambo gagne des points. A l'étage inférieur, la radio diffuse les hits du moment, couverts par les chantonnements de Bog. Devant nous sont étalées les recherches du professeur Thomas.
– Il est grand temps pour vous de tout nous expliquer, professeur.
Je lui jette un regard menaçant, laissant se propager dans la pièce mes ondes de colère. Je le vois se raidir sur sa chaise, un frisson parcourant le duvet de ses bras et de sa nuque. Pourtant, il me rend mon regard sans ciller. Hum, au moins s'avère-t-il être un adversaire à ma taille. Ce n'en sera que plus plaisant lorsque je l'écraserai définitivement. Le professeur met fin à la bataille en débutant son récit d'une voix claire et animée, qui capte rapidement l'attention de tout le monde.
– Tout a commencé lorsque j'avais six ans. Mes parents m'avaient emmené à l'anniversaire d'un de leurs amis, dans une salle des fêtes d'un petit village perdu dans la montagne. Je jouais dehors avec une dizaine d'autres enfants. A un moment, l'un d'eux me propose de l'accompagner chercher un ballon chez lui. J'accepte sans hésiter. Il était plus grand et sa maison n'était qu'à quelques minutes à pied. Les adultes ne devaient pas être loin, mais personne ne remarqua que nous étions partis. Pour rejoindre le village rapidement, il fallait traverser la forêt. Je sautillais gaiement derrière mon jeune ami, complètement fasciné par la beauté de la végétation qui m'entourait. Attiré par un bruit dans un fourré, je me suis arrêté quelques

secondes. Quelques secondes de trop. Après m'être rendu compte qu'il n'y avait rien derrière les branchages, j'ai relevé la tête. Et mon ami n'était plus là. J'étais seul. Et j'avais beau tourner encore et encore sur moi-même, je ne reconnaissais pas le sentier par lequel j'étais arrivé, et encore moins celui par lequel mon compagnon avait pu partir.

J'ai erré des heures et des heures. La nuit est tombée rapidement et j'étais terrifié. J'avais beau crier, personne ne me répondait. Alors je me suis assis au pied d'un arbre dont le tronc formait un renfoncement, pour me protéger du froid. J'ai fermé les yeux. Quand je les ai rouverts, une petite créature scintillante flottait devant moi. Elle faisait de grands mouvements circulaires et s'agitait comme pour attirer mon attention. Puis soudain, elle est partie en direction de l'un des sentiers dessinés à travers la forêt. Je n'ai pas vraiment hésité à la suivre. Sa lumière me guidait sur un sentier au cœur du sous-bois. C'était comme dans un rêve. Quelques minutes plus tard, j'étais dans les bras de ma mère, et la créature avait disparu. Mais je n'ai jamais oublié, termine-t-il dans un souffle, comme s'il ne s'adressait qu'à lui-même.

– Charmant. Et si on passait directement au moment où vous avez découvert l'existence des Oxiones ? enchaîné-je, gênée par le silence qui s'installe.

Non, je ne suis pas sans cœur. L'histoire du petit Benjamin seul et abandonné au milieu d'une immense et sombre forêt me touche plus que je ne l'avouerai jamais. Mais il est hors de question qu'il le remarque. Après sa tentative d'évasion de la journée, il est dans mon collimateur pour le reste de ses jours. Et puis, j'avoue que je suis profondément vexée de m'être laissée duper si facilement. J'aurais dû le surveiller plus attentivement. Cela dit, c'est n'est pas ma seule raison de le presser. Quelque chose m'intrigue dans ses travaux. J'ai envie de savoir ce qu'il a découvert. J'ai besoin de savoir.

Un peu piqué par mon intervention, le professeur prend quelques instants pour se remettre de ses souvenirs d'enfance et se préparer à nous révéler des secrets qu'il est le seul à connaître. Puis, tandis que nous sommes suspendus à ses lèvres, il reprend :

– Comme vous devez déjà le savoir, les Oxiones sont considérés comme le peuple originel. Les premiers êtres supérieurs dotés de magie. Ils vivaient ici bien avant les autres créatures que nous connaissons aujourd'hui, même les peuples les plus anciens comme les Elfes ou les Nains. Je n'ai jamais réussi à savoir si les Oxiones avaient connu l'apparition de ces « nouveaux peuples ». Tout ce que l'on sait, c'est qu'un terrible événement a conduit à leur disparition de manière soudaine et mystérieuse.

On ne sait quasiment rien de ces êtres mystiques. Pour beaucoup, ils ne sont que de vagues légendes, des contes pour enfants. Et pour cause : il n'existe aucune trace réelle de leur existence. Aucune ruine, aucun vestige d'outils ou d'objets oxioniques. Aucun écrit, aucun squelette fossilisé. Rien. Ils ont purement et simplement disparu de la surface de la Terre, comme s'ils n'avaient jamais existé.

En tant que chercheur, comprendre cela a été extrêmement frustrant et douloureux. Je n'avais aucun support, aucune preuve scientifique à apporter pour prouver que les légendes n'étaient pas que des légendes. Personne ne me prenait au sérieux. Je suis devenu la risée de mes paires, et j'ai dû me résoudre à me faire plus discret et à accepter ce travail d'enseignant en histoire des civilisations anciennes pour pouvoir continuer mes recherches tranquillement. Ce qui n'a fait que me compliquer encore plus la tâche. Je suis cependant parvenu à réunir de nombreux récits de multiples origines : histoires elfiques, contes gnomiques, comptines naines et j'en passe. Des histoires pour enfants, des récits étranges et absurdes, des chansons parfois. J'ai cherché, heure après heure, jour après jour, mois après mois, j'ai cherché des points communs, des noms, des lieux. Et j'ai fini par trouver.

Les Oxiones étaient des créatures qui utilisaient la magie dans sa forme la plus pure. Ils ne créaient pas la magie, mais ils la modelaient, ils fusionnaient avec la magie de la Nature pour être en parfaite harmonie avec tout ce qui les entourait. C'étaient des créatures profondément honnêtes, généreuses et altruistes.

Mais, pour une raison que j'ignore encore, quelque chose a mal tourné. Une des légendes elfiques à laquelle j'ai eu accès raconte qu'environ cinq cent ans avant la disparition des Oxiones, un dieu maléfique a failli prendre le pouvoir et pervertir ce peuple d'êtres exceptionnels. Mais leur roi a donné sa vie en échange du salut de ses sujets. Après cet événement, les récits sont de plus en plus flous et farfelus. Comme si toute la vérité ne devait pas être révélée. Comme s'ils avaient quelque chose à cacher.

Je pense qu'il s'est passé quelque chose pendant ces cinq cents ans. Quelque chose dont les Oxiones n'étaient peut-être pas très fiers. Quelque chose qui a peut-être causé leur perte…

***

Les paroles du professeur ont trouvé un étrange écho en moi, sans que je puisse me l'expliquer. Et tandis que je me glisse sous la couette, les images me reviennent comme un souvenir tendre, loin du froid de l'hiver.

– *Tu es prête, mon Enfant ?*

La voix de Père me ramène à la réalité. Jélyssandre entre dans la pièce et je m'incline respectueusement.
– *Oui, Père. Plus que jamais.*
Des rides d'amusement se dessinent au coin de ses yeux sombres. Je ne peux m'empêcher de m'émerveiller devant sa prestance et son charme. Il dégage une telle aura ! Un mélange de puissance, de douceur et d'amour. Tellement d'amour. Je me précipite dans ses bras.
– *Je vous aime, Père.*
– *Je t'aime aussi, pourtant c'est aujourd'hui que je te perds, n'est-ce pas ? Tu vas voler de tes propres ailes, prendre tes propres décisions et devenir la souveraine de notre peuple. C'était ton destin.*
– *Je vais rencontrer mon âme sœur, mais vous serez toujours mon père.*
– *Tu rayonnes. Je suis tellement fier de toi. J'ai fait le bon choix ce jour-là. Je savais que tu serais à la hauteur.*
– *Quel choix ? De quel jour parlez-vous ?*
– *Du jour de l'incendie, évidemment.*
Je souris, mais un froid terrible s'insinue dans mon cœur.

Journal de l'agent Brook
(7 janvier)

J'ai décidé de me rendre au siège de l'APICM avec mon équipe pour trouver les informations qu'il nous manque afin de compléter le travail du professeur Thomas. Je suis certaine que les réponses à nos questions se trouvent dans les archives, au sous-sol de l'immeuble de dix étages qui regroupe les meilleurs agents gratte-papier de l'Agence. Ces lèches-bottes prétentieux consignent chaque battement de cils de chaque agent présent sur le terrain dans d'épais dossiers ennuyeux au possible, qui sont tamponnés chaque soir par le Commandant en personne. Tout ça pour finir dans de vieux casiers rouillés, dans des sous-sols mal éclairés et puant le renfermé.

Et qui risquent certainement de me compliquer la tâche. Chercher une aiguille dans une botte de foin comme on dit. Ou une info capitale dans l'insignifiance de la vie de centaines d'agents gouvernementaux.

Sélénin est en train de fouiller dans le système d'archivage numérique mis en place depuis une dizaine d'années, mais ses recherches semblent stagner. Si les informations que nous cherchons ont été récoltées avant la vague de numérisation, il n'existe sûrement aucune trace informatique. Il va falloir se débrouiller sur place.

– Tu as quelque chose pour m'aider, Sélénin ?

– Malheureusement, pas ce que tu espères. Mais les documents numérisés jusqu'à présent ont été triés et rangés dans une zone spécifique des archives. Tu n'auras pas à vérifier cette partie-là.

Une lueur d'espoir s'allume dans mon cerveau en ébullition.

– Et ça représente quelle proportion exactement ?

– Je dirais un dixième.

Un seau d'eau froide vient doucher ma détermination de conquérante.

– C'est tout ?

Un dixième d'archives numérisées, cela laisse encore des milliers de dossiers à vérifier sur place. On pourrait rester des heures sans jamais rien trouver sur les Oxiones, et c'est aussi prendre le risque d'attirer l'attention de l'Agence alors que je suis suspendue – et le reste de l'équipe, par la même occasion. Même si j'ai omis de leur parler de ce léger détail. Hank vient rapidement à ma rescousse, comme à son habitude.

– On va y arriver Aleyna. Toi et moi, on s'occupera de cette zone-là, entre l'ascenseur et les dernières étagères en métal. Sélénin et le professeur s'occuperont de la partie du fond, avec les bibliothèques en bois. Ce sont les archives les plus anciennes.

– Pourquoi ILS s'occupent des reliques et pas nous ?

Les regards sans équivoque qu'ils me jettent me vexent au plus haut point. Mais je dois admettre que c'est la meilleure solution. Un professeur spécialiste des civilisations anciennes et un elfe geek à l'âge indéterminé sont sans conteste les plus qualifiés pour décrypter des textes vieux de plusieurs siècles. J'abdique, pour cette fois.

***

J'ai laissé les garçons fignoler le plan pour monter me changer. Nous ne devrions pas rencontrer de problèmes, pourtant mon instinct me dicte de me préparer au pire. Certes, nous nous rendons au sein de notre propre agence. Mais de nuit et sans autorisation. Certes, nous avons nos badges et nous pourrons avoir accès à la moindre petite pièce sans éveiller le moindre soupçon. Mais je n'oublie pas que je suis suspendue. Que se passera-t-il lorsque mon badge activera le portique d'entrée ? Sonnera-t-il ? Avertira-t-il les agents de surveillance postés quelques étages plus haut ? Sélénin prétend qu'il pourra stopper n'importe quelle alarme. Mais avec nous sur le terrain, réagira-t-il aussi vite que derrière ses écrans, bien en sécurité à la caserne ?

Et qu'en est-il de nos ennemis mystérieux, capables d'envoyer un commando de gobelins faire leur sale boulot ? Nous surveillent-ils, attendant le bon moment pour nous voler à nouveau notre précieux butin ?

Les questions fusent à mille à l'heure, mais elles me rassurent. Penser, prévoir, agir. C'est mon boulot. Et je suis douée pour ça. Je ne laisserai aucune possibilité m'échapper. Et je me préparerai pour chacune.

J'enfile un confortable *jegging* noir qui épouse parfaitement les courbes de mon corps tout en m'assurant une autonomie de mouvement totale. J'attache sur mes hanches une ceinture sur laquelle je fixe le fourreau de mon poignard, puis un *holster* dans lequel je place avec satisfaction mon Glock 19 fraîchement nettoyé. Uniquement destiné à des humains pas très commodes, évidemment. J'ai retenu la leçon. Pour les créatures magiques, j'ai ce qu'il faut. D'un geste rapide, je retire d'un cintre ma veste en cuir dont les poches sont déjà pleines. L'odeur du vieux cuir me ramène deux ans plus tôt, lorsque Hank m'a offert cette petite merveille, pour mes vingt-trois ans. Malgré quelques éraflures dues à une bagarre qui a mal tournée, elle est comme neuve. Je regarde longuement mes *rangers* en cuir noir, mais je me rabats vite sur ma paire de baskets de la même couleur. S'il faut courir, elles seront bien plus pratiques que mes lourdes bottes militaires. En passant devant le miroir, ma vision se trouble et il me semble apercevoir un autre regard fixé sur moi. Un regard de braise empli de mille promesses…

Je fais face au groupe qui est arrivé aux premières lueurs de l'aube. De ma fenêtre, je n'ai pu apercevoir que les visages des serviteurs qui accompagnent les graciles calèches en provenance de Jaynor. Derrière les lourds tissus finement brodés qui couvrent les ouvertures, se tient l'homme qui deviendra mon époux.
Quelques heures plus tard, je n'ai plus à me poser de question. Oberyn se tient bien droit aux côtés de son père. Il est très beau, les prêtresses d'Islandsis n'ont pas menti. Ses cheveux blonds mi-longs reflètent les rayons dorés du soleil qui illuminent l'océan paisible de son regard. Son sourire doux est rassurant. Il semble si confiant, si fort. Digne héritier de la plus grande famille de la cité d'Or.
Mais je n'ai d'yeux que pour l'homme qui se tient derrière lui. Son regard noir me transperce jusqu'au plus profond de mon âme et des frissons me parcourent. Son sourire moqueur me fait monter le rouge aux joues. Je détourne vivement le regard et souris à mon futur époux. Il est rayonnant. Mais au fond de moi, je sais que le pire vient d'arriver. Mon cœur appartient à un autre.

***

Nous y sommes. Je jette un coup d'œil autour de nous. La rue, fortement éclairée par de grands réverbères, est quasiment déserte. Le silence de la nuit est seulement troublé par le passage de rares voitures sur l'asphalte humide. Dans le ciel, les étoiles sont cachées derrière d'épais nuages noirs. Avec une légère appréhension, je me tourne face au haut bâtiment fédéral. Aucune inscription ne trahit la nature de sa fonction. Pas de grand sigle « A.P.I.C.M » en lettres dorées. Pourtant, pour qui sait observer, le bâtiment irradie de mystère et semble plus inaccessible qu'un coffre de banque. Les vitres teintées reflètent la lumière artificielle des réverbères. Les grands escaliers sont interrompus à leur sommet par une immense grille de fer forgé noir, rehaussée à ses extrémités d'élégantes dorures. Grâce au passe, Hank ouvre la grille et la referme derrière le professeur. Sélénin est déjà au niveau de la porte principale. Il colle un petit boîtier noir au-dessus de la caméra à reconnaissance oculaire qui permet l'accès au bâtiment principal. Je m'apprête à lui demander pourquoi il ne se contente pas de coller son œil à l'écran, puis je me ravise. Évidemment, moins on laissera de traces, mieux ce sera. Et je dois dire que je suis agréablement étonnée de le voir réaliser une telle prouesse avec autant de facilité. Ça le rend encore plus sexy. Même si c'est mal. Très mal. De pirater un bâtiment fédéral, hein, pas de fantasmer sur un collègue elfique super canon. Quoique…

Trente secondes plus tard, nous sommes dans l'immense hall de l'Agence et faisons face au gardien et à son malinois, pas très content de voir des intrus à cette heure avancée de la nuit. Étrangement, je me surprends à penser que nous aurions dû emmener Rambo avec nous. Mais je me ravise bien vite. Je suis Aleyna Brook, agent de rang supérieur, et le gardien n'est autre que James, qui a un petit faible pour ma personne. J'ignore son expression accusatrice et m'avance en souriant.

− Bonsoir James, comment allez-vous ? Rien à signaler ce soir ? minaudé-je en appliquant à contrecœur la fameuse technique secrète de ma mère.

− Que faites-vous ici, Mlle Brook ? Je n'ai pas été prévenu de votre visite, réplique le gardien, légèrement troublé, mais pas assez pour perdre son professionnalisme légendaire. Je suis vexée et fière à la fois. C'est un bon agent.

– Nous avons besoin d'accéder aux archives, James, c'est extrêmement important. Des vies sont en jeu.

Ce n'est pas vraiment un mensonge. Je vois le dilemme qui se joue dans son esprit. Le protocole lui interdit de nous laisser entrer sans autorisation. D'un autre côté, qu'une équipe de l'Agence ait accès aux archives ne représente aucune menace immédiate. Dans mon dos, je sens Sélénin s'impatienter. La deuxième partie du plan consiste à désactiver les portiques de sécurité pour que nous puissions entrer discrètement avec nos armes. Il a besoin d'une diversion. Heureusement, j'ai tout prévu. Depuis ma rencontre houleuse avec Rambo, j'ai toujours un gâteau dans ma poche.

– Vous me connaissez, James, vous savez bien que si je suis ici à cette heure, c'est que c'est très important.

En prononçant ces mots, je m'agenouille devant le malinois et lui tends le cookie aux trois chocolats que j'ai extrait de ma réserve personnelle. Le chien ne bronche même pas. Je fronce les sourcils. Alors, comme ça, je suis prête à sacrifier un de mes meilleurs cookies fait maison, et monsieur fait le difficile !

La colère dut se lire sur mon visage car James laisse échapper un rire moqueur.

– C'est un chien militaire, Mlle Brook. Il ne se laisse pas duper si facilement.

– Mais je ne cherche pas à le duper, c'était un cadeau !

Mensonge éhonté. Mais ma déconfiture sonne comme un accent de vérité et James se détend. D'un signe de tête, il donne son accord au malinois, qui m'arrache le cookie des doigts d'un grand coup de langue humide. Je réprime une grimace de dégoût et fige sur mes lèvres un sourire charmeur. Gagné !

– Très bien, mais je vous accompagne en bas.
– Parfait.
Je fais volte-face tandis que j'aperçois du coin de l'œil Sélénin ranger son matériel dans sa sacoche en cuir. Je m'apprête à passer le portique lorsque la voix de James résonne à nouveau dans le hall. Il vient de repérer le professeur.
– Attendez ! Cet homme est un civil ? Il ne…
J'entends le bruit sourd d'un corps mou s'affalant au sol. Le chien se met à aboyer.
– Au pied ! L'ordre a fusé entre mes lèvres avec une telle autorité que tout le monde se fige. Le malinois penche la tête de côté, me fixe quelques secondes et vient s'asseoir à mes pieds, attendant l'ordre suivant. Je rayonne de ma gloire. Pourtant, une alarme résonne dans ma poitrine. Quelque chose d'important vient de se passer, mais je n'arrive pas à comprendre quoi. Les sourcils froncés de Sélénin ne font que renforcer mon trouble. Lui aussi a remarqué quelque chose. Une peur panique m'envahit et je détourne le regard prestement, juste à temps pour voir Hank installer James derrière son bureau. Il semble juste endormi. J'aurais préféré ne pas en arriver là. J'apprécie James et j'ai conscience qu'il m'en voudra énormément à son réveil. Mais pas le temps de m'apitoyer sur mon sort. Nous avons du pain sur la planche. D'un geste, je renvoie l'animal vers son maître. Tandis qu'il se couche à ses pieds en gémissant, nous nous dirigeons vers les escaliers menant au sous-sol. Je lui jette un dernier regard, toujours perturbée par ce qu'il vient de se passer. Je n'avais jamais particulièrement eu de *feeling* avec les animaux auparavant. A-t-il senti mon rôle de chef de meute ? Est-ce l'odeur de Rambo sur mes vêtements qui l'a perturbé ? Je ne le saurai sans doute jamais. Nous arrivons rapidement devant la porte des archives. L'endroit n'a pas été

rénové depuis bien longtemps, et un simple passe non nominatif en permet l'accès. Une grave faille dans la sécurité de l'établissement, ne puis-je m'empêcher de noter. Quand les choses rentreront dans l'ordre, il faudra que je fasse changer ça. Nous pénétrons dans l'immense sous-sol et suivons le plan établi quelques heures plus tôt. Le professeur et Sélénin s'éloignent rapidement vers le fond de la réserve, où sont consignés les plus anciens documents, tandis que Hank et moi nous dirigeons vers les bibliothèques les plus proches. Après plusieurs minutes de recherche, j'entends des chuchotements enjoués et des exclamations ravis. Sélénin et le professeur s'en donnent à cœur joie, et s'amusent comme des enfants dans un magasin de jouets. Les yeux pétillants et un sourire au bord des lèvres, ils parcourent minute après minute les nombreuses étagères de leur zone. Parfois, l'un deux se tourne vers l'autre pour lui montrer un passage qui semble passionnant. Leur complicité m'agace légèrement. Je décide d'interrompre leur petit manège.

– Du nouveau, messieurs ?
– Non, pas encore.
– Alors cessez de bavasser et concentrez-vous.
– Oui, Chef, me répond le professeur, sarcastique.

Soudain, de grands coups sourds nous parviennent à travers la porte entrouverte, suivis d'injures étouffées. Je me fige et sort promptement mon arme paralysante. Sans un bruit, je me glisse vers l'entrée de la réserve. Je fais signe aux autres de ne pas bouger. Des pas résonnent, de plus en plus près. Soudain, la porte s'ouvre à la volée et je me place à droite de l'ouverture, dos au mur, mon arme pointée sur un inconnu en bleu de travail.

– Oh, hu ! Ne me tuez pas, je suis juste l'homme de ménage !

J'abaisse mon arme et laisse échapper un soupir de soulagement. Le pauvre homme garde les mains au-dessus de la tête et nous observe avec des yeux ronds.
– C'était quoi ce bordel ?
Il me fixe un instant d'un air hébété, puis, semblant comprendre le sens de ma question, les mots jaillissent de sa bouche à toute vitesse.
– Je passais la since dans le couloir mais une saleté de rapiette m'a filé entre les jambes. J'ai essayé de l'écraser avec mon balai mais j'ai cassé l'ampoule qui pendait au-dessus. Je venais juste chercher une poche pour ramasser les débris. Je débauche dans dix minutes je ne vous embêterai pas longtemps.
– Quelle langue il parle, celui-là ? questionne Hank.
– C'est quoi une rapiette ? renchérit le professeur.
– Je viens juste du Sud-Ouest, M'sieur, répond le pauvre homme en haussant les épaules, les mains enfoncées profondément dans son bleu de travail, lui donnant un air penaud et gêné.
– Ah, tout s'explique, souffle Hank.
Afin de mettre fin à son calvaire, je le congédie rapidement.
– Veuillez nous excuser pour notre méprise. Laissez tomber pour ce soir, vous méritez de rentrer chez vous.

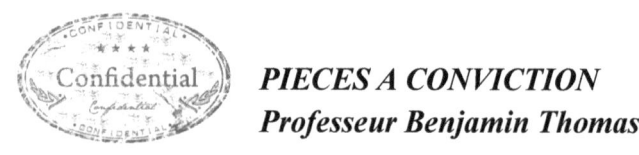

PIECES A CONVICTION
Professeur Benjamin Thomas

Après le départ de l'agent d'entretien, nous nous sommes remis au travail. Je n'ai pas vu le temps passer. Tellement de mystères, de secrets à portée de main ! Entre un registre des tout premiers agents de l'APICM et un manuel de survie parmi les trolls, j'ai découvert quelques feuillets jaunis, couverts de lignes manuscrites. Une belle écriture à l'encre noire en recouvre les pages, sans doute réalisée à la plume de paon. D'après l'aspect du papier et de la calligraphie, ils doivent avoir plusieurs siècles.

Liste détaillée des créatures magiques :

FEES : Les fées sont de petites créatures ailées, possédant des pouvoirs magiques. Leurs intentions sont le plus souvent bienveillantes envers le peuple humain. Des rumeurs disent qu'elles échangent des bébés humains contre des créatures appelées changelins. Enquête en cours.
Localisation : un peu partout, près des forêts et des petits villages.
Surveillance de niveau 1.

INCUBES/SUCCUBES : Ce sont des créatures nées du démon, qui usent de leurs charmes pour voler la vie de leurs victimes. Mourir de désir, voilà une mort atroce.
Localisation : ils aiment intégrer la noblesse occidentale et font des ravages, notamment s'ils ont le malheur de frayer de trop près avec les lignées royales humaines.
Surveillance de niveau 5.

OGRES : Géants se nourrissant de chair fraîche.
Localisation : ils ont été repoussés dans les régions montagneuses, loin des royaumes humains.
Surveillance de niveau 3.

ELEMENTAIRES : Les ondines, les feu follets, les gnomes et les sylphes sont respectivement les élémentaires de l'Eau, du Feu, de la Terre et de l'Air.
Localisation : dans leurs éléments, sans mauvais jeu de mot.
Surveillance de niveau 2.

ELFES : Le grand peuple. Nous admirons autant que nous craignons ces nobles créatures que l'on dit immortelles.
Localisation : dans les grandes forêts tempérées.
Surveillance de niveau 0. (Je pense que ce sont eux qui nous surveillent)

TROLLS : Souvent associés aux ogres, ils sont cependant moins imposants et possèdent parfois un peu de magie.
Localisation : dans les montagnes où il n'y a pas déjà des ogres.
Surveillance de niveau 3.

NAINS : Peuple de la pierre, ils sont petits et trapus, souvent avec de longues barbes et de lourdes haches. Ce sont d'excellents forgerons, de quoi faire un peu concurrence à la perfection des elfes, qu'ils n'apprécient pas vraiment.
Localisation : sous terre, dans les montagnes le plus souvent.
Surveillance de niveau 1.

Je pourrais continuer ainsi des heures, mais l'agent Brook me ramène rapidement sur Terre. « Concentrez-vous sur l'essentiel, Professeur », me répète-t-elle dès que j'ai le malheur de m'intéresser un peu trop longtemps à un ouvrage. Elle commence sérieusement à me courir sur le haricot cette miss bodybuildée. On n'enferme pas un alcoolique dans une cave à vins, ou un camé dans une pharmacie. Oui, bon, passons sur les comparaisons douteuses. Mais tous ces livres sont un trésor qui, au même titre que les drogues, titillent le système de récompense de mon cerveau. Je suis accro.

Plus insupportable encore, je dois, à chaque fois, me résoudre à lui obéir, car elle a raison. Devoir l'admettre me hérisse le poil, mais trouver des indices sur les Oxiones est plus important que tout autre chose au monde. Cela me permettrait d'enfin mettre un point final à des années de recherche. Et être celui qui révélera le plus grand mystère que la Terre ait jamais porté. On me prendra enfin au sérieux. Trop longtemps on m'a regardé de travers lorsque j'ai posé les mauvaises questions aux mauvaises personnes. « Des créatures magiques ? Vous délirez, mon pauvre Benjamin », « Les Oxiones, ce n'est qu'un conte pour enfants, voyons ».

Je laisse mes doigts courir sur les rangées d'ouvrages couverts de poussière, sentant la texture tantôt lisse, tantôt rugueuse des couvertures vieillies. Il s'en dégage une odeur de renfermé, mais, au-delà, je perçois l'odeur de l'encre séchée, du papier jauni et du cuir craquelé. Soudain, mes doigts s'arrêtent et s'agrippent à un petit carnet noirci. Mon cœur se met à battre la chamade. Aucune inscription ne borde la reliure. Pourtant, je sens que je suis sur le point de faire basculer mon destin. Enfin ! Je les ai trouvés ! Un mythe qui devient réalité. Les Oxiones.

L'angle droit de l'ouvrage est absent ; les bordures, couvertes de suie noire. L'un des rares documents concernant le mystère le plus convoité de tous les temps a failli disparaître dans un incendie, avant de finir perdu au milieu de milliers d'autres œuvres dans les réserves miteuses d'un immeuble fédéral. Il semble avoir des centaines d'années. Voir des milliers. Il doit valoir des millions. Non, il doit être inestimable.

Mes mains tremblent quand j'ouvre le livre, et mon cœur s'emballe quand la couverture gémit dans un craquement déchirant. Les premières lignes, composées d'une belle écriture soignée, me plongent dans un profond dépit. Les mots qui défilent sous mes yeux n'ont aucun sens. Pas un seul. Je parle couramment dix langues, j'en lis plus d'une vingtaine. J'ai des notions d'elfique, de langue naine et même de troll grâce à Bog. Mais je dois me rendre à l'évidence. La langue utilisée ici est tellement ancienne qu'elle s'est perdue à travers les siècles, ne trouvant racine dans aucune des langues actuelles. Personne ne peut le lire. Il me faudrait des années pour le traduire, à condition de trouver une base de transcription. C'est mission impossible. La déception est comme une vague qui vient se fracasser sur la digue de ma détermination. Je me sens flancher. Un goût de bile me picote la langue. Je transpire et frisonne en même temps. Le *bad trip*, version intello. Et pour ne rien arranger, une alarme retentit soudain. Je ferme précipitamment le document, le serrant précieusement contre ma poitrine. Le dernier mot que j'ai lu flotte dans mon esprit. Je crois que c'est un nom. Mais mon esprit est trop embrouillé pour réfléchir. Je me mets en marche, toujours en état de choc.

– Il ne faut pas rester là, ils ont dû se rendre compte de notre présence, m'encourage le demi-Elfe, m'emboîtant le pas. Nous nous rejoignons à l'entrée de la réserve. L'alarme continue de résonner, stridente et terrifiante dans le silence de la nuit.

– James a du se réveiller, soupira Mlle Brook.

– Pas le temps de s'apitoyer, Aleyna, ce qui est fait est fait. Il faut sortir d'ici avant que la cavalerie ne débarque, la reprend le géant tatoué.

Son regard triste se pose sur le trésor blotti entre mes bras, et une lueur d'intérêt s'allume dans son regard.

– Vous avez trouvé quelque chose.

Je veux répondre, mais ce n'est pas une question.

– Sélénin, range-le dans tes affaires, on l'embarque, et on se tire d'ici en vitesse.

Là encore, ce n'est pas une question. J'obéis de mauvaise grâce et confie le livre au demi-Elfe.

Nous empruntons un dédale de couloirs mal éclairés, les uns à la suite des autres, dans un silence pesant. L'alarme s'est arrêtée. Seuls les couinements de nos pas sur le carrelage immaculé résonnent dans les grandes coursives froides et sinistres. Des gouttes de sueurs perlent sur mon front. J'espérais vraiment que tout se passerait bien. Je l'espérais…

***

– Arrêtez-vous, immédiatement !

Nous stoppons net lorsque la voix grave et autoritaire retentit à quelques mètres sur notre gauche. Je pivote lentement, les mains levées bien avant d'apercevoir la silhouette massive d'un militaire grisonnant, accompagné d'une demi-douzaine d'autres affreux bien armés. Je jette un coup d'œil terrifié à mes compagnons et remarque qu'aucun ne semble inquiet. L'agent Brook me lance un regard dédaigneux, et je laisse retomber mes bras le long de mon corps.

Elle s'avance de quelques pas et prend la parole d'une voix forte et assurée. Je ne peux m'empêcher d'être admiratif. Elle a de sacrées couilles pour une femme.

– C'est un malentendu, Agent Franklin. Nous sommes de la maison.

– Oh, nous savons exactement qui vous êtes, Agent Brook, et aussi pourquoi vous êtes là. En fait, nous vous attendions. Donnez-nous ce que vous avez trouvé dans les réserves et nous vous épargnerons.

– Vous ne travaillez pas pour l'Agence, n'est-ce pas ?

Un rictus mauvais se dessine sur le visage de l'agent Franklin. Il ne prend pas la peine de répondre. Il pointe lentement son arme dans ma direction sans me regarder moi, la cible sur laquelle il s'apprête à tirer. Son regard est rivé sur celui – non moins empli de défi – de l'agent Brook. Elle ne cille pas. J'avale difficilement ma salive. Deux mots s'échappent des lèvres de l'homme en treillis, qui claquent dans le silence du couloir comme deux balles à blanc.

– Tic, tac.

Personne ne bouge. Je ne peux détacher mes yeux du canon du revolver pointé droit sur mon cœur, et je sens une goutte de sueur couler le long de ma tempe. Je suis un homme mort. Ils ne leur donneront jamais le livre. Je ne suis pas sûr de le vouloir non plus. Pourtant, je ne veux pas mourir. Pitié, je ne veux pas mourir !!

– Pourquoi nous avoir tendu un piège, pourquoi ne pas avoir récupéré les documents vous-mêmes dans les réserves ?

– Des heures à fouiller de vieux bouquins poussiéreux ? Très peu pour moi. Et chercher quoi ? Vous étiez bien plus qualifiés pour le job. Vous avez été bien plus rapides que nous l'avions imaginé. Maintenant, donnez-nous ce que vous avez trouvé ou je le descends.

Je sens l'agent Brook hésiter. Bon sang, je suis foutu. Elle n'en a rien à faire de moi. Bien au contraire, maintenant qu'elle et son équipe ont ce qu'ils cherchaient, je ne leur suis plus d'aucune utilité. Je suis certaine qu'elle serait ravie d'être enfin débarrassée de moi. Adieu, monde cruel…

Finalement, l'agent Brook fait un signe et l'Elfe s'avance doucement, laissant glisser sa sacoche sur le sol. Puis d'un geste puissant du pied, il envoie le précieux document rejoindre le camp ennemi. Tous les regards sont braqués sur la sacoche. Je suis moi-même bien trop sous le choc pour remarquer l'objet lancé par l'agent Brook quelques secondes plus tard. Une détonation infernale retentit, suivie d'un éclair aveuglant et d'une épaisse fumée orange qui emplit l'air autour de nous. Je suis complètement désorienté. Mes oreilles bourdonnent, la tête me tourne, ma gorge me brûle. Je sens une main puissante me saisir au poignet et l'on m'entraîne au pas de course loin de l'agitation. Je ne sais même pas qui me guide ainsi. D'après la grosseur des doigts que je sens s'enfoncer dans la peau de mon bras, ce doit être Hank. Je l'espère. Car ce ne sont ni ceux d'une jeune femme, ni ceux d'un elfe délicat.

Petit à petit, les sens me reviennent et j'entends des éclats de voix tandis que des silhouettes floues s'arrêtent soudain de courir.

Une voix de femme donne les ordres. Aleyna. Je veux dire, l'agent Brook.

– Sélénin, emmène le professeur par la sortie de secours nord. Contournez le parking et rejoignez rapidement la voiture. Si nous ne sommes pas là dans les cinq minutes, déguerpissez. Nous nous retrouverons à la caserne.

– Ils viendront nous chercher là-bas, souffle le demi-Elfe en toussant.

– Je sais. Nous verrons ça plus tard. Pour le moment, tâchons de survivre aux prochaines minutes. Filez !

Le demi-Elfe me saisit sans ménagement et je suis surpris de sa force. Avec sa carrure fine et son air de geek, je ne m'attendais pas à ce qu'il me déplace avec autant de facilité. Mes quelques heures à la salle de sport me semblent bien dérisoires, malgré la largeur de mes épaules comparée à celles de l'Elfe. Je jette un dernier regard en arrière, pour apercevoir les agents Solander et Brook se préparer à accueillir leurs confrères. Ils se tendent des objets dont j'ignore l'utilité, n'échangeant pas un seul mot. Pourtant, chacun de leurs gestes est calculé et d'une synchronisation remarquable. Ils forment un duo d'une impitoyable efficacité. Leur complicité est évidente. Est-elle le fruit d'années de travail ou de quelque chose de plus personnel ?

Je me détourne et suis les pas de l'Elfe à travers des couloirs sans fin. Après quelques minutes, nous atteignons une sortie de secours et je ne peux qu'apprécier l'air frais de l'extérieur, après une course folle dans des sous-sols miteux. Personne ne nous suit. Malgré nos mésententes, je prie pour qu'ils s'en sortent vivants.

Journal de l'agent Brook
(7 janvier)

C'est quoi ce bordel ???
Pourquoi nos propres collègues nous tirent-ils dessus ? Pour qui travaillent ces traîtres ? A moins qu'ils ne considèrent que ce soient nous, les traîtres ?
Je zigzague entre les balles, l'esprit confus et paniqué. Mais qu'est-ce qui ne tourne pas rond dans ce monde, sérieusement ?
Fuir à toute jambe le siège de l'APICM sous les balles de mes pairs est bien la dernière chose que j'aurais imaginée. Devant nous, un motard fume sa clope en attendant que sa pouf en minijupe termine la discussion houleuse qui lui fait faire les cent pas en hurlant sur le trottoir. Une aubaine.
– Vous ! Je réquisitionne ce véhicule !
Au moins, cette histoire m'aura permis de sortir la plupart de mes répliques préférées.
Le mec est baraqué et n'a pas l'air d'avoir très envie de se montrer coopératif. Mais les coups de feu et les cent kilos de muscles de Hank qui arrivent à toute allure semblent le faire revenir à la raison. J'attrape le casque de la blonde qui me jette un regard courroucé, et je grimpe avec agilité derrière Hank. Sur le côté, le motard tombe à genoux et se planque derrière les poubelles débordantes qui traînent sur le trottoir. Une balle vient de lui effleurer la tête.
Hank fonce à travers la nuit, et je tente de comprendre ce qu'il vient de se passer. Voir la cavalerie débarquer pour nous mettre dehors, passe encore, je m'y attendais. Après tout, je me suis lancée dans une enquête à haut risque et top secrète alors que j'étais suspendue. Heureusement que Sélénin était là pour nous faire passer. On a gagné quelques heures. Mais tout ça pour quoi ? Être piégée par la

fine équipe armée jusqu'aux dents et qui nous prend pour cible !
Pire, ils ont récupéré le seul indice que nous ayons trouvé sur les
Oxiones. Je bous de rage. Cela n'a aucun sens.
A moins que…
Une rafale de tirs nous manque de peu. Les fils de p***, ils nous ont
déjà rattrapés. Leur 4x4 rutilant slalome entre les voitures dans des
crissements de pneus inquiétants. Je tente d'apercevoir leur reflet
dans les rétroviseurs, mais Hank accélère soudainement, faisant
entrer l'air avec force dans mon casque trop grand. Bon sang, j'ai
l'impression qu'on essaie de m'arracher la tête !
− Attrape mon arme !
La voix de Hank me parait lointaine tant mon crâne est secoué par
la vitesse. Ce satané casque va me conduire droit à la mort au lieu
de me protéger. Mais sans la visière, impossible de garder les yeux
ouverts. Il faut agir, et vite. Je n'hésite qu'une seconde. D'un
mouvement, je remonte mes jambes et glisse mes pieds entre les
cuisses de Hank en les calant juste à la jointure de ses genoux. Ainsi
maintenue, j'ai les deux mains libres. Tandis que ma main droite
plonge vers l'arme de mon coéquipier, la gauche attrape avec force
la lanière du casque pour le maintenir collé à mon crâne et bloquer
l'entrée d'air. Une légère torsion de la colonne vertébrale – qui me
fera atrocement souffrir demain – et voilà mes supposés collègues
dans ma ligne de mire. Je vide un chargeur sur la carrosserie
flambant neuve avant de toucher le passager avant d'une balle dans
l'épaule. Sous le choc, il lâche son flingue qui disparaît sous les
roues des véhicules suivants. Cela me laisse les quelques secondes
de répit dont j'ai besoin pour recharger mon arme. Les rafales de
tirs ayant fortement diminué, j'entends Hank me hurler :
− Tire dans les pneus, bordel !!

Ah oui, les pneus. Je me retourne à temps pour voir que nos assaillants ont sorti la grosse artillerie et qu'ils ont eu la même idée que nous. Une rafale de balles ricoche sur le bitume dans une gerbe d'étincelles qui se rapprochent dangereusement. Je ne perds pas une seconde de plus. Me replongeant dans un état de concentration profond, j'inspire un grand coup avant de relâcher l'air de mes poumons très lentement, le regard fixé sur le viseur du Glock. Je tire. Une fois, deux fois, trois fois. Le pneu gauche du 4x4 explose dans un bruit de tonnerre et le véhicule fait une embardée avant de s'encastrer dans un réverbère. Je n'ai pas le temps d'apercevoir l'état des passagers. La moto file dans la nuit en direction de la caserne.

***

Nous avons retrouvé le professeur Thomas et Sélénin sains et saufs au QG. Ils avaient déjà commencé à préparer nos affaires pour filer le plus vite possible. Je n'ai pas eu à donner les ordres pour répartir les tâches. Chacun semble avoir trouvé sa place dans le groupe. Thomas réunit les dossiers et documents dont nous aurons besoin dans notre quête des Oxiones. Sélénin emballe ses ordinateurs et tout le matériel technologique utilisable en cavale. Hank s'occupe du matériel de survie : tentes, sacs de couchage, réchauds, gourdes, lampes frontales… sans oublier les armes. Bog remplit des paniers de provisions et embarque quelques ustensiles de cuisine. Quant à moi, je fais le tour des chambres pour réunir des affaires de rechange et nos économies. Rambo me suit partout, s'arrêtant à l'entrée de chaque pièce et me jetant des regards implorants. J'hésite à l'emmener avec nous. Une bête de cette taille ne passera pas inaperçue, et il prend la place de deux hommes dans un véhicule. Sans parler de la nourriture. Alors que j'ai cessé de m'agiter dans tous les sens, il vient se planter devant moi, posant une de ses grosses pattes velues sur ma hanche avant de pousser de petits gémissements, me fixant à nouveau de ses yeux tristes.

Il essaye de m'attendrir, là ? Ça ne fonctionnera pas. Pas du tout. Je ne suis pas le genre de femme à craquer devant une boule de poils qui pleurniche. Je suis plus forte que ça.

− Très bien, tu viens.

Rambo me répond d'un aboiement enjoué et file à toute vitesse dans le couloir, ses lourds bonds faisant craquer le parquet en chêne. Je le retrouve quelques minutes plus tard dans le salon, aux côtés des autres membres de l'équipe. Sa couverture puante et sa laisse sont posées entre ses pattes avant.

Je tâche de dissimuler la honte de m'être laissée avoir et invite tout le monde à s'installer dans les canapés pour discuter de la suite des événements. Je prends la parole en premier :

− Nous devons absolument trouver des réponses à nos questions. Il y a trop de vies en jeu. Si nos ennemis découvrent le secret des Oxiones avant nous, je n'ose pas imaginer ce qu'ils pourraient en faire.

− On ne peut pas retourner au siège de l'APICM. Ils ont déjà failli avoir notre peau aujourd'hui, ils ne nous rateront pas une deuxième fois, réplique Hank.

−Pourquoi vos collègues s'en sont-ils pris à nous ?

La question du professeur nous plonge dans un silence pesant. Finalement, je laisse échapper :

−On peut supposer que le fait que l'on s'introduise au siège alors que l'équipe est théoriquement suspendue est une raison valable, mais pas au point d'essayer de nous tuer…

−Théoriquement suspendue ? s'étonne Sélénin.

—Tu te fiches de nous ? s'insurge Hank.

—J'ai oublié de le préciser ?

Je prends une moue faussement contrite et décide d'enchaîner rapidement. De toute façon, ce n'est pas ça, le problème.

—Il y a une meilleure hypothèse, même si elle ne me plaît pas du tout. Il est possible que le Commandant nous ait fait surveiller depuis notre retour du Brésil. A cause de… vous savez quoi.

—Que s'est-il passé au Brésil ?

Je jette un regard noir au professeur et poursuis comme si de rien n'était.

—S'il a découvert que nous travaillions sur le secret le mieux gardé de tous les temps, il est possible qu'il ait décidé de nous arrêter pour récupérer le doss' et récolter les lauriers à notre place. Ce serait l'aboutissement du travail d'une vie pour lui. Il a tout à gagner.

—Si tu as raison, nous ne pouvons plus mettre les pieds là-bas, ni faire appel à qui que ce soit au sein de l'APICM.

Un silence pesant emplit à nouveau dans la pièce. On a échoué. J'ai échoué. Je suis au fond du gouffre. J'ai envie d'un bain moussant et d'un beignet au chocolat.

Puis délicatement, comme sous l'effet une douce caresse, les poils se hérissent sur mes bras. Sélénin vient de quitter le recoin de la pièce où il s'était réfugié quelques minutes plus tôt, et se tient désormais juste derrière moi, ses mains posées sur le dossier de mon fauteuil. Je sens mes joues rosir. Le professeur me jette un regard mais ne prononce pas un mot. Immédiatement, son attention se reporte sur l'Elfe qui s'apprête à prendre la parole.

— Il y a un moyen. Un autre endroit où trouver ce que nous cherchons.

Je manque de tomber de mon siège. QUOI ? Et pourquoi il nous révèle ça seulement maintenant, alors que je viens juste de risquer de me faire trouer la peau par mes propres collègues de promo ?
– Et pourquoi diable ne nous en as-tu pas parlé avant ? La colère qui perce dans la voix de Hank fait écho à la mienne et je me lève pour me placer à ses côtés, bras croisés sur ma poitrine.
– Parce que nous ne serons pas les bienvenus.
– On a l'habitude…
– Nous devons nous rendre dans le royaume des Elfes.

Journal de l'agent Brook
(8 janvier)

Nous sommes installés dans une ancienne planque de l'APICM, désaffectée depuis peu. Heureusement pour nous, Hank a conservé un double de la clé. « Juste au cas où », a-t-il dit. L'appartement de trois pièces est à peine assez grand pour loger tout le monde, mais nous n'avons pas le choix. Demain, nous louerons un van et direction l'Irlande et le royaume des Elfes.

Dans la petite kitchenette attenante à la pièce de vie, Bog s'affaire comme à son habitude à préparer le dîner. Hank vide les coffres dissimulés derrière de fausses grilles d'aération et complète notre équipement de voyage. Argent, armes, passeports, équipement de survie… Tout ce dont nous aurons sûrement besoin pendant notre voyage. Notre cavale, plutôt. Sélénin, assis en tailleur sur le lit de la chambre, son ordinateur portable sur les genoux, réserve le van et le ferry pour la traversée de la Manche. Il n'a pas dit un mot depuis notre décision de rencontrer ses semblables. L'idée ne semble pas l'enchanter.

Le professeur est assis dans un vieux fauteuil usé et complète son fichu carnet de note. Hier, nous nous sommes trouvés par hasard à écrire côte à côte nos mémoires dans nos carnets respectifs, comme des écoliers zélés. Depuis ce moment digne d'un #malaiseTV, je fais toujours en sorte de n'écrire que lorsque je suis seule. Il faudra que je pense à confisquer également ce carnet quand toute cette histoire sera terminée. J'ai hâte de voir ce qu'il note là-dedans.

Rambo est couché à l'entrée de la pièce, tiraillé entre son devoir de gardien du professeur et les odeurs de cuisine qui s'échappent des marmites du Troll. Celui-ci se tourne soudain et d'un geste théâtral et quitte son immense tablier à fleurs.

– Le repas sera prêt dans une heure ! Il faut laisser mijoter !

***

Nous nous sommes réunis dans la pièce principale autour de la table basse couverte de cartes et de brochures touristiques. Le repas était délicieux, comme vous pouvez l'imaginer, et il était difficile de ne pas tomber dans une douce léthargie digestive. Mais il nous fallait absolument planifier les zones où débuter nos recherches. Alors nous nous sommes mis au travail et nous sommes tombés d'accord pour commencer par *Tollymore Forest Park*, un parc forestier du comté de Down, en Irlande du Nord. Puis nous descendrons vers le sud jusqu'au comté de Waterford, en quadrillant toutes les zones forestières.

Finalement, un silence bienvenu s'est installé, et nous sommes tombés dans une torpeur apaisante. Jusqu'à ce que cet idiot de professeur ouvre la bouche à nouveau.

Il l'a vraiment fait. Maintenant, plus personne ne peut échapper à ce qui va arriver. Je ne pourrai pas dormir avant des heures. Pourquoi a-t-il fallu qu'il pose LA question ? Pourquoi a-t-il interrogé Hank sur son passé, maintenant ?!

Hank a les yeux fermés, le souffle régulier, et se prépare comme un champion olympique pour son marathon personnel.

Puisque, j'en ai peur, ce moment risque fort de se répéter dans les semaines à venir, autant que je passe le temps en vous relatant l'événement. Appelons ça :

Les chroniques de Hank Solander

Il est prêt. Accrochez-vous bien. Pour ma part, ce ne sera que la 123ème fois que j'entends cette histoire… :

– J'étais en poste en Guyane pour deux ans. Ces deux années étaient déjà presque écoulées, et j'effectuais ma dernière mission. Elle me laissa un souvenir impérissable.

(Quand on sait ce qu'il s'apprête à raconter, croyez-bien que je ne comprends toujours pas les paillettes qui brillent dans ses yeux à ce moment-là.)

Nous venions de rentrer de la chasse, avec de nombreuses proies dans nos paquetages : sanglier, tortue, singe... De quoi préparer un véritable festin en arrivant au campement ! Nous avions installé le barbecue sur un ancien camp d'orpailleur. Car telle était notre mission : nous devions trouver les bases d'orpailleurs clandestins et couper le ravitaillement de leurs villages. Ces chercheurs d'or sont un vrai fléau là-bas, que ce soit pour l'économie du pays, pour la santé des habitants ou d'un point de vue écologique ! De vraies merdes, ces types-là. Ils détruisent les forêts, et le mercure qu'ils utilisent pour amalgamer l'or pollue les rivières, contaminant les poissons et les personnes qui s'en nourrissent. C'est une catastrophe écologique et sanitaire dont peu de gens se soucient. Les locaux influents touchent des pots-de-vin, les autres meurent à petit feu. C'est pour ça que cette mission nous tenait autant à cœur, malgré les conditions difficiles.

Nous avions trouvé un vieux campement pour nous installer et avions pris le contrôle de toutes les rivières alentours. Ce soir-là, nous étions restés longtemps sur zone. Comme il s'agissait d'un vieux village pourrissant, nous n'avions pas vraiment fait attention au tas de bois et de végétaux en décomposition qui se trouvait à côté de l'endroit où nous avions choisi de faire le feu. Pour la plupart, il s'agissait des restes de structures sur pilotis que l'on appelle des « carbets ». Ce sont justement ces bâtiments précaires qui nous ont sauvés. Mais j'y reviendrai.

C'est aussi à cet endroit que nous avions pêché le plus grand *aymara* que j'ai jamais vu. Avec des dents longues comme mon pouce.
(Imaginez la taille du pouce de la bête ! Je parle bien de Hank, hein !)

– L'instructeur nous avait fait goûter du singe, même si c'était interdit car la viande est toxique. Mais en cas d'urgence de survie, on ne crache pas dessus.

Comme je disais, on avait fait le feu à côté d'un tas de merde. Et là, ce fut la catastrophe. Nous avions réveillé l'ennemi dissimulé dans l'ombre…

Le dîner avait été servi dans le carbet de commandement, au centre du campement. Nous étions presque tous réunis dans la structure sur pilotis, mais certains de nos camarades étaient restés dehors pour se reposer dans leurs hamacs. Le repas se déroulait dans une bonne ambiance, mais plus le temps passait plus un bruissement inquiétant se faisait entendre, de plus en plus intensément. Mes camarades et moi, nous nous regardions tous d'un œil interrogateur, et je dois avouer qu'on commençait à s'inquiéter un peu. Alors, on s'est penchés vers l'extérieur, mais la nuit était tombée depuis plus d'une heure et il était difficile d'apercevoir quoi que ce soit dans l'obscurité. Nous scrutions la nuit sans rien distinguer. Pourtant, le bruissement était toujours plus grondant et inquiétant. Finalement, nous avons allumé les lampes de poche. Bon sang ! J'en ai encore des frissons ! Nous sommes restés complètement pétrifiés sur la terrasse du carbet. Le sol sous nos pieds était couvert d'un tapis de dizaines de mètres carré de fourmis rouges. Nous sommes tous restés comme des cons, complètement stupéfaits, sans oser bouger. Si l'un de nous avait eu le malheur de poser le pied sur le sol, en quelques secondes, il se serait retrouvé couvert des bêtes tueuses et n'aurait eu guère d'espoir d'en réchapper. Une véritable promesse de mort ! Ceux qui étaient restés dans les hamacs tremblaient comme des chiots, la boule au ventre. On ne pouvait pas leur en vouloir. Nous n'avions jamais vu autant de fourmis de toute notre vie et nous ignorions si elles pouvaient grimper sur les troncs et s'attaquer à eux. Heureusement, les hamacs leur ont sûrement sauvé la vie.

C'était terrifiant et pourtant, dans l'ensemble, ce fut sûrement l'une des meilleures missions de toute ma vie. J'en garde des souvenirs impérissables…

Je vous l'avoue, je ne sais pas s'il est allé plus loin dans son récit ce soir-là. Je me suis endormie comme un bébé, la tête sur les genoux du professeur Thomas paraît-il, mais je n'en crois pas un mot. Ils se paient tous ma tête !

Journal de l'agent Brook
(9 janvier)

Nous avons pris la route dès le lever du jour. L'excitation du départ a vite laissé place à l'amertume de devoir tout abandonner derrière nous. Comment notre vie a-t-elle pu basculer si vite ? La route défile sous mes yeux, m'éloignant irrémédiablement de ce qui constituait mon quotidien. L'Agence, la caserne. Deux endroits où je ne pourrai peut-être jamais remettre les pieds. Vivante, du moins. Je suis parcourue de frissons et ressers le plaid confortable dans lequel je suis blottie, à l'arrière du van de location. Hank est au volant et bavarde joyeusement avec Bog, qui prend son rôle de copilote très au sérieux. Rambo est étalé entre les sièges, me fournissant pendant un temps une barrière efficace contre les assauts insupportables du professeur Thomas. Il s'est reporté, non sans un plaisir évident, sur Sélénin, le pressant de questions à mi-voix, afin que je ne l'interrompe pas. Malgré mes réticences à les voir ensemble, je n'ai pas la force de les séparer. Malheureusement pour lui, le demi-Elfe ne semble pas avoir tenu à partager ses secrets, car le professeur revient rapidement à la charge.
– Alors, vous allez me dire ce qui vous est arrivé au Brésil ?
Je jette à nouveau mon fameux regard noir terrifiant au professeur, qui vient de s'installer sur le siège d'à côté. Mais cette fois, cela ne semble pas suffire à le dissuader de me casser les pieds. Emmerdeur de première, je vous dis. Et puisque nous sommes coincés dans ce van pour quelques heures encore, J'ai peu d'espoir qu'il me laisse tranquille. Je continue cependant à le fixer d'un air agacé pendant quelques minutes. Il ne bronche pas. Il a même l'air… quoi, amusé ? Lassée de ce petit jeu, je laisse échapper un profond soupir. Il a gagné.

−Hank et moi avons été envoyés en mission dans une partie reculée de la forêt amazonienne, connue pour être… vierge de toute vie humaine. De nombreux explorateurs n'en étaient jamais revenus. On était persuadés que quelque chose de louche s'y trouvait, et quand je dis louche vous comprendrez : magique. Et, en effet, c'est ce qu'on a trouvé…

Les souvenirs de cette nuit passée à halluciner sur la pierre tiède de l'autel des sciapodes m'assaillent à nouveau. Tout me revient comme une gifle cinglante. Le goût infecte de la mixture hallucinogène, les cris des créatures qui dansent autour de moi, les flammes, l'odeur de la fumée… le corps sans vie du prêtre que j'ai tué de mes propres mains…

Je sens le sang se retirer de mon visage tandis qu'une envie irrépressible de rendre mon déjeuner me submerge.

−Ça ne va pas ?

−J'ai juste besoin d'air.

J'ouvre d'un coup sec la petite fenêtre haute du van et respire l'air frais et pur qui s'engouffre rapidement. Dieu que c'est bon !

Le professeur n'a pas dit un mot, mais je sens son regard vibrant posé sur moi. Il attend la suite impatiemment. Ou bien est-il inquiet ? Non, bien sûr que non.

−J'ai enfreint la plus importante des règles de l'APICM. J'ai tué une créature magique. C'était un prêtre sciapode. Il m'a fait boire un mélange qui m'a fait entrer en transe. Je n'étais plus moi-même. Et depuis ce jour, je rêve régulièrement d'un monde qui n'a rien à voir avec le nôtre. Je rêve de cette fille, de cette femme. Je suis elle, et elle est moi.

−Comment s'appelle-t-elle ?

−Ellyssa.

Les yeux du professeur s'agrandissent de stupeur et je vois passer des émotions contradictoires sur son visage. Surprise, perplexité, intérêt, inquiétude…

L'angoisse monte dans ma poitrine… pourquoi ai-je l'impression qu'il sait de quoi je parle. Qu'il sait qui Elle est ?

−Aleyna… j'ai déjà vu ce nom quelque part.

Où ça ? Bon sang, où ?

−Dans le livre volé des archives. C'était écrit dans une langue que je ne maîtrise pas, mais ce mot-là sonnait comme un nom, et vous venez de me le confirmer.

Une colère sourde gronde dans ma poitrine. Le Commandant possède la clé de mes étranges rêves. Et cette idée m'est insupportable. Un calme assassin m'envahit soudain. Si les Elfes n'ont pas les réponses à mes questions, le Commandant recevra une petite visite de courtoisie. Un sourire se dessine sur mes lèvres tandis qu'un éclair traverse mes yeux. La femme en moi réclame vengeance.

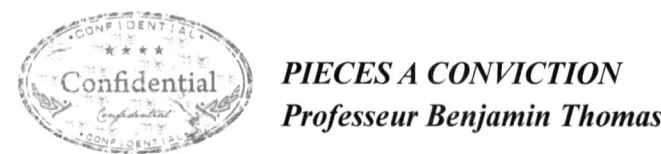

PIECES A CONVICTION
Professeur Benjamin Thomas

Le soleil se couche lorsque je me rends compte que quelque chose cloche chez l'agent Brook. Elle tourne en rond, essayant de trouver n'importe quelle tâche pour occuper son esprit. Dès qu'elle s'arrête, des rides d'inquiétude barrent son front et son regard se perd dans le vide. Il n'y a malheureusement plus rien ni personne pour l'occuper. Sélénin et Hank sont partis dans la ville la plus proche faire quelques provisions pour les jours à venir. Bog s'est éclipsé quelques minutes plus tard, prétextant devoir faire des trucs… de troll, quoi que cela puisse être. Bref, il ne reste plus que moi sur le camp et le monstre poilu dont les ronflements m'empêchent de réfléchir tranquillement. Voyant que je l'observe avec insistance, elle finit par se planter devant moi, les mains sur les hanches.
– Décrivez-le moi. Le livre volé.
Je sursaute et prends quelques secondes avant de répondre. La question me prend de court.
– C'est un petit format, pas très épais. Une couverture de cuir noir, décorée d'enluminures dorées. Je crois qu'il y avait une bande de tissu doré servant de marque page attachée à la reliure. Il semblait très ancien.
– Quoi d'autre ?
– Il est écrit dans une langue qui m'est inconnue. Il est possible qu'il s'agisse du dialecte des Oxiones eux-mêmes. Mais je ne crois pas qu'il s'agisse d'un simple livre.
– Comment ça ?
– Je pense… Je pense qu'il s'agit d'un journal intime.
– Qu'est-ce qui vous fait dire ça ?

−Je ne sais pas. L'organisation par petits paragraphes, l'écriture soignée mais inconstante, les dessins et annotations.
− Et ce nom, Ellyssa ? Ce pourrait-il que ce soit son journal ?
−C'est une possibilité. C'est plutôt rare d'écrire son propre nom dans un journal, mais ce n'est pas impossible. Aleyna, pourquoi ces questions ?
Elle ne me répond pas. Je vois dans son regard qu'elle n'est plus là. Je la récupère avant qu'elle ne s'effondre au sol. Il n'y a personne d'autre sur le camp. Je la cale au creux de mes bras, observant son visage s'animer au gré des souvenirs qui déferlent dans son esprit. Pour la première fois, je la vois fragile et touchante, et je me surprends à la bercer avec tendresse.

Journal de l'agent Brook
(11 janvier)

Assise sur un banc de marbre blanc, je tente de calmer les battements de mon cœur en observant le soleil se coucher. Les nuances d'oranger enveloppent de leur halo la ville d'Or, qui porte si bien son nom. Les effluves de jasmin me parviennent de l'autre bout du jardin, dans la brise fraîche de cette fin de journée. Je baisse les yeux sur ce que je tiens entre les mains. Un cadeau de mon futur époux. Je laisse glisser les doigts sur la couverture de cuir noir du livre aux pages blanches. « Pour que tu puisses écrire ta propre histoire, Ellyssa » a soufflé Oberyn en me l'offrant, les joues rosies par la peur que cela ne me plaise pas. Mais ma joie n'était pas feinte.
J'ouvre la première page et trempe ma plume dans un petit pot d'encre noire. J'ai décidé de mettre de côté mes doutes pour commencer par ce bel après-midi en compagnie d'Oberyn.
Nous nous sommes baladés le long de la rivière scintillante qui traverse la ville, bavardant, riant, chantant même parfois, comme des enfants qui apprennent à se découvrir.
Les habitants d'Aldor s'écartent sur notre passage d'une légère révérence, les regards emplis de bienveillance et de joie de voir les deux héritiers des Terres Originelles côte à côte. Au détour d'une rue, des enfants nous apportent des bouquets de fleurs sauvages, et Oberyn me surprend en plaçant délicatement une pivoine dans mes cheveux détachés. Ses yeux bleus comme un ciel d'été pétillent de malice, et des mèches couleur de blé balaient son visage naturellement doré. Il est si charmant. Je chasse rapidement le regard plus sauvage d'un autre homme qui hante mon esprit, et lui rend son doux sourire.

Oberyn a tellement de projets, tellement de joie de vivre et de bonne volonté. Il veut rendre le monde meilleur en améliorant les conditions de vie de notre peuple ; en développant le commerce, notamment avec les nouveaux peuples ; en ouvrant l'accès au Savoir à tous, y compris aux esclaves…
Mon cœur se serre, mais je ne laisse rien transparaître. Est-ce que je mérite un tel homme ? Suis-je à la hauteur, moi, celle qui n'est plus vraiment sûre d'être Ellyssa, de mériter d'être cette femme-là ? Oberyn me tend la main et me guide en riant en direction d'un groupe d'individus jouant de la musique sous un magnifique saule pleureur. Je me laisse mener par ses gestes sûrs et mes pas prennent le rythme entraînant des notes qui filent dans le vent. Je sais déjà que j'aimerai cet homme. Il est tout ce que la Nature a fait de plus beau et de plus pur. Il sera un bon roi.
Il est tout ce que je ne suis pas…
De nouveau, le visage d'Ozsan s'impose dans mon esprit. Je ferme le journal d'un geste désespéré, et une larme s'écrase sur sa couverture aussi sombre que la nuit tombée autour de moi.

***

Nous avons repris notre quête quasi désespérée du royaume elfique au petit matin. Le professeur ne m'adresse pas un mot, mais je sens son regard se poser sur moi régulièrement. Lorsque j'ai trébuché sur Rambo en voulant ranger la tente dans le van, j'aurais juré l'avoir vu esquisser un mouvement pour me rattraper. Mais j'ai un excellent équilibre, et il a vite rebroussé chemin. Je ne sais pas ce qui me vaut un tel comportement de sa part. Je suppose que cela a à voir avec mes rêves de la veille, lorsque nous étions seuls sur le camp, mais je n'ose pas lui poser la question. Tout reviendra vite dans l'ordre, je n'en doute pas une seconde. Son côté exaspérant et insupportable ne saurait rester caché bien longtemps. Après des heures de recherches infructueuses, je demande à Hank d'arrêter le van le long d'une route de campagne, perdue au milieu du grand nulle part irlandais. La pluie a cessé de tomber depuis plusieurs heures. Le paysage verdoyant se couvre de lueurs orangées tandis que le soleil entame une rapide descente à l'horizon. L'air est frais et humide, et je resserre mon châle en laine de lama autour de mon cou pendant que nous montons de nouveau le camp. Une légère brise agite mes cheveux et apporte des effluves de prairies humides. Soudain, l'odeur âcre de la fumée me pique le nez. Hank vient d'allumer un feu. Bog sort sa mallette de voyage et je salive d'avance en le regardant sortir d'un panier en osier les légumes frais achetés plus tôt dans la journée à un fermier isolé. Sélénin et le professeur Thomas finissent de dresser l'immense toile de tente qui nous sert de toit depuis trois jours. Les Elfes ne sont pas faciles à trouver, ou du moins, ils ne veulent pas être trouvés. Mais nous y arriverons. Rambo, après avoir arrosé de jets fumants les trois quarts des arbustes du coin, vient se coucher à mes pieds. J'ai trouvé ce rituel répugnant le premier soir. Puis le professeur m'a expliqué qu'il marquait le territoire, et qu'en formant un cercle autour du campement avec son urine, il nous protégeait contre d'éventuels prédateurs. Distraitement, je le gratte derrière l'oreille. Il me répond d'un grognement satisfait. Mon esprit est déjà loin. Je fais le point sur tous les événements qui m'ont amenée à me trouver ici, au cœur de la campagne irlandaise, accompagnée d'un groupe de personnes aussi singulier.

Puis soudain, l'humidité ambiante laisse place à une douce chaleur, tandis qu'un parfum de fleurs remplace celle, plus âcre, du feu de camp.

La cérémonie prénuptiale a commencé depuis déjà deux heures. Pendant que les femmes de ma famille récitent les poèmes en l'honneur des dieux, celles de la famille de mon futur époux enduisent mon corps d'huiles et tressent des fleurs dans mes cheveux. Je me laisse bercer par leurs voix mélodieuses et les caresses de leurs mains sur ma peau. Embrumée par les effluves de parfums et d'encens, je me laisse guider sans opposer de résistance. Pourquoi résisterais-je ? Je vais épouser un Prince. Un pincement au cœur me tire de ma transe et je remarque alors que l'on me conduit dans une autre salle. Tout est tellement différent, soudain. La musique et les douces voix féminines ont laissé place à un silence apaisant. Des voilages mauves couvrent les immenses fenêtres et ondulent au rythme d'une légère brise. Face à moi, le bain gigantesque qui sert habituellement aux cérémonies sacrées semble m'appeler. La surface de l'eau pure est couverte de pétales de fleurs colorées. Et de l'autre côté, comme si je regardais dans un miroir, la statue de la déesse Estate me fixe avec bienveillance. Lentement, je descends les marches du bassin, l'eau tiède me couvrant peu à peu. Je n'ai pas besoin de regarder derrière moi. Je sais que les femmes ont disparu. Je suis seule pour prier la déesse de veiller sur moi dans ma future vie de femme. Je prends une grande inspiration et plonge lentement dans l'eau sacrée.
Des remous dans mon dos me tirent de mes pensées. Quelqu'un est entré dans le bassin à son tour. Surprise, je refais surface, mais la pénombre m'empêche de distinguer son visage. Combien de temps suis-je restée en transe ? Sûrement plusieurs heures. Pourtant, la nuit semble toujours profonde. Je ne suis censée quitter le bassin qu'au lever du jour.
– Qui est là ?

Pas de réponse, pourtant je vois l'ombre se rapprocher lentement de moi. Un frisson me parcourt. Mais je n'ai pas peur. Je reconnais ce sentiment qui s'empare de mon corps.
– Ozsan ?
Toujours pas de réponse, mais les contours de son visage m'apparaissent plus clairement alors qu'il se rapproche, et je sens l'excitation et la peur s'emparer de moi.
– Tu ne devrais pas être là. C'est interdit. Aucun homme n'a le droit de me voir la nuit précédant le mariage.
– Je m'apprête à te laisser en épouser un autre, alors je pense que je mérite bien une ou deux entorses aux règles.
– Comment peux-tu dire une chose pareille ? Nous ne transgressons pas les règles. Ce n'est pas dans notre nature.
– Vraiment ? Alors, dis-le-moi, Ellyssa.
– Te dire quoi ?
– De partir. Si c'est ce que tu veux, je m'en irai.
Je sais ce que je dois faire. Il faut lui dire de partir. Je m'apprête à épouser son meilleur ami. Les dieux en ont décidé ainsi, et je me dois de respecter leur volonté. C'est ce que la fille d'un sage se doit de faire. Mais mon corps se moque des récriminations de mon esprit. Tout en lui m'appelle. Et au lieu de le repousser, je me presse de toutes mes forces contre cet homme au regard de braise. Plus rien ne compte. Seulement lui et moi. Ici et maintenant.
Dehors, les prémisses de l'aube laissent filtrer un rayon de lumière au travers des voilages. Il est l'heure. C'est aujourd'hui que mon destin bascule. Ozsan me sourit et se détourne pour quitter le bassin. Sous mes yeux, juste à la base de sa nuque, un tatouage me nargue et m'emplit de terreur.
Qu'ai-je fait ?

—Aleyna ? Tout va bien ? Vous venez de rêver d'Elle n'est-ce pas ?
Je repousse d'un coup de coude le professeur, et m'éloigne rapidement pour dissiper la nausée qui m'assaille. Mon cœur bat encore la chamade sous l'effet de la terrible révélation. Ce n'est pas moi, pas mon histoire. Pourtant, à chaque fois, tout parait tellement réel. Je prends une profonde inspiration pour me calmer. Tous les regards sont braqués sur moi. Ça me rend dingue.
—Stop ! Arrêtez de me fixer comme ça, j'ai l'impression d'être un animal de foire !
La grimace contrite de Bog me confirme que je dois avoir l'air d'une folle échappée d'un asile.
—Aleyna, vous devez nous raconter ce que vous voyez. Je sais que c'est difficile, mais vous avez d'une manière ou d'une autre une connexion avec les Oxiones. Tout ce dont vous pouvez vous souvenir peut nous aider à avancer, et à devancer nos ennemis, quels qu'ils soient.
Je m'apprête à lui envoyer une réplique cinglante, accompagnée de mon poing dans sa figure de petit péteux condescendant. Je savais bien qu'il ne tiendrait pas longtemps avant de me taper sur le système à nouveau. Mais Hank me devance et me prend dans ses bras puissants. Je me laisse porter jusqu'à un siège près du feu, le cœur au bord des lèvres, à la fois terrifiée et repue d'une passion imaginaire assouvie. Le repas se déroule dans un silence salvateur et je parviens à mettre de l'ordre dans mes idées. Je dois me rendre à l'évidence et accepter que le professeur puisse avoir raison. Tout concorde, et je dois faire un effort pour rassembler toutes les pièces du puzzle qui nous mènera aux Oxiones. Ellyssa était devenue reine des Oxiones en épousant celui qui devait être son âme sœur, mais elle l'a trompé. Mais était-elle vraiment la princesse Ellyssa ? Est-

ce la raison pour laquelle elle s'est liée à un fils d'Adésien, un traître ? Qui était-elle vraiment ?

Tellement de question et encore si peu de réponses. Les autres me fixent tous en mangeant leur soupe, mille questions en suspens, mais je n'ai pas envie de parler. Je veux comprendre. Je veux me débarrasser de ces visions. Je veux redevenir moi, juste moi. Mais pour cela, il faut continuer. Trouver ces put*** d'elfes. J'en ai assez de jouer à cache-cache. La partie est terminée. Demain, ils vont découvrir qu'il ne faut pas se mettre en travers du chemin d'Aleyna Brook.

Journal de l'agent Brook
(12 janvier)

Une petite voix en moi crie que nous ne sommes plus très loin. Pourtant, cela fait des heures que nous parcourons les terres sauvages sans la moindre trace de créatures magiques. J'en ai profité pour raconter au professeur l'ensemble de mes rêves, depuis cette première nuit, au Brésil. Il a soigneusement tout consigné dans son carnet de notes. J'ai eu l'impression de me mettre à nu devant lui, de lui montrer mon âme. Mais ce n'est pas mon histoire, c'est celle d'Ellyssa.

Sans que nous nous en rendions compte, nous bifurquons progressivement vers l'Est. Je m'applique depuis le matin à suivre une ligne bien droite à travers champs. Pourtant, nous voilà sur un chemin de terre, et, au loin, apparaissent les toits éparses d'un petit village qui ne m'est pas inconnu. Les enfoirés ! Il doit y avoir des sorts de protection qui brouillent nos perceptions et nous envoient à chaque fois sur une mauvaise piste. Nous aurions dû trouver leur royaume depuis des jours !

C'est inutile de continuer à tourner en rond. Nous ne les trouverons pas sans leur accord. Ils doivent VOULOIR nous faire entrer.

Mue par une soudaine inspiration, je me tourne vers la forêt et me met à hurler :

– Ça suffit ! Assez joué. Nous sommes venus jusqu'à vous parce que nous avons besoin de réponses. Nous avons en échange des informations que même vous, seigneurs elfes, ne possédez sans doute pas.

Comme en réponse à mes provocations, une violente bourrasque arrache ma casquette à l'effigie d'un célèbre chanteur roux (vous noterez le subtil clin d'œil) qui atterrit plusieurs dizaines de mètres plus loin, aux pattes de Rambo. Avec horreur, je le vois prendre mon super souvenir d'un concert au stade de France dans sa grande gueule baveuse. En quelques bonds patauds, le voilà assis à mes pieds, me tendant le précieux couvre-chef dégoulinant de bave. Dans un soupir, je récupère la casquette et lui enfonce profondément sur son crâne poilu. Il me répond d'un aboiement joyeux et retourne vagabonder un peu plus loin. J'hésite entre hurler et glousser devant ce spectacle ridicule. Puis, reprenant tout mon sérieux, je me tourne à nouveau vers la forêt.

– Nous avons avec nous le professeur Thomas, qui travaille depuis plusieurs années sur le secret des Oxiones. Mais si cela ne vous intéresse pas, il nous reste la possibilité d'aller rendre visite aux Nains, nous en connaissons justement un prêt à nous conduire dans les Andes.

Je bluffe, évidemment. Rien ne nous prouve que les Nains ont une quelconque connaissance des Oxiones. Et il est beaucoup plus dangereux de chercher à les rencontrer… Mais tout le monde connaît la guerre millénaire que se livrent les Elfes et les Nains pour tout et n'importe quoi.

– Les Nains ne vous seront d'aucune utilité, agent Brook.

Un grand elfe aux longs cheveux vénitiens vient d'apparaître entre les arbres. Je ne peux m'empêcher de le comparer à Sélénin. Le spécimen qui vient de sortir du bois a les oreilles plus pointues et plus longues, les yeux légèrement plus en amande. Il est tout aussi beau que mon collègue hybride. Mais sa beauté tient en la pureté de ses traits, presque féminins, tandis que celle de Sélénin repose sur des caractères plus masculins. Il porte une tenue de chasse près du corps, mettant en valeur sa silhouette élancée. Aucune trace d'un éventuel arc et de son carquois de flèches. Sûrement dissimulés non loin dans les feuillages.

L'elfe détaille notre troupe d'un œil expert, s'attardant quelques secondes de plus sur la musculature de Hank et sur ma silhouette élancée et aguerrie. Ce que je prends comme un sacré compliment. Il prend la peine de se méfier de moi, et il a bien raison. Ses sourcils s'arquent furtivement d'étonnement à la vue de Bog et de sa chemise à carreaux, tandis qu'un rictus de dégoût plisse ses lèvres délicates lorsque son regard passe sur Sélénin. Je sens mon compagnon se tendre et ses poings se serrer. Je comprends que les Elfes sont à la hauteur de leur réputation. Hautains et affreusement chauvins. S'ils réagissent tous de cette manière en présence du demi-Elfe, ce voyage risque de se transformer en véritable enfer pour lui.

– Ça n'a aucune importance Aleyna, me souffle-t-il. Mais ses yeux trahissent la peine qu'il ressent. Je préfère ne pas en rajouter.

– Quel est votre nom ? le questionné-je.

– Celeborn, Celeborn Ill'lulia.

J'avale ma salive avec difficulté. Ill'lulia. Comme Sélénin.

***

Celeborn nous guide à travers l'épaisse végétation d'un pas léger et gracile. Je sens le calme apaisant de la forêt millénaire qui nous entoure. Le bruissement du vent dans les feuillages et le chant mélodieux des oiseaux sont seulement interrompus par les craquements de nos pas, et les grognements de Bog. Le pauvre troll n'est pas du tout dans son élément, et son large corps l'empêche de se mouvoir rapidement et silencieusement entre les feuillages.

Agacé, l'elfe le fusille du regard et murmure une incantation dans sa langue musicale. Dès lors, les branches s'écartent sur notre passage, facilitant grandement notre progression. Bog, ravi et fasciné par le sortilège, se laisse emporter par son enthousiasme.

– Je te remercie, noble Oreille-Pointue !

Sélénin ouvre de grands yeux horrifiés face à l'insulte involontairement formulée par le Troll, et je crains soudain l'incident diplomatique. Seuls les Nains, éternels ennemis des Elfes, osent utiliser un tel sobriquet face aux créatures sylvestres. Mais Bog, issu d'un peuple de la Roche, partage aussi quelques habitudes linguistiques avec les tailleurs de pierre.

– Je t'en prie, Créature des Cavernes.

Malgré le ton acide de l'elfe, Bog ne relève pas la pique. Il lui adresse un grand sourire, puis son attention se porte sur des papillons multicolores qui virevoltent autour de sa tête.

– Bien heureux sont les simples d'esprit, murmure Celeborn, assez fort cependant pour que je l'entende. Je serre les dents mais me garde de répliquer. Ce n'est pas le moment de tout gâcher.

Après une dizaine de minutes, Celeborn s'arrête, et tend les bras devant lui.

– Bienvenue à Elwindir. Le Royaume du Prince Calimethar, le guerrier de lumière.

Soudain, le voile magique qui dissimulait la réalité à notre vue glisse au sol comme un linge soyeux, et je reste muette d'admiration face au spectacle qui s'offre à mes yeux.

**

Celeborn continue de nous guider à travers la splendide cité végétale qui accueille les elfes depuis bientôt huit mille ans. Il ne nous adresse plus une parole, ni même un regard, tandis que les membres de son peuple nous regardent passer, tantôt curieux, tantôt inquiets, souvent dédaigneux devant notre étrange procession. Je n'ai que faire de ce qu'ils pensent. Mon attention est absorbée toute entière par la beauté de l'architecture étrange et majestueuse qui caractérise l'art elfique. Je n'en avais vu des représentations que dans les livres. C'était tellement loin de la réalité ! Comment aurait-on pu coucher sur le papier la beauté des éclats de lumière qui traversent les parois de verre teintées, l'incroyable complexité des structures supportées par les arbres eux-mêmes ? Comment rendre grâce à l'incroyable perfection des motifs gravés dans les roches de soutènement, représentant la vie des elfes qui habitent ces murs ?

Se déplacer dans Elwindir est une caresse pleine de sensualité et de douceur. Comme flotter sur un nuage aux portes du paradis. Les sons sont étouffés par l'épais feuillage de la forêt, et seuls résonnent le chant des oiseaux et la douce et délicate langue elfique. Une agréable brise agite mes cheveux, tandis que j'admire encore le jeu de cache-cache des rayons du soleil qui filtrent à travers la canopée avant de se refléter sur les habitations éclatantes.

Pendant ce bref moment à traverser l'une des cités les plus mystérieuses et secrètes du monde, je me sens apaisée et confiante. J'oublie un instant pourquoi je suis là, j'oublie mes problèmes, j'oublie presque qui je suis. Puis le fameux roi des Elfes vient à notre rencontre…

– Voici donc l'intrépide Aleyna Brook.

Calimethar se tient sur le perron d'une immense tour de cristal, les bras écartés en signe de bienvenue. Le guerrier de lumière… Il porte bien son nom. Roi du beau peuple, il en est le digne représentant. Il est d'une incroyable beauté, presque androgyne. Les traits du visage si fins, le nez droit, les lèvres pleines, des yeux d'émeraude légèrement en amande. Ses longs cheveux bruns sont retenus par une fine couronne d'or ciselé, perlée de pierres précieuses.

Mais avec plus d'attention, je remarque que la partie gauche de son visage est couverte de cicatrices, comme s'il avait frôlé la mort à de nombreuses reprises sur les champs de bataille. Pourtant, les Elfes n'ont pas été en guerre depuis… Bon sang, quel âge peut-il bien avoir ? Il n'a pourtant pas l'air d'avoir plus de quarante ans.

– Merci d'avoir accepté de nous recevoir, votre Altesse. Nous avons beaucoup de choses à nous dire, et vous ne serez pas déçu, je vous en donne ma parole.

– Oh mais, je n'en doute pas une seconde, très chère. Ne restez pas là, ma suite va vous installer vous et votre troupe de créatures… disons, singulières.

Je m'apprête à répliquer, mais Sélénin me prend de court.

– Je suis moi aussi ravi de vous voir, mon oncle, s'exclame-t-il assez fort pour que les curieux autour entendent, une nuance de colère et de défi dans la voix.

« Mon oncle » ? Minute papillon, ne me dites pas que Sélénin est un prince ?! Je tente tant bien que mal de dissimuler mon étonnement. Hank se contente de hausser un sourcil, tandis que Bog fixe le demi-Elfe avec admiration.

Le roi Calimethar esquisse un rictus poli, mais je sens le dégoût et la haine suinter par tous ses royaux pores. Cela n'échappe pas non plus au principal intéressé qui préfère en rester là, blessé et amer. Dans la petite foule qui nous entoure, les murmures d'étonnement laissent vite place à un silence tendu. Le roi des Elfes poursuit rapidement, comme si rien ne s'était passé.

– Si vous voulez bien vous donner la peine de me suivre, nous allons vous installer pour que vous puissiez vous rafraîchir, puis nous nous retrouverons pour le dîner. Les Oxiones, n'est-ce pas ? Voilà un sujet passionnant. J'ai hâte d'entendre ce que vous pourriez m'apprendre que j'ignore encore…

Quelque chose en moi frissonne à ces mots, comme s'ils cachaient une menace invisible et pourtant bien réelle. Pour moi, c'est très clair. Si nous ne répondons pas à ses attentes, il nous fera payer cette intrusion impromptue et gênante dans son royaume…

***

Nous sommes à peine installés dans une belle pièce de réception que ma montre se met à sonner, rompant le silence certes un peu pesant de ce début de soirée. Je mets un moment avant de reconnaître le motif sonore, pour la simple et bonne raison que c'est la première fois qu'il est utilisé. Gênée à l'idée de gâcher l'instant si particulier, je cède à la panique et me trompe de sens pour verrouiller l'appel entrant. A ma plus grande honte, la voix de ma mère résonne autour de la table.

− Aleyna, Aleyna tu m'entends ? Bon sang, comment fonctionne ce truc ? Aleyna ?

− Maman, je t'en prie ce n'est pas le moment, chuchote-je à ma montre en tentant pitoyablement de garder un air calme et détendu.

− Pas le moment ! Ça fait des jours que j'essaie de te joindre ! Toi et ton fiancé avez disparu d'un coup de l'anniversaire de ta tante Suzie, sans même un au revoir ! Et par la suite, impossible de vous joindre, ni sur ton téléphone, ni sur celui du rugbyman néo…

− Américain, Maman. Je ne peux pas te parler. Si nous sommes injoignables, c'est qu'il y a une raison. D'ailleurs, comment as-tu fait ?

− C'est toi qui m'as offert ce petit boîtier qui clignote ! Tu avais dit à utiliser en cas d'extrême urgence !

Ce n'est pas vrai, elle a utilisé le transpondeur ! Nos montres sont connectées seulement en interne au sein de l'équipe, ce qui nous permet une communication relativement sécurisée et secrète. Mais les transpondeurs sont reliés au réseau de l'APICM. N'importe qui au sein de l'Agence peut nous entendre.

− Maman, il faut que tu raccroches, tout de suite ! Nous allons très bien, ok ?

− Mais …

− Maman !!

Le bip indiquant la fin de la communication retentit et je laisse échapper un soupir de soulagement. Lorsque je redresse la tête, je remarque que tous les regards sont braqués sur moi. Je me racle la gorge pour faire disparaître le nœud qui vient de s'y former, et lance tant bien que mal la conversation, tentant d'effacer de ma mémoire l'extrême gêne de cette intervention matriarcale. Heureusement pour moi, tout le monde est pressé de rentrer dans le vif du sujet. Le professeur me gratifie tout de même d'un sourire moqueur, avant de tenir le rôle qui est le sien : conter son histoire et ses incroyables découvertes sur le peuple originel. Je l'écoute narrer les différentes étapes de sa vie comme il l'a fait pour nous quelques jours plus tôt, et je ne peux m'empêcher d'admirer la qualité de sa prestation. Il s'exprime avec aisance et confiance, avec passion et malgré tout une certaine pudeur. Oui, je dois l'avouer, c'est un excellent orateur. Bercée par ses paroles, je prends le temps d'observer les individus présents à table, tous complètement absorbés par le récit du professeur.

Nous sommes une petite dizaine assis là, autour d'une immense table ronde taillée dans un bois clair et veiné, sur laquelle ne sont pour le moment posés que quelques verres vides. Il y a bien évidemment les membres de mon équipe : Hank à ma droite, comme toujours, l'épaule sur laquelle je m'appuie en toute circonstance. Sélénin à ma gauche, silencieux et tendu. J'aimerais lui manifester mon soutien, mais je sais qu'une telle démonstration en public le mettrait mal à l'aise. A sa gauche, le professeur poursuit son récit. A côté de Hank, Bog se tient le plus droit possible, rayonnant de fierté. C'est la première fois qu'il est convié à une réunion de cette importance, qui plus est, chez le beau peuple. Malgré tous ses efforts, il ne parvient pas à faire taire la répulsion naturelle qu'il suscite, et trois places vides le séparent des elfes attablés plus loin. Ils sont cinq à nous faire face, tous plus beaux les uns que les autres, avec leurs oreilles pointues et leurs grands yeux en amande. Trois hommes et deux femmes. Je toise d'un regard glacé l'elfe aux cheveux roux qui a ordonné que l'on sorte Rambo de la salle quelques minutes plus tôt, parce que l'odeur le dérangeait. Comment ça, mon chien pue ? Je vais lui faire bouffer ses mouchoirs à l'eucalyptus à celui-là, peu importe qu'il soit le dernier héritier d'une des plus anciennes familles d'Elwindir. L'elfe aux cheveux blancs à ses côtés me sourit. Elle semble amusée par la situation et m'adresse même un clin d'œil complice. Intriguée, je mets cela sur le compte de la solidarité féminine. Il est vrai qu'elle et moi avons beaucoup en commun. D'après ce que j'ai cru comprendre, elle est la première elfe guerrière du royaume. Contre l'avis de ses pairs, elle a suivi son roi sur les champs de bataille et a su montrer sa valeur. Aujourd'hui elle a gagné sa place au Conseil, aux côtés des elfes les plus importants d'Elwindir. Elle est celle pour qui j'ai le plus de respect, malgré ses origines moins « nobles ». Celeborn et son oncle, le roi Calimethar, sont très attentifs aux paroles du professeur, malgré un air faussement détaché qui ne trompe personne. La dernière elfe à la droite du roi est de loin la créature qui me met la plus mal à l'aise. Elle n'arrête pas de me jeter des regards à la fois apeurés et pleins de haine contenue. Pourquoi la reine semble-t-elle me détester et me craindre autant ? Je ne suis pas une menace pour elle, loin de là. Des sentiments étranges me submergent, à la fois une fierté brûlante et d'immenses regrets. Pourtant, je n'ai aucune raison d'avoir de tels sentiments. Cela me perturbe et m'inquiète.

Puis soudain, un nom prononcé me fait sursauter. Je récupère le fil de la discussion à temps pour arrêter le professeur d'un regard. Je n'ai pas confiance en eux.

− Ellyssa, dites-vous ? Où avez-vous entendu ce nom ? Que savez-vous d'Elle ? Nous presse Celeborn, assis à la gauche du roi.

Je les vois nous scruter avec un intérêt contenu, qui m'aurait totalement échappé si je ne connaissais pas assez Sélénin pour reconnaître la lueur qui s'est allumée au fond de leurs prunelles centenaires. Ils veulent des informations autant que nous. Et même s'ils peuvent nous apporter bien des réponses, mon instinct s'agite. Passer un marché avec eux me mènerait à ma perte. Je le sais, je le sens. Je les imagine me faire boire une potion semblable à celle du prêtre sciapode et me torturer jusqu'à extraire chaque parcelle de souvenirs qui parasite mon esprit. Encore et encore, jusqu'à me rendre folle. Ces secrets sont les miens, je ne les laisserai pas me les prendre. Je prends rapidement la parole, ne laissant pas l'occasion au professeur de répondre et de trahir mon secret.

− Lors d'une visite dans les archives de l'APICM, nous avons trouvé un dossier traitant des Oxiones. Le professeur n'a malheureusement eu le temps de le consulter que quelques minutes, et il ne connaissait pas la langue utilisée. Il a cependant, grâce à son expérience, pu en déduire qu'il s'agissait d'un journal, peut-être

tenu par une certaine Ellyssa. Mais le journal a disparu avant que l'on puisse en apprendre plus.
– Comment cela, il a disparu ? gronde le roi Calimethar.
– On nous l'a volé, lui réponds-je sur le même ton.
– Savez-vous qui est responsable ? me questionne la belle elfe aux cheveux blancs.
– Le Commandant Splark.
Un léger tressautement agite la fossette du roi Calimethar. Je sais que ce n'est pas de la surprise. De l'agacement ?
– Votre chef, vous voler ? Il n'a fait que reprendre ce qui lui revenait de droit, et que vous auriez dû lui remettre de vous-même ! VOUS avez essayé de voler les vôtres ! m'apostrophe la reine, légèrement rosie de colère.
La violence de ses propos me prend de court, mais je réagis aussitôt :
– Le commandant Splark n'est qu'un arriviste machiste et sans état d'âme. Il est prêt à tout pour récolter tous les lauriers, quitte à nous sacrifier ! Il ne mérite pas ma loyauté.
– Votre loyauté ! S'il ne s'agissait que de ça, petite idiote ! Mais vous mettez en danger toute votre équipe, y compris un membre de la famille royale !
– Assez, Lucinda ! Cet hybride n'a qu'un nom pour seul lien avec notre famille, rien de plus. Quant à vous, Mlle Brook, bien que je sois impressionné par le fait que des humains ait fait autant de découvertes sur les Oxiones, vous ne nous apprenez pas grand-chose de nouveau. A moins que vous ne vous souveniez d'éléments à propos d'Ellyssa, vous ne nous êtes d'aucune utilité. Vous passerez la nuit ici et serez raccompagnés à la lisière de la forêt au petit matin.

Le ton est clair et sans appel. Je me retiens de protester. Après tout, j'ai décidé de ne rien leur révéler. Leur réaction est prévisible et justifiée. Tandis que le repas arrive dans des plateaux d'argent, Sélénin quitte la table et disparaît en silence. Je me promets de passer le voir dès que ce simulacre de dîner cordial sera terminé. Bien que la nourriture à base de produits de la forêt semble divine, tout me parait avoir un goût bien amer…

***

Je retrouve Sélénin au coucher du soleil, perché sur la terrasse de la cabane joliment décorée mise à sa disposition pour la nuit. Chaque membre de l'équipe est hébergé dans une cahute individuelle, certes très sommaire, mais fort appréciable après plusieurs nuits passées sous une tente à proximité d'un troll qui ronfle à en faire trembler le sol. En voyant le visage tiré du demi-Elfe, je comprends vite que c'est pour lui un affront de plus difficilement supportable. Il devrait dormir dans la demeure royale, auprès des membres de sa famille. Mais ils ne veulent pas de lui. Sa seule famille désormais, c'est nous.

Je m'assois près de lui, laissant mes jambes fatiguées se balancer dans le vide. Je laisse le silence glisser autour de nous, mais cette fois, ce silence est agréable, presque apaisant malgré le froid qui tombe sur mes épaules. Je resserre mon châle et attends patiemment qu'il soit prêt.

Une demi-heure plus tard, alors que les derniers rayons du soleil disparaissent entre les feuilles aux reflets d'or, Sélénin me conte son histoire.

− Ma mère était Enetari, l'étoile-reine, la sœur du roi Calimethar. Elle était le rayon de soleil du royaume. Toujours gaie, pleine de bonté et de bonne volonté. C'était une créature exquise, douce et rêveuse. Mon oncle la vénérait, il la couvait et l'aimait plus que tout autre être sur cette terre. Elle était sa petite sœur, son trésor qu'il gardait jalousement auprès de lui. Mais ma mère était un esprit libre. Elle ne voulait pas rester assise bien sagement auprès de son roi à ne rien faire. Elle voulait découvrir le monde, apprendre, sentir, toucher toutes ces choses qu'elle ne connaissait que dans les livres. Elle fuguait parfois, loin de ce royaume doré où elle se sentait prisonnière. Mais à chaque fois, le roi la retrouvait et la ramenait à la maison. Jusqu'au jour où elle a rencontré mon père. Ils se sont enfuis tous les deux, vivant cachés et heureux. Puis je suis arrivé…

– Que s'est-il passé ensuite ?

– En tombant amoureuse de mon père, ma mère a fait le choix de renoncer à son immortalité, et donc, par la même occasion, à la magie qui permettait au roi de la retrouver. Mais quand je suis né, c'est ma trace qu'il a suivie… En découvrant mon existence, et ce que ma mère avait fait, il est entré dans une rage noire. Il a tué mon père et nous a bannis, ma mère et moi, du royaume des Elfes. Sans sa magie, il lui était désormais impossible de retrouver le chemin de retour.

Elle m'a élevé du mieux qu'elle pouvait, en essayant de m'inculquer le respect et la fierté d'être à la fois homme et elfe. Elle est morte bien après que les rides aient envahi son doux visage, heureuse d'enfin rejoindre mon père au paradis des humains. C'était il y a tellement longtemps… Mais je n'oublierai jamais, jamais, ce qu'il a fait. Si je suis fier d'être demi-Elfe, c'est grâce à elle, et à elle seule.

Sélénin s'est tu et me fixe de ses grands yeux tristes. Il a l'air tellement malheureux. Je n'ai jamais compris à quel point c'était dur pour lui d'être un hybride. Plus qu'un homme, moins qu'un elfe. Il a toujours si bien caché ce mal-être. Mais ce soir, j'ai vu sa carapace se fissurer. J'ai vu la peine se peindre sur ses traits délicats face au dédain de ses pairs. Et ça m'a brisé le cœur. Il est mon collègue, mon ami. Je ne sais pas quoi faire, ou quoi dire pour le consoler. Il n'y a rien qui puisse effacer le mal que les Elfes de la forêt lui ont infligé.

Sans m'en rendre compte, je me suis approchée de lui, et je tends mes bras pour le serrer contre moi. Il ne me repousse pas. Au contraire. Pour la première fois, ses mains se posent sur moi. Pendant des mois, nous avons cohabité, et j'ai défailli au simple son de sa voix. Mais jamais il ne m'avait touchée. Mon sang chantonne.

Sa tristesse fait écho à mon désarroi face aux épreuves que je traverse depuis des semaines. Il est seul au monde. Je me bats contre le reste du monde. Ses mains glissent le long de mon dos. Je presse mes lèvres contre les siennes et lui mordille la langue. Je sens son corps réagir à mon contact. Je sais que ce n'est pas réel. Que c'est la passion du désespoir. Mais peu importe. Nos corps basculent vers le lit et je me laisse emporter par la vague de désir qui me submerge. Je penserai demain. Plus tard, viendront les regrets.

Journal de l'agent Brook
(13 janvier)

Oh put*** de merde !!!! Merde, merde, merde MERDE !
Je saute hors du lit en arrachant le drap de lin qui couvrait encore le demi-Elfe. Je manque de m'étaler de tout mon long, mais je parviens à m'enrouler dans le fin tissu jusqu'au cou, avant de retrouver une posture plus ou moins digne. Pendant ce temps, Sélénin a attrapé un coussin et dissimule tant bien que mal son anatomie tout en essayant d'attraper ses lunettes sur la table de nuit. Bien trop tôt à mon goût, nous nous retrouvons face à face et silencieux. Les images de la veille me reviennent, la tristesse, la colère, puis le désir qui nous a envahis. Rouge de honte, je bafouille des excuses à peine intelligibles.
– Je suis désolée, Sélénin.
– C'est moi qui suis désolé, Aleyna.
– C'est ma faute, je n'aurais pas dû m'approcher de toi...
– Et moi, je n'aurais pas dû te prendre dans mes bras...
– Tu avais besoin de réconfort, pas que je te saute dessus comme une nymphomane !
– Peut-être que c'est ce que je voulais.
– C'était une erreur.
– Oui, sans doute. La douleur perce à nouveau dans sa voix.
– Oh, bon sang, Sélénin ! Ce n'est pas ce que je voulais dire. C'était... waouh. Mais on est collègues. On est amis... On ne peut pas...
– Tu me considères comme ton ami ?
La question, posée avec tellement de surprise et d'espoir, me prend totalement au dépourvu.
– Évidemment, réponds-je avec sincérité.

Un sourire se dessine sur son magnifique visage. Je le sens se détendre, et malgré moi, mes muscles crispés se relâchent instantanément.

– On est amis.

– Oui. On est amis.

Dans un éclat de rire, Sélénin me balance le coussin qui dissimulait sa nudité au visage, et s'empare de son pantalon. Je me sens soulagée et heureuse, comme si une brique venait de retrouver sa place dans mon équilibre intérieur. Je marchais sur un fil avec Sélénin, perdue entre mon attirance physique et le réconfort amical qu'il pouvait m'apporter. Maintenant que tout est clair, je respire avec légèreté. En confiance, je me laisse aller à quelques confidences.

– Tu sais, Hank et toi êtes les deux seuls hommes en qui j'ai confiance. Bon, il y a mon père aussi, mais tu vois où je veux en venir. C'est tellement dur parfois. Ce regard, ce jugement permanent. Comme si je n'avais pas le droit de vouloir plaire, comme s'il n'existait pas de juste milieu. Avec Hank, il n'y a jamais eu d'ambiguïté. Je ne sais pas pourquoi d'ailleurs. J'ai tout de suite su qu'il me respecterait.

– Je te respecte aussi.

– Je sais, ce n'est pas ce que je voulais dire… J'avais besoin de te plaire, comme pour me rassurer, mais en même temps… Tu penses que je suis folle ?

Sélénin rit et vient s'asseoir à mes côtés.

– Tu n'as rien n'à prouver à personne, Aleyna. Tu es ce que tu es. Forte et déterminée, belle et fragile. Tu es le Roc et l'Enfant. Ta mère est fière de toi, j'en suis certain.

Je rougis, surprise et gênée qu'il ait touché aussi facilement là où ça fait mal. Il ferait un bon psy. D'un coup d'épaule taquin, je mets fin à la conversation et me lève en direction de la porte.
— On devrait se dépêcher, les autres nous attendent sûrement pour quitter cet endroit de malheur.

***

— On ne part plus, m'annonce Hank de but en blanc tandis que j'arrive l'air de rien, quelques secondes après Sélénin, au point de rencontre fixé la veille.
— Comment ça, on ne part plus ? En quel honneur ? m'agacé-je, croisant le regard désespéré du demi-Elfe.
— Demande au professeur, grommelle mon coéquipier, le ton lourd de reproches.
Ça sent mauvais, très mauvais, et la moutarde me monte au nez avant même d'entendre les explications du fautif, assis négligemment sur le bord de la fontaine aux trois nymphes de marbre blanc.
— Alors, j'attends, sifflé-je les bras croisés sur ma poitrine, la faisant malencontreusement déborder de mon décolleté.
— On ne pouvait pas repartir bredouille une deuxième fois ! Nous avons besoin d'informations sur cette Ellyssa, surtout vous ! Et ils en savent beaucoup plus que nous. Qu'aurait-on pu faire d'autre ? Quitter le royaume des Elfes ? Et ensuite ? Hum ? Que comptiez-vous faire, ensuite ? Nous n'avons aucune autre option, contrairement à ce que vous avez prétendu en arrivant. C'est ici et maintenant, ou bien on laisse tout tomber et vous restez avec…
— La ferme ! l'interromps-je d'un ton sec. Je meurs d'envie de l'insulter de tous les noms et de le frapper comme un punching-ball,

mais je crains que la suite de l'histoire ne me pousse à trouver quelque chose de plus radical… Qu'avez-vous fait ?

– J'ai avoué qu'on leur avait menti en disant ne rien savoir d'Ellyssa, et j'ai échangé quelques informations utiles contre une journée supplémentaire ici.

– VOUS AVEZ FAIT QUOI ?!

– Ne montez pas sur vos grands chevaux ! Je n'ai rien dit à propos de vous. On ne pouvait pas repartir comme ça, on a besoin d'eux.

– On ? Qui ça, on ? Vous n'êtes personne, monsieur Benjamin Thomas, personne autorisé à prendre ce genre de décision à ma place ! Cela concerne ma vie, mon équipe, et vous ne faites partie ni de l'un, ni de l'autre.

C'est certain, désormais, j'ai plutôt envie de lui tordre le cou à mains nues, pour qu'il souffre longtemps, très longtemps…

– Très bien, dans ce cas je suppose que vous ne voulez pas entendre ce que j'ai appris au sujet d'Ellyssa grâce à cette négociation, ose-t-il en plus me narguer avec un air faussement déçu.

C'en est trop pour moi. En une fraction de seconde, je me suis jetée sur le professeur et lui assène un crochet du droit qui le cueille en pleine figure, le projetant dans l'eau de la fontaine. Hank est assez rapide pour m'attraper et m'immobiliser avant que je ne me rue à nouveau sur le traître pour le noyer. Sonné, le professeur Thomas a du mal à s'extraire de l'eau, et il ne refuse pas l'aide trop gentiment proposée par Bog, qui le soulève d'une main pour le reposer sur le sol sec de la forêt.

– Calme-toi, Aleyna, me supplie Hank, ce qui est fait est fait. Il faut désormais en tirer parti en évitant à tout prix de te mettre en danger. Chacun va vaquer à ses occupations et essayer d'obtenir le plus d'informations possibles, sans jamais révéler le secret d'Aleyna, est-ce bien clair pour tout le monde ?

– Très clair.
– Waouf.
– Nous nous retrouverons ici à dix-sept heures pour faire un point. Je m'occupe d'Aleyna.

Je tente de protester, mais, toujours coincée dans les bras du géant super baraqué, j'ai du mal à respirer. Je jette un regard noir au professeur et suis mon coéquipier sans résister. Ce n'est que partie remise…

***

Hank se démène pour m'aider à contenir la colère qui bouillonne en moi. Il enchaîne les séquences d'entraînement à un rythme effréné, me laissant à peine le temps de souffler, à peine le temps de penser. Les coups pleuvent autour de moi à toute vitesse, mais aucun ne m'atteint. Je pare chaque attaque avec fluidité et souplesse, dans une chorégraphie durement apprise durant mes années à l'académie de l'APICM. Après plusieurs minutes, plus rien ne parasite mon esprit. Il ne reste qu'une concentration intense, une analyse de chaque geste, chaque mouvement, chaque respiration, chaque goutte de sueur qui glisse dans ma nuque et le long de ma colonne vertébrale.

Hank ne me laisse aucun répit et je ne vois pas le temps passer. Je sens parfois le poids d'un regard se poser sur nous, mais je ne parviens jamais à voir celui ou ceux qui nous observent. Ils restent quelques minutes puis s'en vont, aussi silencieusement qu'ils sont venus. Je me demande ce qu'ils peuvent bien penser du spectacle que nous leur offrons. Nous sommes au sommet de notre art, rapides, affûtés, synchronisés au millième de seconde près. Un géant à la peau dorée couverte de tatouages, aux muscles gonflés et saillants, le crâne lisse brillant de sueur. Une jeune femme svelte aux longs cheveux bruns remontés en queue de cheval, un corps finement ciselé, bien mis en valeur par une tenue de sport noire moulante. Une combinaison fascinante et mortelle…

Après ce qui me parait être un instant et une éternité en même temps, nous nous écroulons sur le sol humide couvert de mousses de la forêt, exténués.

– J'ai peur, Hank.

– Je sais, Aleyna. Mais on est là. On ne te laissera pas tomber.

– J'ai un mauvais pressentiment, comme si quelque chose ne tournait vraiment pas rond chez moi. Je ne sais pas ce que c'est, ni sous quelle forme ça va venir, mais ça va venir. Je le sens.

– Alors nous l'affronterons, tous ensemble.

Hank me prend la main et nous restons ainsi allongés, le souffle court, à observer les mouvements des branches et à écouter le chant des oiseaux.

Apaisée, je glisse lentement vers des songes dont je me serais bien passée…

Oberyn m'attend comme le protocole l'exige sur l'estrade qui domine la vaste et somptueuse salle des trônes. Les grandes arches qui décorent les murs de pierres blanches laissent entrer la lumière du petit matin, et les immenses voilages qui les recouvrent se balancent élégamment dans la brise tiède de ce début d'été. Les bruits de pas et les murmures de la foule qui attend derrière les portes encore closes me parviennent, et je sens l'excitation me gagner. C'est le moment. Le moment pour moi de marquer l'Histoire. Mon roi ne semble pas aussi impatient que moi. Il essaie tant bien que mal de cacher son inquiétude, mais je commence à bien le connaître. Je vois ses doigts se crisper sur sa longue tunique

brodée d'or et d'argent, au point que ses jointures blanchissent. Je vois son sourire tendu et sa fossette droite tressauter. Je vois son regard bleu azur fuir le mien sous ses mèches blondes comme les blés. Le pauvre homme est terrifié. Mais il ne doit pas avoir peur. Tout se passera pour le mieux. Les choses doivent changer, et je serai la grande instigatrice de cette révolution tant attendue. J'ai pris la bonne décision. Nous avons pris la bonne décision. Quittant l'ombre d'une colonne derrière laquelle il était dissimulé, Ozsan glisse sans un bruit vers son roi, son ami, et lui pose une main rassurante sur l'épaule. Je n'entends pas ce qu'il lui susurre à l'oreille. Je n'en ai pas besoin. Ozsan et moi avons discuté de ce moment pendant des heures ces dernières semaines, refaisant le monde à notre image. Je leur laisse encore quelques instants de cette intimité virile, puis fais signe aux serviteurs d'ouvrir les portes. Les fils d'Adésien s'exécutent rapidement et disparaissent dans l'ombre. Bientôt, mes frères, bientôt vous serez libres...
Tandis que la salle se remplit d'un flot discipliné de sages et de leurs familles, je me presse de prendre ma place auprès de mon époux. Ozsan a disparu lui aussi.
– Tout va bien se passer mon Amour, je vous en fais la promesse.
– Il faut beaucoup de courage pour prendre une telle décision, et je vous admire pour ça. Vous êtes digne d'être reine d'Eledor, Ellyssa, et je serai toujours à vos côtés pour vous soutenir.
Je souris et lui prends la main, dissimulant au fond de mon âme la culpabilité qui me ronge à petit feu. C'est un homme si merveilleux. Il ne mérite pas notre trahison. Mais au moins aujourd'hui puis-je le rendre fier d'être mon époux.
Puis soudain, c'est le moment. Tous les regards sont braqués sur nous, un peuple suspendu à nos lèvres. Je prends une grande inspiration et m'avance, prête à fracasser les lois de mes ancêtres.

« Moi, Ellyssa, Reine d'Eledor,
Épouse du roi Oberyn le Doux,
Je déclare en ce jour saint, fête de la Vie et de l'Amour,
Je déclare que les anciennes lois ont trop longtemps séparées un peuple autrefois uni.
Je déclare que deux doivent à nouveau ne former qu'un.
Je déclare que l'ancienne malédiction qui pèse sur les fils d'Adésien est dès aujourd'hui levée.
Je mets un terme définitif à leur serment de soumission au peuple sage.
Les esclaves sont libres. »
Le choc des cris qui résonnent dans la salle me laisse sonnée et sans voix. Surprise, horreur, colère. Des pleurs, des insultes, des cris de désespoir. Puis soudain, l'explosion d'une rage contenue depuis trop longtemps. Des hurlements victorieux, des exclamations de joie et de folie. D'une folie incontrôlable…
Je croyais pouvoir garder le contrôle.
Je me trompais.

***

Comme convenus quelques heures plus tôt, nous nous sommes tous réunis autour de la fontaine aux trois nymphes. Le souvenir du professeur pataugeant dans l'eau claire fait naître un sourire sur mes lèvres légèrement gercées. Il ne semble pourtant pas m'en tenir rigueur, malgré l'énorme contusion violacée qui est apparue sur sa pommette gauche. Je passe devant lui le dos droit et le menton haut, pour bien lui faire comprendre que je ne regrette pas une seule seconde de lui avoir cassé la figure. Je m'installe sur un banc de pierre, et Rambo vient s'asseoir à mes pieds. Sa tête atteint largement la hauteur de ma poitrine, je n'ai donc pas à me baisser pour lui gratter vigoureusement l'arrière des oreilles. Il grogne de plaisir et me remercie d'un grand coup de langue baveux. Je regrette aussitôt mon geste, comme à chaque fois que je me laisse aller à un peu de sentimentalisme avec cette énorme bête poilue. Mais il est de mon côté contre le professeur et j'apprécie sa présence à sa juste valeur. En confiance, je commence la réunion, soutenue par Hank, avec qui j'ai récolté certaines informations qui confirment ce que j'ai appris dans mes rêves.

– Ellyssa était bien la reine des Oxiones, déclaré-je. A l'époque, son royaume était appelé les Terres Originelles, ou Eledor. Deux cités ont marqué les récits et ont retenu l'attention des Elfes. Jaynor, la cité d'Or, très certainement la plus importante des cités du royaume, et Aldor, la cité d'où venait Ellyssa. Il est impossible de savoir s'il existait d'autres grandes cités en Eledor, il n'y en a en tout cas aucune trace. Ils ont également fait mention d'une montagne sacrée, où les Oxiones réalisaient certainement certains rites, mais ils n'en savent pas plus…

Chacun digère les informations en silence, puis Sélénin prend la parole, plus confiant que la veille.

– Pour ma part, je me suis concentré sur l'étrange histoire du Roi qui s'est sacrifié pour son frère, bien avant Ellyssa. Je me suis rendu à la grande bibliothèque et j'ai pu avoir accès à certains ouvrages sur les Oxiones.

– Vous avez eu accès à la bibliothèque ! s'écrie le professeur, vert de jalousie. Ils ont refusé ne serait-ce que de m'en confirmer l'existence !

– Je suis peut-être un bâtard, mais le bâtard d'une elfe de la famille royale, qui plus est, très appréciée lorsqu'elle vivait encore parmi eux. Certains ont encore de la sympathie pour moi, en son honneur, et malgré la haine de mon oncle.

Il semble presque fier en prononçant ces mots, et je suis heureuse de le voir reprendre confiance en lui. Il poursuit son récit :

– D'après les livres, les Oxiones vénéraient les dieux de la Nature, ils n'étaient que bonté et générosité. Mais un jour, le frère du roi Islandsis, Adésien, aurait dévié du droit chemin pour remettre sa foi entre les mains d'un dieu aux intentions beaucoup moins pures. Adésien prenait de plus en plus de pouvoir, soutenu par un nombre de disciples de plus en plus important. Lorsque le roi Islandsis a découvert la trahison de son frère, il a tenté de l'arrêter, mais ils sont morts tous les deux. L'histoire aurait pu s'arrêter là. Mais là où cela devient intéressant, et terrifiant à la fois, c'est que les disciples du mauvais dieu n'ont pas eu l'occasion de se racheter. Les bons Oxiones, choqués par leur trahison, les ont maudits, et cela s'est transformé au fil du temps en esclavage. Les fils d'Adésien étaient enchaînés au service des Oxiones, génération après génération, sans aucun droit, sans aucune liberté.

– *Santa Maria madre de Dio !*, s'exclame Bog, rattrapé sous le choc par son éducation italienne.

J'ai la nausée. J'avais déjà compris cette partie de l'histoire, mais l'entendre de la bouche de quelqu'un d'autre semble lui donner une réalité qui me bouleverse. Ainsi, c'est bien vrai. Il existait deux peuples bien distincts au sein des Oxiones. Les bons, et les « soi-disant » méchants... Quand Sélénin poursuit, chacun de ses mots est un couteau qui s'enfonce dans ma poitrine.

– Ils n'avaient pas le choix. Ça a l'air terrible, mais c'était la seule solution pour préserver la pureté des Oxiones et contenir le mal qui risquait de les gangrener et de les détruire tous. Et cela a fonctionné pendant des siècles. Jusqu'à Ellyssa...

– Je prends la suite, si vous le permettez, le coupe le professeur Thomas, qui se lève de manière théâtrale pour me donner le coup de grâce.

– La suite est très floue pour la simple et bonne raison qu'après le couronnement d'Ellyssa, les Oxiones ont disparu. Les conclusions sont donc faciles à tirer. Ellyssa a conduit à la disparition de son peuple.

– Ce n'est pas ce que je voulais ! hurlé-je avec désespoir. Tous les regards se braquent sur moi. Je suis vibrante de colère. Ils ne comprennent pas. Ils jugent sans avoir toutes les cartes en main. L'injustice fait trembler mes membres et mes ongles s'enfoncent dans mes paumes, faisant couler quelques gouttes de sang qui glissent le long de ma paume avant de finir leur course sur la litière humide du sol.

– Aleyna…

Je braque mon regard sur l'homme à la peau dorée qui me fixe avec incompréhension et inquiétude. Il ne trouve dans mes yeux que haine et colère. Pour qui se prend-il pour s'adresser ainsi à moi. Sait-il les sacrifices que j'ai dû faire pour réparer mes erreurs ? Sait-il ce que c'est d'être trahi par la personne que l'on aime le plus au monde ?

– ALEYNA, BORDEL DE M*** REVIENS A TOI ! !

Le choc du rugissement de Hank me fait tressaillir. L'horreur de ce qu'il vient de se passer manque de me faire perdre pied. J'ai perdu le contrôle. Pendant quelques secondes, je n'étais plus moi-même. J'étais Elle. Paniquée, je tourne les talons et m'enfuis sans un regard en arrière, laissant derrière moi mes compagnons incrédules et inquiets.

***

L'Elfe guerrière aux cheveux blancs est là, à quelques pas de la statue d'Enetari où ma course folle m'a menée, et me fait signe de la suivre. Sans réfléchir, je ralentis l'allure et cale le rythme de mes pas sur le sien. Nous traversons la cité en silence, remontant le long d'un petit ruisseau jusqu'à un kiosque sous lequel trône un unique banc de bois sculpté, majestueux et envoûtant. Tandis que nous nous avançons respectueusement pour nous asseoir, l'Elfe me confie :

− C'était le banc d'Enetari. Elle venait souvent ici lorsque les journées lui paraissaient beaucoup trop longues. Elle chantait, parfois, et les animaux de la forêt venaient l'écouter. Les derniers temps, elle était si mélancolique…

− Vous la connaissiez bien, n'est-ce pas ?

− Elle était mon amie. C'est grâce à elle que Calimethar a accepté de me recevoir pour que je devienne membre de sa garde. Sans elle, je ne serai jamais devenue celle que je suis.

− C'est faux. Vous vous êtes battue pour en arriver là. Vous avez prouvé votre valeur et mérité votre place. Si vous n'aviez pas été à la hauteur, il ne vous aurait jamais gardée près de lui.

L'Elfe sourit. Sans que j'en comprenne la raison, elle semble satisfaite de ma réponse, comme si c'était un test que je venais de réussir.

− Les mâles sont de bien étranges créatures, n'est-ce pas ? Ils pensent sans cesse devoir nous protéger du monde qui nous entoure, voire de nous-même. Ils veulent notre bonheur mais nous enferment dans une cage dorée. Ils refusent de voir que nous pouvons nous débrouiller sans eux. Que nous pouvons être meilleures qu'eux. Ils prennent ce qu'ils pensent être de bonnes décisions, même si cela va à l'encontre de notre propre volonté. Et ils nous mènent à notre perte.

– C'est ce qu'il s'est passé avec le roi et Enetari ?

– Il l'aimait, ça, je ne peux le nier. Il l'aimait à la folie. Même la reine, son épouse, n'a jamais pu la remplacer dans le cœur du roi. Mais cet amour insensé le poussait à la surprotéger. Elle ne pouvait rien faire. Elle risquait d'être blessée, enlevée, voire pire, tuée à chacune de ses escapades, et il ne pouvait permettre une telle chose. Mais Enetari ne supportait pas d'être ainsi privée de sa liberté. Elle l'a défié. Elle est partie. En voulant la récupérer, il a détruit sa vie, et il l'a définitivement perdue. Ce qu'il a toujours essayé d'éviter, il l'a fait de ses propres mains.

– Le Commandant Splark m'empêche de diriger mon équipe seule parce qu'il pense que je suis trop fragile, trop faible. Il me rabaisse à chaque fois qu'il en a l'occasion, il se moque de moi, et pourtant il fait croire que c'est pour mon bien. Et personne ne réagit. Personne ne se bat pour l'arrêter.

– Toi, tu le fais. Tu es en train de le défier, de prendre tes propres décisions. Tu te bats pour tes convictions.

– Il ne me laissera pas en paix après ça. Je ne retrouverai jamais ma place au sein de l'Agence.

– Tu sais pourquoi ? Parce qu'il a peur de toi. Tu es forte, intelligente, combative. Tu as su rallier à ta cause des créatures qui n'avaient rien en commun au départ. Tu as en toi une force qui le dépasse. Tu as la rage et la détermination d'une reine, comme Enetari…

Ou comme Ellyssa… Je déglutis, soudain mal à l'aise. Est-ce donc ça mon secret ? Suis-je ce que je suis grâce à une autre ? Suis-je quelqu'un d'autre ?

L'Elfe perçoit mon malaise et me questionne :

– Qu'est-ce qui ne va pas, mon enfant ?

— Je ne sais pas quoi faire, mens-je pour cacher mon véritable tourment. Mais sa réponse me fait oublier mes craintes et allume une flamme d'espoir et de détermination dans ma poitrine.
— Tu dois te débarrasser de lui. Et prendre sa place.

***

Des flammes, des flammes partout. Des cris, des hurlements de terreur et de douleur. C'est la fin du monde. La fin de mon monde. Je voulais les sauver tous, je les ai conduits à la mort. Mon âme saigne tandis que je regarde mon peuple se déchirer, s'entretuer. Je me suis trahie, j'ai été trahie. Ozsan savait-il ? Savait-il que nous allions libérer le Mal si durement contenu jusqu'alors ? Islandsis s'est sacrifié pour les sauver. Devrais-je en faire autant ?
Je m'avance sur le parapet et regarde le vide brûlant. Les flammes rugissent et s'étirent vers le ciel. Tout a commencé dans les flammes, et tout finira ainsi. Je n'ai qu'à le faire. Je n'ai qu'à sauter. Et tout s'arrêtera. Je fais un pas en avant et le vide m'emporte. Avant qu'une main ne me rattrape…

Je me réveille en sursaut, le cœur au bord des lèvres. Mon corps tout entier est parcouru de tremblements irrépressibles. La chaleur des flammes imaginaires laisse vite place à des sueurs glaciales. Je suis terrifiée. Ellyssa… qu'as-tu essayé de faire ?
Je reprends mon souffle, mais mon instinct me dicte que cette sourde angoisse qui m'étreint n'est pas seulement due au rêve. Il y a quelque chose d'autre. Quelque chose de proche, de dangereux. Maintenant.
Je me redresse soudain, et un cri meure dans ma gorge tandis qu'une main puissante me bâillonne.

Les yeux du roi Calimethar me fixent d'une lueur inquiétante.
– Dors, Ellyssa, quelqu'un est impatient de te retrouver !

Journal de l'agent Brook
(14 janvier)

Je m'éveille lentement de la brume enchantée dans laquelle j'ai été plongée. Les sons me parviennent enfin et le voile magique qui couvrait mes yeux s'estompe. Comme une gifle cinglante, la douleur me balaie, et je me mords les lèvres pour retenir un cri de détresse. Il me faut quelques instants pour m'y habituer et comprendre d'où viennent les élancements qui parcourent mon corps. Mes bras sont attachés dans mon dos par des liens rugueux. Certainement un cordage épais, qui entame la peau de mes poignets et se resserre au moindre mouvement.
Je prends une profonde inspiration et détend mes épaules, bombant légèrement le torse. Cela diminue légèrement la pression sur mes bras, et la douleur s'atténue. Je peux enfin focaliser mon attention sur ce qui m'entoure. Je dois vite me rendre à l'évidence. Je n'ai aucune chance de m'échapper pour le moment. La pièce dans laquelle je suis retenue est complètement nue, sans même une fenêtre. Le seul mobilier est la chaise sur laquelle je suis assise. Face à moi, une grande porte à double battant semble me narguer.
Soudain, une voix chantante me prend par surprise. Calimethar est sorti de nulle part et me contourne avant de se planter devant moi, l'air sévère.
– Je ne le répéterai pas une troisième fois. Où est-il ?
Je reste muette de stupeur et de perplexité. Voilà une bien étrange entrée en matière. Cet elfe-là ne perd pas son temps en préliminaire. Cela amoindrit fortement l'attirance qu'il pouvait avoir sur moi, à l'instar de ses congénères sylvestres. A moins que ce ne soit parce qu'il me séquestre contre ma volonté et me pose des questions qui

n'ont aucun sens. Voyant la colère rosir ses joues, je me dépêche de répondre.

– Je ne sais pas de quoi vous parlez.

– Le Cœur de la Terre. Nous savons que c'est ce qu'IL cherche, répète-t-il, agacé.

– Le quoi ? Qui le cherche ?

– Ne vous moquez pas de nous, Ellyssa ! Nous savons qui vous êtes. Et nous voulons le Cœur. Si vous nous dites où il se trouve, nous vous laisserons partir. Nous dirons que vous vous êtes échappée. IL vous cherche depuis si longtemps, quelques jours de plus ou de moins…

– JE NE COMPRENDS PAS UN FOUTU MOT DE CE QUE VOUS RACONTEZ !

Je n'aurais peut-être pas dû hurler si fort. Les iris de Calimethar se rétrécissent jusqu'à ne former que deux fentes tandis qu'un sifflement de rage s'échappe entre ses lèvres fines. En un éclair, il s'est jeté sur moi et ses mains enserrent ma gorge. Il est si près que ses cheveux chatouillent mon visage, alors que l'air refuse d'entrer dans mes poumons.

– Je pourrais vous tuer. Mettre fin à tout cela, et le secret des Oxiones disparaîtrait avec vous. Je vous le demande une dernière fois. Où avez-vous caché le Cœur ?

J'essaie de répondre mais aucun son ne parvient à sortir. Ses doigts fins et délicats se sont transformés en un étau mortel. Tandis que je plonge lentement vers la mort, je ne peux m'empêcher de penser que cette créature est complètement idiote de croire que je peux répondre alors qu'il écrase ma trachée.

Soudain, de grands coups résonnent derrière nous, et les portes s'ouvrent à la volée. Les poils se hérissent le long de ma nuque et je devine plus que je ne vois la personne qui fait face à mon agresseur.

– Lâchez-la immédiatement.

Pire que le pire de mes ennemis. L'homme le plus répugnant qu'il m'ait été donné de côtoyer sur cette Terre.

Le Commandant Splark.

L'homme que je me suis promis de renverser.

Calimethar relâche la pression et l'air pénètre enfin dans mes poumons. Le sang afflue à nouveau dans mon visage et je reprends de grandes inspirations saccadées, la gorge meurtrie. Une vague de nausée me submerge, mais je ne sais si c'est parce que je viens de manquer de mourir étranglée ou parce que je comprends le piège dans lequel nous nous sommes précipités. Les Elfes font équipe avec le Commandant. Et c'est lui qui donne les ordres.

Non, c'est impossible. Pourquoi les Elfes obéiraient-ils à un humain, qui plus est un homme aussi détestable que le Commandant Splark ? Qu'auraient-ils à y gagner ? A moins qu'ils n'aient espéré le doubler depuis le début. Récupérer ce Cœur, quoi que cela puisse être, et laisser le Commandant sur le carreau.

J'allais me ranger à cette déduction d'une logique implacable quand mon regard se reporte sur le visage livide de Calimethar. Il bout de colère et de déception. Mais derrière cette rage contenue, je vois un voile couvrir ses yeux. Le voile de la peur. Un roi elfique est terrifié par le Commandant Splark.

Non, c'est catégoriquement impossible.

– Pourquoi, Commandant ? Pourquoi faites-vous ça ? tenté-je de le questionner pour gagner du temps, et enfin comprendre ce qui se trame. Comme je le pensais, il est tellement imbu de sa personne qu'il ne résiste pas à l'envie de me répondre.

– Je me débarrasse de vous dans un premier temps. Une sacré épine dans le pied, je dois le dire. Vous débarquez, jeune midinette de vingt ans, et parce que vous avez par je ne sais quel miracle réussi l'exploit de terminer major de promo à l'académie, vous pensez pouvoir tout révolutionner, tout changer. Quelle arrogance. Il y a des règles, Mlle Brook, MES règles, et elles doivent être respectées. Votre réussite n'est qu'une illusion, une vaste supercherie. Il est de mon devoir d'y remédier, et de vous renvoyer à la place qui devrait être la vôtre. Et puis, je dois vous concéder qu'on m'a proposé beaucoup, beaucoup d'argent pour surveiller toutes découvertes sur les Oxiones. Avec le carnet que vous m'avez si gentiment cédé, IL était déjà très satisfait. Mais apparemment, vous m'apporterez bien plus encore…

Un rire nerveux me secoue et des larmes roulent sur mes joues, traçant des sillons à travers la pellicule de sueur qui perle sur mon visage.

– Peut-on savoir ce que vous trouvez si drôle, Mlle Brook ? s'agace le Commandant, qui pensait plutôt m'avoir fait l'effet inverse avec sa tirade.

– Oh, rien. Je viens seulement de comprendre que je semble être une pièce maîtresse dans un jeu d'une grande importance. Mais vous, messieurs, vous n'êtes que des pions. Des marionnettes à la solde de quelqu'un de bien plus puissant. Quel qu'il soit.

Je me redresse en faisant attention de ne pas cogner mes bras sur les barreaux de la chaise sur laquelle j'étais assise, et parviens à afficher un sourire moqueur, qui a l'effet escompté. Ils sont tous deux sur le point d'exploser, me jetant des regards haineux et se jaugeant pour savoir qui a la meilleure place sur l'échiquier. L'Elfe est évidemment le premier à se ressaisir, et, avec la grâce et l'arrogance qui caractérisent les siens, il nous congédie d'un geste dédaigneux.

– Allez-vous en. IL doit être pressé de la retrouver.

Les hommes accompagnant le Commandant m'attrapent les bras et me tirent vers la sortie sans ménagement. Je reconnais certains visages, et mon cœur se serre. Je croyais avoir mérité leur respect. Je suis leur égale, et même plus encore. Pourquoi ne peuvent-ils pas l'accepter ?

Je réalise soudain que je ne sais pas où sont mes coéquipiers. Sont-ils à ma recherche ? Sont-ils prisonniers ? Sont-ils seulement en vie ?

– Attendez ! Où est mon équipe ? Comment vont-ils ?

Calimethar se détourne et fait mine de quitter la pièce, mais il est hors de question que je reste sans réponse.

– REPONDEZ-MOI !

Une onde glacée me traverse, et tout le monde se fige. J'avale difficilement ma salive. Ça a recommencé. Comme avec le chien de James au siège de l'APICM. Désormais, je sais que ce sont la voix et la magie d'Ellyssa qui s'expriment à travers moi. Comme Sélénin la première fois, l'Elfe semble surpris. Une lueur de crainte passe dans son regard. Il reste silencieux quelques secondes, et j'abandonne l'espoir qu'il me réponde. Mais finalement :

– Ils ont été raccompagnés à l'orée du bois, hors du royaume sylvestre. Sains et saufs.

J'ai juste le temps de murmurer un merci avant qu'un sac de toile ne me recouvre la tête et ne me plonge dans l'obscurité.

***

Je ne saurais dire combien de temps nous avons voyagé avant d'atteindre notre destination. Malgré mes plaintes et récriminations incessantes (je peux être extrêmement casse-c***), ils ne m'ont retiré le capuchon de toile que pour subvenir à mes besoins naturels et me nourrir.

Mais mes autres sens étant ainsi plus aiguisés, j'ai tout de même compris que nous avions traversé le pays dans un gros 4x4 japonais (je l'ai reconnu au doux ronronnement du moteur si caractéristique…. Bon, non, j'avoue avoir aperçu la marque en manquant de trébucher). Puis nous avons pris un bateau pour une traversée d'une journée entière. Pendant laquelle je n'ai pas manqué de rendre tout ce que j'avais dans l'estomac, me permettant de rester seule et à visage découvert. Bien que la cabine dans laquelle j'ai été enfermée ne me laisse aucunement deviner notre destination. Je me suis ensuite retrouvée ligotée à l'arrière d'un van, jetée à même le sol comme un vulgaire sac de patates. Vingt minutes plus tard, nous avons quitté les routes fréquentées pour filer à une allure déraisonnable sur des chemins de terre perclus de nids-de-poule. A chaque creux, je suis secouée comme une poupée de chiffon et je retombe lourdement sur le sol de tôle. Mon épaule droite me fait souffrir et mon dos doit être couvert d'ecchymoses.

Enfin, nous nous arrêtons et j'entends les portières claquer. Nous sommes arrivés. Je laisse échapper un soupir de soulagement. Peu importe où l'on s'apprête à me conduire, ça ne pourra pas être pire que ce que je viens de subir. Des mains puissantes saisissent les cordes qui lient mes mains et me traînent hors du véhicule, sans délicatesse. Je tente tant bien que mal de rester debout, mais mon corps est épuisé et mes jambes cèdent sous mon poids.

– Lève-toi !

Je reconnais la voix de Siméon alors que son pied me cueille au creux de l'estomac. Je ne peux retenir un filet de bile de s'échapper de ma bouche dans un hoquet de douleur. Quel fils de pute ! Il se venge simplement parce que j'ai « volé » sa première place au concours d'entrée à l'APICM.

– Laisse-la, Sim, elle doit être en état de répondre aux questions du boss.

Nicolas. Un autre de mes collègues de promo. Nous avions réussi les épreuves collectives ensemble. A défaut d'être amis, je pensais au moins qu'il me respectait.

– Si le Commandant croit que je vais collaborer avec lui, il se met le doigt dans l'œil, et bien profond ! sifflé-je à mon ancien collègue.

– Oh mais, je ne parlais pas du Commandant, ma belle. Il est reparti au siège depuis un moment. Il s'occupera de toi plus tard. S'il en a l'occasion…

Je boue de rage. Le Commandant est parti. Ma vengeance va devoir attendre encore un peu. Une autre question me frappe alors. Qui est donc ce boss à qui tout le monde obéit sans broncher ?

Je sens des bras s'enrouler autour de ma taille avant d'être propulsée en l'air et d'atterrir lourdement sur l'épaule de Nicolas. J'ai la tête en bas et le capuchon glisse sur mon visage, me permettant de respirer un peu d'air frais. Il me retient d'une main puissante, posée sur le haut de ma cuisse.

– Si tu t'avises, ne serait-ce qu'une seconde, d'en profiter pour me peloter, je te le ferai payer jusqu'à ce que tu en fasses des cauchemars chaque nuit jusqu'à ta mort.

Il me répond d'un rire franc avant de me donner une fessée presque amicale. Je suis profondément vexée, mais cette familiarité me rassure. Je ne suis peut-être pas complètement seule dans cette galère. Si des limites doivent être franchies, j'espère secrètement que des hommes comme Nicolas seront là pour intervenir. Nous traversons ce que je suppose être le hall d'entrée d'une villa, puis un salon cossu, avant de rejoindre des escaliers qui mènent sans doute au sous-sol. Au rez-de-chaussée, je parvenais à avoir un aperçu de mon environnement à travers le capuchon mal ajusté, mais dans l'obscurité du sous-sol je ne distingue que l'humidité et l'odeur de renfermé qui y règnent. Nicolas s'arrête soudain, et je le sens se raidir.

– Quoi, qu'est-ce qu'il y a ? On ne m'a pas prévu un bain aux huiles essentielles et un matelas douillet, c'est ça ?

J'échoue lamentablement à donner un ton ironique à ma voix tant l'angoisse noue mes cordes vocales.

– Je suis désolé, Aleyna.

Là, je panique complètement, et la peur me donne un regain d'énergie dont je me sers pour me débattre de toutes mes forces. J'entends une plainte étouffée et un juron lorsque mon pied cogne contre une partie molle. Faites que ce soit des parties génitales !

Malheureusement, ils sont plus nombreux et plus forts que moi. Mes liens sont coupés et vite remplacés par des cercles de métal. Je ne suis plus libre de mes mouvements. Mes bras et mes jambes sont enchainés au mur. Ils me retirent mon capuchon et un relent de moisi me saisit les narines. Sans un regard, mes anciens camarades quittent la pièce, me laissant seule et désespérée. Je tombe à genoux, épuisée, et laisse mes larmes couler, le regard fixé sur la porte close.

Journal de l'agent Brook
(14 janvier)

J'entends plus que je ne vois la porte s'ouvrir. La lumière qui inonde la pièce me blesse la rétine, habituée à l'obscurité de la cave humide. Je cligne des yeux plusieurs fois, avant d'apercevoir une haute silhouette d'homme qui me fait face. Il est près, trop près pour un inconnu. Pourtant, je ne le reconnais pas. Il porte un costume gris parfaitement ajusté sur son corps fin et musclé. Il porte ses cheveux longs, laissant les ondulations naturelles encadrer un visage d'une beauté sauvage. Ses yeux sont d'un noir abyssal.

Ses yeux… un profond sentiment de malaise et de déjà-vu m'envahit. Malgré moi, une chaleur intense embrase mon ventre. C'est impossible !

Cet homme… cet homme ne peut être réel. Je fais quelques pas en arrière, sous le choc. Il ne bouge pas, semblant attendre mes réactions. Son corps est légèrement tendu, comme prêt au combat. Mais je n'ai aucune envie de me battre. Bien au contraire. Il semble s'en rendre compte et un sourire se dessine sur ses magnifiques lèvres. Un brasier enflamme ses pupilles tandis qu'il se rapproche de moi à grandes enjambées. Je suis paralysée. Soudain, son visage se retrouve à quelques centimètres du mien et je sens la chaleur de ses mains qui hésitent encore à se poser sur mes reins. Les miennes sont toujours prisonnières des lourdes chaines de métal. Je n'ose pas bouger. Je ne peux pas bouger.

– Qui êtes-vous ?

– Tu le sais très bien, Ellyssa.

– Je m'appelle Aleyna.

– Peu importe ton nom aujourd'hui. Tu es celle que je n'ai cessée de chercher depuis des millénaires.

Le ton doucereux, la proximité de son corps, l'odeur de son *after shave*. Tout cela m'attire et me dégoute en même temps. Cette scène commence sérieusement à ressembler à un roman à l'eau de rose, mais je n'oublierai pas si rapidement que je suis enfermée dans un cachot moisi depuis des heures.

– Je ne suis pas Ellyssa, bordel ! Combien de fois je vais devoir le répéter ?

– Alors d'où viennent les souvenirs qui hantent ton esprit ?

Ciel, je me pose la question depuis des semaines. Les sciapodes m'ont-ils injecté ces souvenirs à travers leur horrible mixture ? Bien sûr que non. Ils n'ont fait que les ramener à la surface.

– Tu n'en as donc aucune idée ? Laisse-moi t'expliquer… Il y a exactement dix mille ans, Ellyssa et moi avons accompli… une chose extraordinaire. Mais nous étions maudits, et nos âmes ont été condamnées à errer jusqu'à ce que l'équilibre soit rétabli. Depuis ce jour, elle et moi nous accrochons à une vie humaine, pour tenter de retrouver ce qui a été perdu. J'ai vécu des centaines de vie. Ah, et certaines ont été fabuleuses, je dois l'avouer. Mais je n'ai jamais oublié ma quête.

Son ton devient soudain grave, et dans ses yeux gronde une colère sourde.

– Je t'ai cherché partout, Ellyssa ! crie-t-il. Dans chaque contrée, chaque siècle, j'ai remué ciel et terre. J'ai côtoyé les vampires de Louisiane, les nains des Andes, le peuple de l'eau en Asie, et bien entendu, les Elfes d'Europe. Mais tu étais introuvable. Maintenant, je comprends enfin comment tu as pu m'échapper pendant si longtemps… Tu es restée cachée dans le corps de tes hôtes, siècle après siècle. Des vies entières passées recluse, à voir des imbéciles vivre leur misérable existence sans pouvoir agir. Pourquoi ne pas

avoir pris ce qui te revenait ? Leurs corps étaient tiens. Etait-ce là ta seule façon de te battre ? Je t'ai connue plus entreprenante !
– Ellyssa cherchait à vous échapper ?
Je ne comprends plus rien. Ozsan était l'amour de sa vie, je le ressens dans chaque parcelle de mon corps en ce moment même. Pourquoi le fuit-elle ?
– Pourquoi suis-je retenue ici ? Pourquoi ces fers ? Ne suis-je pas censée vous tomber dans les bras ?
Ozsan rit, d'un rire sans joie.
– Il fut une époque où tu l'aurais fait, ma belle. Mais comme tu l'as fait remarquer, tu n'es pas Ellyssa. J'ai besoin d'*elle*. Débrouille-toi pour la faire revenir. Ou du moins, tâche de te souvenir.
Ozsan recule de quelques pas, puis, avec un dernier sourire, quitte la cellule. J'entends plus que je ne vois mon geôlier refermer la grille derrière lui. Je m'écroule au sol, le front fiévreux. Au loin, ses pas résonnent sur la pierre humide. Ses derniers mots me glacent sans que j'en comprenne la raison.
– Souviens toi, Ellyssa. Souviens-toi de ce que nous avons créé.

***

Allongée à même le sol, je sens mon esprit divaguer. Depuis combien de temps suis-je ici ? Mais qui suis-je ? Aleyna. Ellyssa. Je suis humaine. Ou pas ? Mon esprit s'embrouille. Mon cœur s'emballe. J'ai besoin d'aide. Mes sentiments s'emmêlent. La souffrance des fers, la faim, la soif, la fatigue. Je dois sortir d'ici. Ils doivent venir me chercher. Ils. Les hommes de ma vie. Soudain, la douleur laisse place à d'autres sentiments. Désir, amour, passion, affection, tendresse. Des mots. Rien que des mots. Tout est tellement plus compliqué. Mon esprit veut des réponses. Mon corps crie et supplie.

Sélénin… Un rêve, juste un rêve. Je le sais, je l'ai toujours su. Mon attirance pour l'elfe n'est pas réelle. C'est mon ami. Si bel ami.
Hank…. Mon roc, ma moitié. Sans lui je ne serais pas si forte. Sans lui je serais sans doute morte. C'est mon frère, ma famille. Si attirant interdit.
Benjamin… Je souris malgré moi. Un emmerdeur, courageux professeur. Si timide espoir.
Ozsan… Mon cœur s'emballe. Un inconnu, un amour millénaire. Celui d'Ellyssa. Celui d'Aleyna. Mon âme sœur ? Un imposteur ? Si mystérieux devoir.
Qu'attend-il de moi ? D'*elle* ? De nous ?
Je dois me souvenir… En ai-je seulement envie ?

Je laisse mon regard survoler les décombres de Jaynor, la cité d'Or, jadis si belle et éclatante de vie. Aujourd'hui, il ne reste que des bâtiments en ruine. Sur la place en contrebas, tout est calme. Un calme mortel. Des étoffes luxueuses s'échappent d'une charrette abandonnée. Plus loin, leurs riches propriétaires sont allongés, comme endormis. Mais la mare de sang qui les entoure me glace d'effroi. Je ferme les yeux pour ne plus voir l'horreur du massacre qui s'est déroulé ces derniers jours, mais les souvenirs m'assaillent. Les cris de colère, les hurlements de terreur, les pleurs désespérés résonnent dans ma tête. Tout ça est ma faute. Moi, Reine Ellyssa d'Eledor, j'ai légitimé un peuple d'êtres que je croyais injustement punis et réduits en esclavage. Mais j'ai libéré des monstres…
Cela fait bien trop longtemps que ces horreurs durent. Je dois stopper tout ça. Je suis responsable de notre déclin. Les larmes roulent sur mes joues noircies par la suie qui se dégage des derniers incendies qui ravagent la ville. J'entends au loin les cris des malheureux survivants qui tentent de fuir le chaos qui règne

depuis maintenant un mois. Un mois pour détruire un peuple. Bientôt, il ne restera plus rien des fiers Oxiones.

Par ma faute... Et mon amour pour un homme. Non, pas un homme, un démon.

– Ozsan...

– Je vois que malgré les récents événements, je reste au cœur de tes pensées, ma Reine.

La voix de l'homme qui m'a poussée au pire me fait tressaillir. Il est arrivé dans mon dos sans que je m'en rende compte. Il pose ses mains sur mes épaules, et les laisse glisser le long de mes bras, comme une caresse. J'aimais tellement qu'il me touche. Mais aujourd'hui, mes frissons expriment plus de dégout que de désir.

– Je n'ai pas l'intention de perdre mon temps avec toi, Ozsan. Tu m'as menti. Toute notre histoire n'a été qu'un mensonge pour te permettre d'atteindre ton but. Faire tomber les Oxiones pour libérer un peuple de traîtres !

– Un peuple de traître, Ellyssa ? Mais les enfants d'Adésien sont notre peuple ! Tu es l'une d'entre nous. Mais toi, tu as eu la chance de pouvoir grandir comme l'une des leurs, en prenant la place d'une petite fille morte ! Qui a menti toute sa vie ? Qui a fait semblant d'être ce qu'elle n'est pas ?

– Je l'ignorais ! Je ne savais pas qui j'étais. Et lorsque je l'ai compris, j'ai tout fait pour être à la hauteur. Pour ne pas devenir une mauvaise personne.

– Et pourtant, tu l'as fait, Ellyssa. Tu as provoqué la fin des Oxiones tout autant que moi. Tu as trahi ces parfaites créatures sans cœur.

– Sans cœur ? Ils étaient le cœur des Terres Originelles. Sans eux, l'équilibre va s'effondrer. Bientôt, il ne restera plus rien.

– *Et des cendres renaîtra un monde nouveau. Un monde où tout le monde aura sa place. Un monde où nous ne serons plus traités comme des esclaves pour les erreurs commises par nos ancêtres.*
– *Et si nous le méritions ? Nous sommes leurs héritiers, non ? Le sang de milliers d'êtres souille nos âmes. Nous sommes maudits, Ozsan.*
– *Pas si nous allons jusqu'au bout.*
– *Au bout de quoi ? Tu as gagné Ozsan, il ne reste plus rien à sauver.*
– *Tu te trompes. Il reste une dernière chose que nous devons faire Ellyssa. Le monde tel que nous le connaissons n'est pas prêt pour nous laisser une chance de reconstruire notre histoire. Il va falloir du temps, beaucoup de temps. Pour qu'on nous oublie. Pour que le souvenir des Oxiones et des enfants d'Adésien disparaisse complètement des esprits des autres peuples des Terres Originelles. Alors seulement, nous pourrons revenir et prendre la place qui nous revient de droit.*
– *Je ne comprends pas. Comment…*
– *Il existe un moyen. Un moyen de recueillir les âmes de nos semblables et de les conserver en sécurité, pendant des siècles s'il le faut.*
– *Est-ce possible ? Peut-on sauver leurs âmes ? Peut-on sauver les Oxiones ?*
Une grimace furtive traverse son beau visage, mais c'est d'une voix douce et suave qu'il me rassure :
– *Je t'ai promis un monde où tout le monde aura sa place. Aide-moi une dernière fois, et nous aurons entre les mains le destin de nos peuples.*
Il ment. Je n'en ai plus aucun doute cette fois. Mais s'il existe une chance, une minuscule chance…

– Très bien. Je t'aiderai.

Un sourire triomphant illumine son beau visage. A l'intérieur, je m'autorise enfin à être celle que j'ai toujours été. Une traitresse. Je lui rends un sourire sournois. Mon sang brûle de haine. Un voile de doute traverse son regard. Puis il hausse les épaules, et me tourne le dos d'un pas confiant. Va, Ozsan, une dernière fois je te suis vers notre perte. Mais cette fois, c'est moi qui mènerai la danse.

Je reprends conscience, épuisée et chamboulée par les souvenirs d'Ellyssa. Mais une nouvelle force est apparue au creux de mon estomac. Sa colère et sa détermination coulent dans mes veines. Je me redresse lentement, m'assoie en tailleur sur le sol humide et poisseux, et prends une grande inspiration malgré l'odeur nauséabonde du lieu. Je prends le temps de remettre mes idées en place. Je dois accepter ces souvenirs et comprendre ce qui s'est passé. Pour la seconde fois, je résume mentalement tout ce que je sais d'elle et de son histoire.

***

La Ellyssa dont les souvenirs me hantent n'est pas la vraie Ellyssa, reine des Oxiones. C'est une usurpatrice. Une usurpatrice qui n'a fait que suivre le chemin qui lui était tracé pour survivre. Elle devait être la petite fille d'une esclave. Sûrement amie avec la vraie princesse. A quoi avaient-elles joué pour avoir échangé leurs vêtements ? Se sont-elles imaginées dans le rôle l'une de l'autre, sans savoir que le jeu deviendrait réalité quelques minutes plus tard ? Sans savoir qu'une seule des deux survivrait… Les soldats s'étaient mépris sur l'identité de l'enfant miraculée. Mais pas Jélissandre. Il a perdu sa fille, ce jour-là, et quelque part, en a gagné une autre. Pourquoi ? Pourquoi l'avoir adoptée en sachant qui elle était ? La marque avait disparu de sa nuque, remplacée par une cicatrice brûlante. Mais elle était toujours une fille d'Adésien. Une traîtresse. Ou bien juste une enfant orpheline. Il pensait sûrement pouvoir la changer. Faire d'elle ce qu'elle était censée être. Une innocente et vertueuse petite oxione.

Il a échoué. Ellyssa n'était ni l'une ni l'autre. Elle les a tous trahi. Son père, son époux, son peuple. Elle a profité de son rang pour établir un nouvel ordre, balayant des lois vieilles d'un demi-millénaire. Et par la même occasion, elle a déclenché le chaos. Comment a-t-elle pu imaginer qu'un peuple oppressé pendant si longtemps allait pardonner si rapidement à ses bourreaux ? Tellement de haine, de rage, enfouis au cœur des âmes générations après générations. C'était de la folie.

Mais elle était amoureuse. Follement, passionnément et stupidement amoureuse. Tout cela n'était pas son idée. C'était celle d'Ozsan. Un démon au regard de braise. Elle se laissait bercer par ses baisers, la douceur de sa peau contre la sienne, ses caresses enivrantes, tandis qu'il lui murmurait ses terribles desseins.

Et quand elle a enfin ouvert les yeux, il était trop tard. Ils avaient déclenché la fin du monde. La fin d'un monde.

Ce constat étourdissant me donne la nausée et je m'écarte le plus loin possible du mur pour vider le contenu de mon estomac, mais je ne parviens qu'à cracher un peu de bile. Je n'ai plus rien à vomir.

Il va revenir. Encore et encore. Il veut finir ce qu'il a commencé. Et je suis la seule chose qui se dresse devant lui.

PIECES A CONVICTION
Professeur Benjamin Thomas

Je rêve. Je le sais parce que les licornes n'existent pas. Ou bien peut-être que si ? Je suis dans une prairie fleurie. Son immensité est telle que je n'en distingue pas les limites. Aux côtés de la créature fantastique se tient une petite fille aux longs cheveux bruns. Sa peau hâlée est couverte de suie. Elle m'aperçoit, et son sourire s'évanouit. Sans comprendre pourquoi, cela me brise le cœur. Mais elle ne s'enfuit pas. Au contraire, elle se rapproche de moi, zigzaguant entre les hautes herbes folles et colorées. Dans ses bras, elle tient une petite poupée de porcelaine dont les grands yeux bleus m'hypnotisent.
– Ne la regardez pas. C'est trop dangereux.
J'obéis, frappé par la surprise. Cette voix. Cette voix n'est pas celle d'une enfant. Je la reconnaîtrai entre mille, tant elle a le don de m'agacer. Aleyna.
– Vous devez me retrouver, Benjamin. J'ai besoin de vous.
J'essaie tant bien que mal d'associer la voix de l'agent Brook à la petite fille qui se tient devant moi. C'est extrêmement perturbant.
– Vous venez d'avouer avoir besoin de moi, Mlle Brook ? Je vous le rappellerai jusqu'à votre mort !
– Stupide professeur…

Un grand coup de langue me tire de ma rêverie, et je me réveille en sursaut, le visage dégoulinant de bave.
– Aleyna !?
Je me redresse et m'essuie dans la manche de ma veste, sans un regard pour l'immonde bête qu'ils ont osé appeler Rambo.

– Elle n'est pas là.

Après quelques instants pour reprendre mes esprits, je comprends que nous sommes de retour dans le campement que nous avions abandonné avant de rejoindre le royaume des Elfes. Le demi-Elfe et le Troll font une tête d'enterrement, le regard perdu dans les vestiges d'un feu depuis longtemps éteint. L'agent Solander fait les cent pas, les poings serrés, jetant de temps à autre des regards assassins en direction de la forêt.

– Que s'est-il passé ?

– Ils se sont joués de nous. Tout ce qu'ils voulaient, c'était des indices sur les Oxiones. Et on les leur a offerts sur un plateau d'argent. Bon sang, Aleyna, je n'aurais jamais dû te laisser seule une seule seconde, de jour comme de nuit.

Un silence pesant s'installe sur le campement, et je suis le seul à noter que les joues du demi-Elfe ont rosi. Il remarque ma mine intriguée et détourne rapidement son regard, avant de le porter sur son ordinateur. Prestement, il l'ouvre et pianote sur les touches à une vitesse inhumaine. Finalement, un bip régulier s'échappe de la machine, semblable à celui d'une balise GPS. Ses yeux s'agrandissent de stupeur, tandis que ses épaules s'affaissent.

– Qu'y-a-t-il, Sélénin ? l'interroge l'agent Solander.

– Elle n'est plus là.

Je réprime un frisson d'horreur avant de comprendre qu'il n'est pas en train d'envisager sa mort.

– Où est-elle ? le pressé-je.

– Là tout de suite, au milieu de l'océan.

Journal de l'agent Brook
(16 janvier ?)

Je ne saurais dire combien de temps s'est écoulé avant qu'Ozsan ne me rende une nouvelle visite. Des heures, des jours ? Je n'ai eu droit qu'à un peu d'eau et des quignons de pain sec. Je me sens sale, épuisée et impuissante. Aucun nouveau souvenir ne m'est apparu. Je ne sais rien qui puisse l'intéresser. Je suis foutue.
Ellyssa, je t'en prie, sauve-moi !
Seul le silence répond à ma prière intérieure. Ozsan s'est assis sur une chaise, deux exemplaires de mon journal intime sur les cuisses. L'un a plusieurs milliers d'années, l'autre à peine quelques jours, avec sa couverture vert poubelle, et je retiens un grondement de colère. Ils sont à moi, et à moi seule.
Il saisit presque religieusement le premier et tourne délicatement les pages, un sourire moqueur aux lèvres.
– Une lecture passionnante. Il m'a fallu quelques temps pour me réhabituer à la langue, c'était il y a si longtemps. Mais cela en valait la peine. Nous nous aimions si fort, si passionnément. T'en souviens-tu ?
Je n'ai pas beaucoup à me forcer pour mimer de manière convaincante une bonne grosse nausée répugnante. Il grimace de dégoût et une colère sourde gronde dans ses yeux. Il n'a pas l'habitude qu'on lui résiste. Bien fait, sac à merde.
Mais ma bravade est de courte durée. Lorsqu'il reprend, il n'y a plus aucune douceur dans sa voix. Ses mots sont comme des lames aiguisées et j'avale douloureusement ma salive.
– Vous n'êtes qu'une insignifiante petite humaine sans intérêt. Il suffit de parcourir cet écœurant torchon pour se rendre compte que

vous ne méritez pas d'être le calice contenant son âme. Elle était magnifique, forte et...
– Obéissante ?
C'est sorti tout seul. Je le regrette aussitôt, mais trop tard. Ozsan s'est jeté sur moi, et d'une main sur ma gorge, il me tient collée contre le mur poisseux. Les contusions laissées par Calimethar sont à vifs et la douleur est insoutenable. Je me sens partir tandis qu'il murmure à mon oreille.
– Tu la sous-estimes. Nous ne formions qu'un. Les deux parties d'un tout. Elle avait autant de pouvoir sur moi, que moi sur elle.
Un voile noir couvre mes yeux. La voici venue, finalement. La mort. Je ne pensais pas finir ainsi. Je pense à mon équipe, mes amis. Je pense à Rambo, cet adorable sac de bave. Je pense à ma mère, bien que je n'aie jamais imaginé que mes dernières pensées seraient pour elle. Je voulais tellement qu'elle soit fière de moi. Je voulais lui montrer qu'il existe d'autres voies pour une femme que celle qu'elle a choisie.
Soudain, la pression disparaît et l'air emplit de nouveau mes poumons. Je vois mille étoiles danser sous mes paupières closes. Je refais surface, reprenant lentement mes esprits, mais je me sens étrangement à l'étroit. Quelque chose me démange. Je m'étire dans mon cerveau, mais rien à faire, on me repousse gentiment dans mon coin. Je réalise avec stupeur ce qui m'arrive. Je ne suis plus seule. La voix qui s'échappe alors de mes lèvres me semble à la fois familière et complètement étrangère.
– Tu es parvenu à tes fins, mon Amour, je suis là.
Une lueur de victoire éclaire son regard, ainsi qu'une onde de désir qui fait bondir mon cœur dans ma poitrine.

J'ai envie de l'insulter de tous les noms, voire lui mettre un coup dans l'entre-jambe pour faire disparaître ce sourire dégoûtant de son beau visage, mais Ellyssa m'en empêche.
Arrête tes bêtises, Aleyna !
J'ai l'impression de me faire gronder par mon arrière-arrière-arrière-arrière-arrière-arrière-grand-mère.
Très bien, Ellyssa, montre-moi de quoi tu es capable.
– J'ai besoin d'un bain aux huiles essentielles, d'un repas décent, et de nouveaux vêtements. Ou tu n'obtiendras rien de moi.
– Vos désirs sont des ordres, ma Reine.
Hein ?! C'était si facile ?!!

***

Mes affaires de voyage sont propres et bien pliées sur un bord du lit. Je me précipite dessus et fais l'inventaire de ce qu'il me reste. Ma veste a été débarrassée de toute arme potentielle. Canif, bombe au poivre, poing américain, et même mon sifflet en plastique. Mais je m'en doutais, et ce n'est pas ce que je cherche. Pourvu qu'elle soit toujours là…
Je laisse échapper une exclamation de joie quand mes doigts rencontrent le métal froid de ma montre. Une lueur d'espoir me réchauffe le cœur. Ils savent où me trouver. Ce n'est qu'une question de temps. Et je vais leur en donner. Je m'apprête à enfiler mon body aux imprimés militaires lorsque mon corps cesse de m'obéir.
– Qu'est-ce que tu fais ?
Je me rends compte que je viens de parler à voix haute et me mords la lèvre. La réponse d'Ellyssa ne se fait pas attendre.

C'est un test, Aleyna. Jamais je ne porterai une horreur pareille. Il le sait. Si nous sortons habillées ainsi, il comprendra que nous nous sommes jouées de lui, et nous retournerons au cachot.

Je me sens profondément vexée parce que j'adore ce body, mais me range à ses conseils. Seulement, il n'y a aucun autre vêtement dans cette chambre. Que comptes-tu faire, Ellyssa ?

Tu devrais me laisser prendre le contrôle et faire un tour. Ça ne va pas te plaire.

J'accepte de mauvaise grâce de lui laisser la place, et me tapis dans l'ombre. Mais je ne peux imaginer lui céder le contrôle de mon esprit et de mon corps les yeux fermés. Façon de parler. Je reste assez près de la surface pour tout observer. Un bol de popcorn imaginaire entre les mains, je m'apprête à regarder ma vie suivre son cours, sans que je n'aie la moindre emprise sur elle. Rapidement, je manque de m'étouffer et abandonne l'idée des popcorns.

En effet, Ellyssa est sortie complètement nue de la chambre et traverse le couloir avant de rejoindre les grands escaliers en colimaçon menant au rez-de-chaussée. Sous les yeux médusés et appréciateurs d'Ozsan, elle descend les marches en balançant les hanches, de la démarche fière et assurée dont seules les reines ont le secret. Ses épaules sont droites, la poitrine dégagée, le menton fièrement dressé. Elle ne montre aucune gêne, aucun signe d'inconfort.

Tu m'étonnes, c'est MON corps, pas le sien !!

Je tente de protester mais elle me repousse d'une pichenette dans un coin de mon esprit. Je comprends alors qu'elle est bien plus forte que moi. Depuis toutes ces années, elle aurait pu prendre le contrôle à n'importe quel moment. Mais elle ne l'a pas fait.

Tu es si lente à comprendre… me glisse-t-elle d'un ton moqueur. Je m'apprête à répondre, mais Ellyssa en a fini avec moi.
– Apprécies-tu ce que tu vois, Ozsan ?
– Tu es resplendissante, souffle-t-il en tendant les mains vers elle. Elle le stoppe d'un geste.
– Ce corps n'est pas le mien. N'as-tu pas dit d'elle qu'elle était une insignifiante petite humaine sans intérêt ?
– Elle l'est. Pas toi.
Je sens mon cœur se serrer. Après tout ce temps, il arrive encore à la toucher. Je grimace de dégoût ; elle esquisse un sourire trompeusement charmeur.
– Apporte-moi une tenue convenable, Ozsan. Tu t'es assez joué de moi. Nous avons beaucoup de choses à nous dire.
– En effet.
Cette fois, son sourire est plus mauvais que doux, et même Ellyssa ne s'y trompe pas. De l'amour à la haine, il n'y a qu'un pas, et ces deux-là marchent sur un fil.

***

Après avoir enfilé une longue robe de soie écrue, Ellyssa rejoint Ozsan dans son bureau. Je me sens mal à l'aise à l'idée de laisser quelqu'un d'autre agir et penser à ma place. Mais je n'ai pas vraiment le choix. Cette partie a commencé bien avant ma naissance, et ils doivent la terminer, même si pour cela je dois être le pion qu'ils déplacent sur l'échiquier.
Ellyssa parcourt lentement le bureau d'Ozsan, laissant glisser ses doigts sur le bois ciré des bibliothèques débordantes de livres aux reliures de cuir multicolores. Ses yeux balaient la petite pièce élégamment décorée, aux teintes chaudes et masculines. Elle

inspire, et une odeur fraîche et musquée la fait frissonner. L'odeur d'Ozsan. Un tourbillon d'émotions contradictoires la submerge. Sa respiration s'accélère, son cœur s'emballe. Cela faisait si longtemps... Si longtemps loin de lui, de ses charmes et de son influence néfaste. Mais maintenant, tout revient la bouleverser, comme si ces milliers d'années de séparation n'avaient jamais existé. Comment les dieux ont-ils pu créer un tel lien entre deux êtres ? Comment ont-ils pu laisser une telle chose arriver ?
Ozsan l'observe en silence, et Ellyssa s'assure de ne rien laisser transparaître des sentiments qui la tourmentent. Elle esquisse un timide sourire, juste assez pour qu'Ozsan pense seulement la troubler. S'il devinait la vérité, elle était perdue. Elle n'avait pas le droit de le laisser la manipuler de nouveau. Elle devait être forte. Pour finir enfin ce qu'elle avait commencé.
Ozsan ne perd pas plus de temps en galanteries. Il a déjà bien assez attendu...
– J'ai besoin que tu me dises où tu as caché le Cœur d'Eledor, Ellyssa.
– Dix millénaires sont passés, et tu n'as toujours pas renoncé à cette folie...
– Et toi tu n'as toujours pas compris que c'était notre destin ! Nous sommes les seuls à pouvoir ramener notre peuple à la vie. Il est grand temps que les fils d'Adésien reprennent ce qui leur revient de droit.
– Et les Oxiones aussi...
– Tous les peuples perdus, concède-t-il, à regret. Nous ne pouvons plus fuir Ellyssa. Cette histoire doit se terminer, d'une manière ou d'une autre.

La menace à peine voilée qui transparait dans sa voix fait frissonner Ellyssa. Mais elle sait à qui elle a affaire. Il fut un temps où les autres tremblaient devant elle. Même Ozsan.

Une nouvelle détermination farouche embrase ce corps qui n'est pas le sien. Une force inconnue s'écoule dans ses veines, et ses poings se serrent. Cette fois, Ozsan ne s'y trompe pas. Une lueur d'inquiétude et de respect s'allume dans son regard brûlant. La femme qu'il a aimée et désirée à s'en damner se tient à nouveau devant lui.

— Très bien, finissons ce que nous avons commencé. Mais laisse-moi d'abord me souvenir…

Cette fois, la sensation d'étourdissement ne se fait pas sentir et Aleyna comprend qu'il n'a jamais été question d'hallucinations ou de rêves. Ce sont des souvenirs. Les souvenirs d'Ellyssa…

Je me sens de plus en plus confiante à chaque pas qui me mène vers l'autel de la Montagne sacrée. J'accepte enfin ma véritable nature. Je suis fille d'Adésien. Traîtresse de par le sang. Un calme étrange m'envahit. Je ne me souviens pas de m'être déjà sentie si apaisée. Quelque part au fond de moi, j'ai toujours su que je n'étais pas à ma place. Depuis la fameuse nuit de l'incendie. Je n'ai jamais oublié le visage si délicat de cette petite fille endormie. Pas endormie… morte. La véritable fille de Jélissandre. La vraie reine Ellyssa d'Eledor. J'ai pris sa place, j'ai essayé d'être à la hauteur de ce qu'elle aurait pu devenir. Mais j'ai échoué. Je n'étais pas destinée à réussir. Je n'avais aucune chance. Je suis maudite, et le comprendre enfin me libère. Jélissandre le savait. Mais il a tout de même essayé de me sauver. De sauver mon âme.

Une larme roule sur ma joue. Puis une autre. Jélissandre. Père. La seule personne à m'avoir jamais aimée pour ce que je suis réellement. Il est mort en voyant brûler sous ses yeux la flamme de ma trahison. Tout comme l'homme qui était mon mari. Mon roi. Mais ce soir, je vais tout donner pour tenter de les sauver tous. Ce sera mon ultime sacrifice. Et j'emporterai en enfer mon âme sœur. Que nous y pourrissions jusqu'à la fin des temps.

Ozsan me précède dans la large galerie taillée dans la roche blanche. Des pierres de lune éclairent les parois d'une lueur bleutée. Les cris et les pleurs se sont tus. Seuls résonnent les frottements de nos pas sur la pierre calcaire. Soudain, la douce phosphorescence laisse place à la lumière aveuglante du soleil. L'enchantement est tellement puissant que j'en reste un moment étourdie. Il faisait si sombre à l'extérieur... Mais ici, le temps n'a pas de prise. La caverne, grande de plusieurs mètres de diamètre, est éblouissante de beauté. Les parois semblent lisses comme de l'ivoire, tandis que le sol brille comme un miroir. En son centre trône un immense autel sculpté, sans âge. Je sens soudain tout le poids du monde peser sur mes épaules. L'autel du roi Islandsis. Ainsi vais-je commettre l'ultime sacrilège. Souiller le plus pur des lieux sacrés. Peut-être faut-il en arriver au pire des sacrifices pour qu'en ressorte quelque chose de bon. Que du néant que nous laisserons derrière nous renaissent des peuples plus sages et capables de vivre en harmonie. Et un jour, peut-être, si Ozsan dit vrai, pourrons-nous revenir.

Tandis que je m'approche encore et encore, je distingue une petite forme familière sur le marbre clair de l'autel. Une boule se forme dans ma gorge. La poupée est assise, et ses yeux me transpercent au plus profond de mon âme. Je me tourne vers Ozsan, le regard plein de douleur.

– Pourquoi ?

– J'ai besoin de l'héritière des Terres Originelles. Et nous savons tous les deux que ce n'est pas vraiment toi. Ce poupon est la dernière chose qui te connecte à elle.
L'ampleur de sa cruauté me bouleverse. Il ne restera donc plus aucune trace de mon innocence sur cette terre. Tout disparaîtra.
– Allons-y.
Je perds toute notion du temps, absorbée par la tâche qui m'est confiée. Je trace un cercle de sel autour de l'autel, tandis qu'Ozsan récite d'une voix rauque des incantations dont je ne comprends pas le sens.
Puis nous nous approchons de l'autel, et lavons nos mains avec l'eau de la source sacrée. Ozsan, se saisit d'un poignard incrusté d'émeraude, mais c'est avec douceur qu'il attrape ma main droite pour l'entailler délicatement. Un filet de sang s'écoule lentement, formant une flaque vermeille au creux de ma paume. Il en fait de même, et m'entraine vers l'autel. Sans un mot, nous attrapons chacun un bras de la poupée, de nos mains ensanglantées.
Une douleur indescriptible m'envahit tandis que les âmes de mes semblables me traversent pour se déverser dans l'hôte de chiffon. Mes yeux se révulsent, un cri meurt entre mes lèvres. Face à moi, Ozsan sert lui aussi de guide aux siens. Je dois agir, maintenant. Je ne peux pas le laisser gagner. Sans lâcher le cœur de mon peuple, je laisse glisser les doigts de mon autre main sur la pierre froide, et rencontrer le froid plus glaçant de l'acier. Je n'ai pas besoin de mes yeux. Ma haine brûle d'un feu si ardent qu'il guide mon geste comme une étoile au cœur de la nuit.
J'entends le cri de surprise et de douleur de l'homme que j'ai tant aimé, tandis que la lame s'enfonce dans son cœur. Mon âme pleure et mon corps se déchire. Les âmes des Oxiones se déversent toujours à travers moi, tourmentées, perdues, horrifiées par mon

geste de désespoir. Je sens mes organes céder sous l'effort. Je ne lâche ni la lame mortelle, ni le calice de porcelaine. Et dans un râle d'outre-tombe, je scande ma malédiction :
−Toi Ozsan, moitié de mon âme damnée, je te maudis à jamais. Tant que les fils d'Adésien représenteront un risque pour les Terres Originelles, je ne te laisserai jamais les libérer, dois-je en sacrifier les Oxiones. Ton âme errera sans trouver le repos, pour l'éternité.
Je sens son corps s'effondrer au sol. Il n'est plus connecté au cœur d'Eledor. Je tombe à genoux. La douleur est insoutenable. Puis, aussi soudainement qu'elle est venue, elle disparait. Je me retrouve seule dans la caverne de calcaire. L'enchantement a disparu. Tout est sombre et froid. Les Oxiones ne sont plus, et avec eux la magie et l'amour de la Terre. Je ne veux pas regarder le corps sans vie d'Ozsan. Je tiens serrée contre mon cœur la poupée aux yeux bleus. Mais ce n'est plus un simple poupon. C'est le cœur des Oxiones, créé dans les profondeurs de la montagne sacrée. La tenant finalement devant moi, je plonge dans ses yeux glacés, dans lesquels tourbillonnent des milliers d'âmes. Je n'ai pas encore le droit de mourir. Il me reste une dernière chose à faire…

Ellyssa ouvre les yeux, et Ozsan se tient juste devant elle, soucieux et avide de réponses. Elle vient de le perdre. Elle vient de le tuer. Et pourtant, il est juste à portée de main. Un tourbillon d'émotions contradictoires la submerge. Elle n'entend pas les supplications d'Aleyna. Aleyna n'existe plus. Il n'y a plus qu'Ozsan et elle. Elle tend la main vers lui et lui caresse le visage. Il semble décontenancé, puis une flamme de désir l'embrase. Il l'attrape et la soulève dans ses bras musclés. Au loin, un cri de colère et de détresse résonne dans l'esprit d'Ellyssa. Mais elle choisit de l'ignorer…

PIECES A CONVICTION
Professor Benjamin Thomas

Nous nous sommes immédiatement lancés à la poursuite de l'agent Brook et de ses ravisseurs. En son absence, c'est naturellement l'agent Solander qui distribue ordres et consignes. Nous avons roulé pendant des heures à vive allure sur les routes de la campagne irlandaise, avant de rejoindre un port dans lequel un hangar appartient à l'APICM. Quand les agents en poste sur place ont refusé de nous laisser traverser avant plusieurs heures pour des raisons fumeuses de météo et paperasseries, il était clair qu'il y avait anguille sous roche. Ou comme disait ma grand-mère, baleine sous caillou. Le Commandant est forcément lié de près ou de loin à l'enlèvement de Mlle Brook.

J'écris ces quelques lignes, balloté dans tous les sens à l'arrière du vieux van, à la poursuite d'un point lumineux sur un écran d'ordinateur. Nous avons environ quarante-huit heures de retard sur notre cible. Le point lumineux s'est immobilisé il a déjà plusieurs heures, et je sens une tension fébrile agiter le reste de l'équipe. Cela peut vouloir dire deux choses. Mlle Brook est arrivée à destination, ou bien elle est morte. Aucun de mes compagnons n'ose évoquer la possibilité à voix haute. Après tout, pourquoi s'embêter à la transporter sur des milliers de kilomètres pour simplement la tuer à l'arrivée. A moins que ses ravisseurs n'aient obtenu ce qu'ils voulaient d'elle. Des informations sur les Oxiones, j'en mettrais ma main à couper. Nous suivons tous des pistes qui nous rapprochent inexorablement d'un secret jalousement gardé depuis des millénaires. J'ai passé dix années de ma vie à chercher la moindre

petite miette concernant ce peuple mythique. Je sens que l'on touche au but, et l'agent Brook est la clé de la boite de Pandore.
J'aurais pu filer à la première occasion. Ils n'en ont plus rien à faire de moi. Toute leur attention n'est concentrée que sur un seul objectif : retrouver Aleyna Brook. Ils ne laisseront rien ni personne les arrêter. Heureusement, ce n'est pas (plus) mon intention. Nous avons un nouvel objectif commun. Même si cela me coûte de l'avouer, j'ai besoin de l'agent Brook. Du moins, des souvenirs de cette Ellyssa, qui qu'elle ait bien pu être il y a dix millénaires. Alors, qu'ils l'acceptent ou non, je m'auto-déclare nouveau membre intermittent de l'équipe. De par ma nouvelle fonction fraîchement acquise, je me sens obligé de briser le silence non productif qui règne dans le véhicule. Nous avons fort à faire pour retrouver Mlle Brook saine et sauve.
– Avez-vous réfléchi à ce que nous ferons lorsque nous serons arrivés à destination ? Nous ignorons totalement à qui et à quoi nous attendre. L'agent Brook est sûrement retenue par des dizaines de mercenaires lourdement armés.
Je ne vois pas la réaction du géant américain, mais j'entends le hoquet de stupeur et de frayeur du troll assis à ses côtés. Je comprends rapidement que je suis chanceux d'être assis hors de sa portée. Le sifflement dédaigneux du demi-Elfe dans mon dos me confirme que je me suis peut être emballé un peu vite.
– *Nai Ungoliant meditha le.*
Mon elfique est certes loin d'être parfait, mais il est suffisant pour comprendre l'insulte chantonnée par le demi-Elfe. « Puisse Ungoliant te dévorer ». Ungoliant est une créature légendaire, citée par de nombreux auteurs au fil des siècles dans les romans de fantaisie. Il n'existe aucune preuve qu'elle ait un jour réellement foulé cette Terre. Je m'imagine cependant entre les pattes de cette

immense araignée dévoreuse de lumière, et je suis parcouru de frissons de terreur.

La voix grave et sévère de l'agent Solander me fait sursauter.

– Nous ne pouvons établir de plan tant que nous ne sommes pas arrivés sur place. Nous nous arrêterons à quelques kilomètres du site, et établirons un campement. Je partirai en éclaireur, puis seulement une fois que je serai certain d'avoir toutes les cartes en main, nous interviendrons.

Le silence retombe, plus pesant encore. Je laisse mon regard glisser sur le paysage qui défile. La douleur qui irradie la partie gauche de mon visage me rappelle à son bon souvenir, et pour la première fois, je me demande vraiment ce que devient l'agent Brook.

Est-elle bien traitée ? Est-elle blessée ? A-t-elle de l'eau, de la nourriture ?

Je pourrais lui en vouloir et souhaiter qu'elle souffre au moins un peu. Mais ce serait vraiment cruel de ma part. Après tout, je l'avais bien mérité.

Accrochez-vous, Aleyna. Nous serons bientôt là.

Journal de l'agent Brook
(17 janvier)

Ce corps m'appartient-il vraiment ? A-t-il seulement été un jour à moi, et =à moi seule ? Je me sens dépouillée, dépossédée de mon être, étrangère dans ma chair et mon sang qui bouillonne de plaisir et de rage. J'ai envie de hurler mon désespoir au monde, de déchirer ces draps de soie dans lesquels mon traître de corps se blottit lascivement. Ma peau frémit d'une passion assouvie, mon âme gronde de colère et de frustration. Cela n'aurait jamais dû arriver. Cela ne devrait jamais arriver à personne. Cette sensation de perte de contrôle, tandis qu'une autre décide du moindre de mes mouvements. Cette impuissance affolante, cette soumission contre laquelle je me suis battue sans un seul espoir de réussite. Ellyssa m'a volé mon intimité, elle a brisé mon esprit et dévasté tout ce qui compose mon être. Je ne suis plus qu'une marionnette aux mains d'une étrangère.

Ozsan est parti depuis longtemps, nous laissant seules dans la chambre embuée. Une femme radieuse, l'autre accablée et recluse. Etrangement, je n'entends pas Ellyssa me parler. Sa voix est perdue dans un brouillard de pensées entrelacées. Ma colère, ma peine, mon désespoir érigent un mur infranchissable entre elle et moi. Tant mieux. Je ne veux pas de ses explications. Encore moins de sa pitié, ou de ses excuses. Ce ne serait que des mensonges. J'ai eu tort de lui faire confiance. J'ai fait une erreur, et je l'ai payée le prix fort. J'ai tout perdu. Je me suis perdue. Comment pourrais-je revenir, continuer à me battre en sachant qu'elle sera toujours là quelque part au fond de mon esprit ? En sachant que j'aurais beau me battre, encore et encore, elle gagnera toujours. Je sens de fines larmes perler aux coins de mes yeux et rouler le long de mes joues rosies.

Ah tiens, elle consent à me laisser pleurer. Pourquoi ? Pour tarir ma peine ? Il n'y a rien qui ne pourra jamais effacer ce que je viens de vivre. Je veux seulement que ça s'arrête. Ne plus ressentir cette douleur sourde qui vrille mon esprit schizophrène. Je veux seulement redevenir moi. Seulement moi. Mais c'est impossible. Ellyssa restera en moi, jusqu'à ma mort. Jusqu'à ma mort… Et si je mourrais ? Ce ne serait pas bien compliqué dans cette villa remplie d'armes. Il me suffirait de quelques secondes hors du contrôle d'Ellyssa. Ma délivrance est à portée de main. Un souffle d'espoir me submerge, vite balayé par un ouragan de remords. Mon équipe. Hank, Sélénin, Bog… Rambo. Le professeur Thomas. Je ne sais pas pourquoi il me vient à l'esprit celui-là, mais je sais que je ne peux pas les abandonner. Parce qu'eux ne m'abandonneront pas. Ils viendront me chercher. Mais si je ne suis pas en état de les retrouver, que se passera-t-il ? Survivrais-je à leurs regards s'ils me voyaient ainsi ? Non, jamais. Ce n'est pas moi. Je suis une battante, je l'ai toujours été. Je n'ai jamais laissé rien ni personne prendre des décisions à ma place. Je trouve toujours des solutions. La mort n'est définitivement pas une option envisageable. Réfléchis, Aleyna. Il doit y avoir un moyen…

Soudain, je sais ce que je dois faire. Un tourbillon de force et de détermination me propulse dans chaque cellule de mon corps. Je sens mon sang courir dans mes veines, je sens mon cœur battre la chamade dans ma poitrine, et mes muscles se contracter tandis que je m'éveille enfin.

J'ouvre les yeux. Me revoilà. Pas de trace d'Ellyssa. Pour le moment elle a la décence de rester à sa place.

PIECES A CONVICTION
Professeur Benjamin Thomas

Nous sommes enfin arrivés. Le point lumineux clignote inlassablement sur le moniteur du demi-Elfe, seul indice nous permettant d'espérer que l'agent Brook se trouve dans la villa dissimulée dans les bois à quelques kilomètres de notre campement. L'agent Solander a repéré une demi-douzaine de gardes, mais pas de trace du Commandant ou de Mlle Brook. Cependant, à sa mine maussade, il connaît la plupart de ces hommes. Des collègues, à n'en pas douter. C'est une guerre interne qui nous attend. Mais s'ils doivent supprimer des confrères pour sauver leur chef, ils n'hésiteront pas une seconde. Leur loyauté est inébranlable et surprenante. Quelques soient les épreuves qu'ils devront traverser, ils ne l'abandonneront jamais. Je dois avouer que je suis assez surpris. Au cours de ces derniers jours, l'agent Brook ne m'a pas paru être le genre de personne pour qui on serait prêt à sacrifier sa vie. Pourtant, c'est le cas pour chacun des membres de son équipe. Plus que de la loyauté envers leur chef, je ressens une détermination farouche dans leur regard, née d'une amitié profonde, d'une affection sincère. Ils tiennent à elle. Ils l'aiment même, chacun à leur manière. J'ai envie de comprendre. De voir ce que je n'ai pas su déceler chez elle et qui pousse ces hommes, ces mâles devrais-je dire, à protéger et aimer une femme comme Aleyna Brook.

Le feu qui crépite doucement est le seul son qui vient troubler le silence pesant du campement. Chacun est plongé dans ses pensées, cherchant sans doute un moyen de libérer l'agent Brook. Je les observe discrètement. Inquiétude, amusement, colère, douceur et frustration se succèdent sur les visages au gré des souvenirs heureux et des préoccupations orageuses.

Je décide de tenter ma chance et interromps leur réflexion silencieuse.

– Parlez-moi d'elle.

Ils me fixent soudain d'un air interrogateur. Le demi-Elfe semble plutôt désapprobateur, mais il se contente de garder le silence.

Comme je l'espérais c'est l'agent Solander qui prend la parole le premier.

– C'est une battante. Une femme de tête, qui ne laisse rien ni personne décider à sa place. Quand je l'ai rencontrée pour la première fois, elle sortait juste de l'école des agents de l'APICM. Elle était major de promo, et fière de l'être. Et elle avait bien raison. Notre milieu est extrêmement exigeant physiquement et psychologiquement, et encore plus pour une femme. Surtout depuis que le Commandant Splark est aux commandes. Il y a plusieurs années, il n'y avait pas de femmes au sein de l'APICM. On peut donc supposer que l'arrivée de certaines d'entre elles parmi nous est un progrès en soi. Mais la vérité c'est que c'est un milieu misogyne et discriminant, jusque dans les règles les plus fondamentales. En étant major de promo, Aleyna a gagné ce jour-là l'honneur et le droit de devenir chef d'équipe. Mais le Commandant n'a pas manqué de faire appliquer la règle n° 5.

– La règle n°5 ?

– « Les agents féminins, même de rang supérieur, seront affectés d'un agent superviseur masculin pour assurer leur protection lors de toute intervention. »

Le demi-Elfe a récité le texte officiel d'une voix neutre, mais je sens la tristesse percer malgré tout à travers la posture et le pli de ses lèvres. Une de ces règles le concerne-t-il ? J'oublie vite mes questions car le géant néo…. américain reprend la parole d'une voix teintée d'amusement et de fierté.

– Comme vous l'aurez compris, je suis le fameux agent superviseur. Si vous aviez vu sa tête quand le Commandant m'a présenté à elle alors qu'elle tenait encore son diplôme entre les mains !

L'agent Solander éclate d'un rire tonitruant et passe sa main calleuse sur son crâne lisse.

– Elle était folle de rage, pourtant elle a réussi à afficher un sourire poli tandis qu'elle respectait à la lettre toutes les règles que le protocole exige en présence du Commandant. Elle n'a pas cillé quand il a affirmé que, malgré ses compétences, elle n'était pas à la hauteur pour diriger une équipe seule et que le soutien d'un agent décoré à de multiples reprises comme moi était pour elle une chance quasi inespérée. Elle l'a remercié en serrant les dents. Quand il a tourné les talons, il n'a pas fallu cinq secondes pour qu'elle me décoche son fameux regard assassin.

– Il me semble savoir de quoi vous parlez, lui dis-je, m'attirant enfin un sourire entendu.

– Les mots qu'elle a prononcés à ce moment-là me laissent encore aujourd'hui sur le cul. Elle m'a asséné : « Peu importe vos exploits, peu importe les médailles et les compliments dégoulinants de condescendance du Commandant. Tant que vous ne m'aurez pas prouvé ce que vous valez, vous ne serez personne pour moi. » Bon sang, j'en ai encore la chair de poule. J'étais un jeune mâle certes, mais avec déjà dix années d'expérience derrière moi. Elle n'était qu'une jeune recrue à peine sortie de la cour de récré. Je la surplombais de deux bonnes têtes, et ma fierté me poussait à contracter chaque centimètre carré de muscles. Et je suis une bête de muscles. Pourtant, elle me défiait sans le moindre scrupule et la

moindre crainte. Pour une nana, j'ai vite compris qu'elle avait de sacrées couilles. Enfin comme elle dirait, une sacrée paire d'ovaires.
– Et qu'avez-vous fait ?
– J'ai accepté son défi. Quelques minutes plus tard, nous étions sur le terrain d'entrainement, à nous affronter comme des enfants enragés. J'étais en costume trois pièces, elle dans un ensemble tailleur qui devait coûter une fortune. Ils ont fini en lambeaux. Combat à mains nues, parcours d'entrainement, tir sur cible, tout y est passé. Ça a duré des heures. Jusqu'à ce que sa colère se tarisse et que je m'écroule de fatigue.
– Vous avez gagné, n'est-ce pas ?
– Bien sûr, mais ce n'est pas vraiment important. J'y ai laissé de nombreuses plumes, croyez-moi. Le but de tout cela n'était pas de gagner ou de perdre. C'était un test, un moyen de s'analyser, de connaître les points faibles et les points forts de l'autre. Un moyen de s'apprivoiser aussi. Je crois qu'elle a compris que je pourrais être un appui plutôt qu'un frein. Que je pourrais la soutenir et l'épauler, plutôt que la brimer.

J'ai vu en elle l'âme d'une guerrière, d'un chef. Une force brute taillée comme un diamant par un travail acharné. Une détermination sans faille et une fragilité touchante. Un sourire éclatant illumine son visage doré et je me surprends à avouer avoir pensé la même chose le jour où elle m'a sauvé des gobelins. Nous échangeons des regards entendus. Oui, Aleyna Brook est une femme d'une sacrée trempe, je ne peux le nier. Mais ce n'est pas suffisant pour expliquer le lien qui les unit tous. C'est finalement le Troll qui m'apporte des éléments qui me dévoilent l'agent Brook sous un nouveau jour.

– Il y a plusieurs années, j'étais chef dans le restaurant de mes parents adoptifs. Je vivais dans l'ombre, mais heureux. Seulement c'est difficile pour deux humains lambda de cacher un troll, même dans les cuisines d'un grand restaurant. Alors, l'APICM est intervenue. Ils m'ont emmené, sans me laisser le temps de dire au revoir à ma famille. Je ne les ai pas revus pendant trois ans. Trois années horribles…

La tristesse qui perce dans sa voix chevrotante me bouleverse. J'avale difficilement ma salive en voyant ce géant d'habitude si joyeusement naïf se recroqueviller et prendre un air grave. Il reprend et je sens des frissons glacés courir le long de ma nuque.

− J'ai été assigné aux cuisines de l'Agence. Je n'étais plus un grand chef, juste un commis bon à éplucher les légumes. A peine plus qu'un esclave. Un moins que rien. Au début, personne ne prêtait attention à moi. Ils avaient plutôt l'air de me craindre… je suis un troll après tout, n'est-ce pas ? Mais cela n'a pas duré. Ils ont vite compris que je n'étais pas un troll féroce. Que j'étais différent. Alors je suis devenu leur souffre-douleur. Leur jouet. Chaque jour, j'essuyais des vagues d'insultes. Des brimades. De coups. Encore et toujours. Plus je baissais la tête, plus ils frappaient, plus ils se moquaient. Je n'étais plus qu'une chose, un monstre, une erreur de la nature. Je méritais leur mépris. Ils me crachaient au visage, ils balançaient mon travail au sol et me forçaient à ramasser en rampant. Pourquoi je ne me suis pas défendu pensez-vous ? Ne niez pas, je le vois dans votre regard. Je suis un troll, bon sang. Il me suffisait de suivre mes instincts barbares. De devenir le monstre qu'ils voyaient en moi. Une pichenette et je leur brisais les os. Alors, pourquoi ? Parce ce n'est pas MOI. Un point c'est tout. Cela a duré trois ans. Trois années de cauchemar, de honte et de douleur. Puis Aleyna est arrivée.

La gratitude et le respect remplace peu à peu la tristesse et le désespoir de son visage buriné. A mon plus grand étonnement, c'est l'agent Solander qui prend un instant la suite du récit.

– Ce jour-là, Aleyna et moi avions été convoqués au siège de l'APICM pour une réunion avec d'autres chefs d'équipe et le Commandant Splark en personne. A l'époque, nous étions un duo efficace mais encore peu reconnu par nos pairs. Nous avions récupéré un vieux local en centre-ville pour installer notre bureau. Malgré la réussite de chacune de nos missions, nous avions du mal à nous placer sur les meilleures affaires. Difficile de lutter contre des équipes plus expérimentées et équipées. Bref, lorsque nous nous étions installés autour de la table ovale, cela avait déclenché une avalanche de rires moqueurs et de commentaires grivois. Mais Aleyna a aussi la langue bien pendue et elle leur a vite fait fermer leur clapet, appuyée par mon super regard de tueur. Oui, moi aussi j'en ai un. Seulement, le Commandant a comme à son habitude trouvé un moyen de rabaisser Aleyna et de l'humilier sans état d'âme. Quelqu'un devait nous apporter des viennoiseries et du café, mais personne ne se présentait. Cela a beaucoup agacé le Commandant. Comme Aleyna était la seule femme présente, le Commandant l'a envoyée chercher le café. Il l'a congédiée d'un vulgaire geste de la main. J'ai serré les poings, tremblant de colère. Mais elle a calmement posé sa main sur mon bras et s'est levée.

– Le quelqu'un qui devait apporter le café, c'était moi, reprend le Troll. Mais à ce moment-là, un groupe de trois agents supérieurs me sont tombés dessus dans un couloir. Ils m'ont roué de coups jusqu'à ce que je ne puisse plus respirer. Je peux l'avouer aujourd'hui, j'ai frôlé la rupture. J'ai senti chanter dans mon sang la bestialité de mes ancêtres. Si j'avais cédé, j'aurais atteint un point de non-retour. Adieu Bog, bonjour le monstre assoiffé de sang. Mais comme je l'ai dit, Aleyna est arrivée. Je ne sais pas si elle a compris. Si elle a vu briller dans mes yeux le brasier mortel qui risquait de m'embraser. Si elle a vu que je luttais de toutes mes forces contre lui, pendant

que les coups pleuvaient. Je ne lui ai jamais demandé. Elle m'a regardé, puis eux. Ils ont ri, puis lui ont dit de partir, à moins de vouloir devenir leur prochaine cible. Elle a ri à son tour. Ensuite, je ne saurais décrire ce qui s'est passé. Ça n'a duré que quelques secondes. J'ai seulement senti l'odeur du sang. Alors, j'ai fermé les yeux. Quand je les ai rouverts, les trois hommes étaient au sol. L'un d'eux avait le nez de travers, le visage couvert de sang. Un autre se tenait l'entre-jambe. Le dernier n'était même plus conscient. Et Aleyna se tenant maladroitement contre le mur, serrant son bras droit contre sa poitrine, la lèvre fendue, le visage figé dans une grimace de douleur. Mais elle n'a rien dit. Pas une plainte. Elle m'a fait un signe de tête et m'a conduit à l'infirmerie. Les médecins se sont précipités sur elle complètement horrifiés, pensant sûrement que j'étais responsable de son état. Mais elle a refusé qu'ils la touchent. Pas avant qu'ils m'aient soigné moi. Elle est restée à mes côtés, grognant dès qu'ils n'allaient pas assez vite ou qu'ils ne faisaient pas assez attention à son goût. Quand ils ont eu terminé et lui ont assuré que j'étais hors de danger, elle s'est évanouie.
L'agent Solander poursuit :
− Quand j'ai été prévenu, je me suis précipité à son chevet. Elle était dans un sale état. Trois côtes cassées, l'épaule déboitée, et le visage tuméfié. Mais quand elle a ouvert les yeux, elle souriait. « Je leur ai mis une énorme branlée, pas vrai ? » m'a-t-elle dit. J'ai secoué la tête et je lui ai demandé pourquoi. « Pour la justice. Parce qu'une étoile a le droit de briller même dans un monde empli de connards ». J'ai cru qu'elle parlait d'elle. Mais c'était de toi, Bog, qu'elle parlait. Nous avons été suspendus une semaine, et j'ai pris le commandement pendant une année entière. Du moins, officiellement. Parce qu'elle avait gagné mon respect éternel ce jour-là. Et parce qu'elle avait eu l'idée qui allait changer notre vie.

Créer une équipe d'étoiles filantes. Une équipe de talents uniques en leur genre. Un mois après l'incident, Bog a intégré l'équipe. Trois mois plus tard, Sélénin nous rejoignait à son tour.

Je commence à comprendre l'importance qu'elle revêt à leurs yeux. Elle est le ciment qui les lie. Elle est celle qui veille sur eux quitte à se sacrifier pour les protéger. Moi qui la trouvais égoïste et prétentieuse. Je dois reconnaître que je me suis fourvoyé. Je pose mon regard sur le membre de l'équipe qui est assis à ma droite. Le grand molosse me lance un regard désespéré, la langue pendante. Il laisse échapper un grognement plaintif et va se coucher près des valises, d'où s'échappe le châle de l'agent Brook. Il l'attrape délicatement entre ses babines baveuses et le glisse entre ses pattes avant de poser sa grosse tête sur le pardessus écru. J'esquisse une grimace en imaginant la tête que ferait l'agent Brook si elle voyait ça. Mais elle n'est pas là…

Le silence est revenu, mais la discussion reste en suspens. Tout le monde a livré quelques mots pour décrire la jeune femme. Tout le monde, sauf le demi-Elfe. Finalement, il laisse échappe un soupir et sa voix chantante brise la monotonie de la nuit.

— J'aimerais pouvoir dire que si j'ai rejoint l'équipe, c'est parce qu'Aleyna m'a sauvé d'une situation dangereuse ou embarrassante, mais ce n'est pas le cas. En fait, c'est tout le contraire.

Pour avoir le droit de reprendre sa place de chef après l'incident, Aleyna a dû suivre un stage de redressement. J'avais, pour ma part, eu quelques problèmes avec la hiérarchie pour avoir piraté l'Agence de Londres. Nous nous sommes donc retrouvés tous les deux dans une salle décrépie avec une dizaine d'autres agents. Pour la plupart, il s'agissait d'abrutis finis qui auraient dû être virés, mais qui avaient sans doute des contacts haut placés. Le monde va ainsi, même au sein de l'APICM. Si vous êtes un mâle humain, blanc de préférence, toutes les portes vous sont ouvertes. Pour les autres, il faut se battre chaque jour pour garder la tête hors de l'eau.

La séance du jour s'est révélée assez ironique, me concernant. On nous a placés en cercle, devant des ordinateurs. Devant un jeu de stratégie. Un jeu de stratégie en ligne…

Le demi-Elfe secoue la tête de dépit face à l'absurdité de ses souvenirs. J'imagine le désarroi qu'il a dû ressentir. Comme un adulte avec un bac +9 au milieu d'un groupe de bambins en couche-culotte devant des legos.

– Le but était des plus évidents. Nous étions des chefs de clans et avions un territoire à défendre et d'autres à conquérir. A nous d'utiliser les ressources à notre disposition pour être le dernier à survivre sur la carte. Ne me demandez pas quel était l'intérêt de ce genre d'activité pour des agents expérimentés comme nous. L'agence devait avoir une subvention exceptionnelle en lien avec la formation aux nouvelles technologies à passer pour en obtenir une nouvelle l'année suivante. Ou une autre bêtise dans le genre. Bref, j'aurais pu terminer la partie en quelques minutes, mais nous avions cinq heures obligatoires à faire, et il n'en était passé qu'une seule. Alors j'ai pris mon mal en patience et j'ai joué. J'ai rapidement senti qu'on m'observait, alors j'ai levé les yeux de mon écran et j'ai croisé le regard glacé d'Aleyna. J'avoue avoir été troublé. Parfois, elle peut être vraiment… magnétique. D'un coup d'œil sur l'écran, j'ai compris qu'elle n'avait pas touché à son ordinateur, alors que l'épreuve avait commencé depuis plusieurs minutes. J'ai commis l'erreur de penser qu'elle boudait et qu'elle refusait de faire l'épreuve. En fait, elle nous analysait. Un par un.

Le jeu ne contenait pas de discussion en ligne. Cela faisait partie des règles en vigueur. Pas de communication entre les joueurs. Pourtant, après une heure d'un ennui mortel, Aleyna m'a contacté.

– Elle a réussi à craquer le jeu ? Je ne cache pas mon étonnement. L'agent Brook est certes pleine de surprise, mais il ne me semblait pas que l'informatique fasse partie de ses compétences les plus remarquables.
– Du tout. Faceb**k.
– Ah !
– Elle m'a exposé son plan. Elle avait deviné que j'étais un crac en informatique.
– Peut-être qu'elle vous a juste g**glé ?
L'elfe sourit à ma plaisanterie et je lui souris en retour. La tension entre lui et moi s'estompe.
– C'était un plan risqué. Clairement un gros doigt d'honneur aux responsables du stage, et par conséquent, à nos supérieurs. Je n'ai pas hésité une seconde. Elle a fait diversion en provoquant quelques-uns de nos adversaires pendant que je modifiais les codes sources du logiciel, pour ajouter deux ou trois fonctionnalités.
– Et alors ?
– Je vous passe les détails, mais on a mis un gros, gros bordel. Je dois avouer que je ne m'étais pas autant amusé depuis très longtemps. Je n'ai eu aucun regret, malgré les cinq séances supplémentaires que j'y ai gagné. Aleyna en a eu huit.
Alors, si vous voulez savoir ce que j'aime chez Aleyna Brook, c'est son côté rebelle et forte tête, qui ne se laisse pas dicter les règles sans se battre. Aujourd'hui, elle est plus que ma supérieure. Elle est mon amie. Et j'avoue apprécier de temps en temps le trouble que je lui inspire, même s'il est uniquement dû à mon côté elfique. C'est… flatteur, de la part d'une femme comme elle.
– J'adore la voir se trémousser et rougir dès qu'elle te croise ! Ça lui passe rapidement, mais elle pense réellement qu'on ne remarque rien, s'esclaffe l'agent Solander.

– Ca ne vous gêne pas ? osé-je demander au géant tatoué.
– Pourquoi ça me dérangerait ? Aleyna est une grande fille, je n'ai pas mon mot à dire sur ses fréquentations. Et puis franchement, qui peut lutter contre le charme des Elfes, hein ?

L'agent Solander donne une grande tape dans le dos du demi-Elfe, qui ne bouge pourtant pas d'un millimètre, un sourire gêné au coin des lèvres. C'est la deuxième fois que je le vois mal à l'aise lorsque l'on évoque sa relation avec l'agent Brook. Je n'avais pas remarqué un tel comportement avant notre voyage, malgré les plaisanteries de leurs camarades. S'est-il passé quelque chose entre eux pendant ce court séjour chez les Elfes ? Je ressens un léger pincement au cœur. De la jalousie ? Non, bien sûr que non…

Comme pour couper court à mes songes, le demi-Elfe met un point final à la discussion.

– Nous ferions mieux de dormir, il ne reste que quelques heures avant le lever du soleil. Aleyna sera bientôt de retour parmi nous.

***

Nous y sommes. Dans quelques minutes, nous serons fixés sur le sort de Mlle Brook. L'agent Solander distribue les consignes à mi-voix, en accompagnant ses paroles de gestes dont j'ai du mal à saisir le sens. Cela ne semble pas poser de problème aux autres membres de l'équipe. La nuit a été difficile, et le manque de sommeil se fait sentir. J'ai les muscles ankylosés, et la paupière qui tressaute. Pourtant, le grand américain ne semble pas affecté le moins du monde par les conditions difficiles et le stress grandissant. Au contraire, il semble complètement dans son élément. Pourtant, je suis quasiment certain qu'il n'a pas dormi de la nuit. Je l'ai entendu faire de nombreux aller-retours en direction de la villa.

– Comment faites-vous pour tenir le coup aussi facilement ?

Il ne répond pas immédiatement. Il jette un coup d'œil à sa montre, puis un sourire se dessine sur ses lèvres. Un éclair de malice traverse ses prunelles et des rides d'amusements remplacent celles d'inquiétude, plus profondes.
– On a exactement cinq minutes devant nous. Juste assez pour une petite histoire :

Les chroniques d' Hank Solander

Au cours de ma formation, j'ai eu l'opportunité de participer au stage de préparation le plus difficile du monde. Le stage AMF : Aide Moniteur Forêt. Le principe : devenir, en six semaines, instructeur forêt. Tout est basé sur la fatigue physique et mentale. 23h d'activité sur 24h, 7j/7.

Tout était fait pour nous tenir éveillés. Pendant six semaines, un seul credo : toujours en mouvement ! Même lorsque l'on avait la possibilité de se reposer, c'était en trottinant. On nous laissait trente minutes pour manger, pas une de plus. Le soir, nous étions rassemblés au centre du campement. Vers vingt-deux heures, les AMF nous testaient. Ils parlaient, chantaient, tout pour nous tenir éveillés. Si l'un de nous tombait de fatigue, ils distribuaient cent pompes à tout le monde. Et ainsi de suite. Puis, vers une heure du matin, et jusqu'à quatre heures, nous devions manger, préparer le bivouac, dormir et nous préparer pour la journée à venir. Tout ça en seulement trois heures.

Parfois, quand nous étions dans la jungle, les AMF nous testaient dans l'eau. Nous devions rester dans la rivière avec de l'eau jusqu'au cou, une bougie sur la tête, et sans bouger. Si on s'endormait, la bougie tombait dans l'eau et à nouveau le groupe devait réaliser des exercices physiques en punition.

– J'ai tenu cinq semaines sur les six. J'ai échoué de peu, sur blessure. Je n'ai pas eu le diplôme, mais ce que j'ai appris pendant ces semaines était bien plus précieux.

Je regarde l'agent Solander avec incrédulité. Il parle de cette expérience avec une certaine révérence qui me laisse sans voix. Comment peut-on révérer une formation qui relève de la torture et du supplice ? Il faut être complètement masochiste…

L'agent Solander a dû arriver à la même conclusion que moi car il contient avec peine un éclat de rire. Puis soudain, son visage devient aussi dur qu'une roche. J'avale difficilement ma salive, et attrape le pistolet paralysant qu'il dépose entre mes mains. Il est temps. Sans un mot, nous nous glissons dans les sous-bois qui bordent la villa où est retenue l'agent Brook.

***

Nous avançons les uns derrière les autres, en tenant la position imposée par l'agent Solander. Je suis le soldat aux muscles d'acier sans le lâcher d'une semelle. Le plan est plutôt bon, mais je ne peux m'empêcher de sentir la panique m'envahir, et une goutte de sueur perler sur mon front. L'acier de mon arme me glace le sang, même si je sais qu'il est inoffensif. Ce ne sont que des fléchettes tranquillisantes. Mais je ne suis pas un gros dur, juste un rat de bibliothèque. Je suis sur le point de me dégonfler, puis je repense à l'agent Brook. Même si je ne la porte pas dans mon cœur, c'est une femme courageuse, et je ne me pardonnerais jamais de ne pas avoir été à la hauteur. Je ne veux pas être le lâche de service, une fois encore. J'inspire un grand coup et le demi-Elfe me donne une tape sur l'épaule. Je ne l'avais pas entendu approcher. Il semble avoir compris le dilemme qui me tenaille, et je réprime difficilement la honte qui me submerge. Mais il me fait un signe d'encouragement, et notre trio continue sa progression vers la prison dorée. Le Troll et le chien sont hors de vue. J'ai encore du mal à croire que notre plan repose en grande partie sur un animal à quatre pattes et une créature intellectuellement limitée. Espérons que cela fonctionne…

Nous continuons notre avancée dans le sous-bois jusqu'à n'être plus qu'à quelques mètres de l'immense demeure. Nous sommes assez près pour entendre la discussion animée entre les deux colosses armés qui surveillent l'arrière de la maison. Nous tendons l'oreille pour essayer d'en apprendre un peu plus sur ce qui se passe à l'intérieur, mais ils se disputent simplement à propos du match de la veille. Rien à tirer de ces deux-là dans l'immédiat. Occupés comme ils le sont, je me surprends à imaginer que je pourrais les endormir avec mon super pistolet avant qu'ils ne donnent l'alerte. Mais l'agent Solander fait signe d'attendre encore. Le premier acte de notre plan devrait bientôt commencer.

En effet, quelques minutes plus tard, un troisième homme pousse la porte de service et apparait sur le perron. Il interpelle ses camarades.

– Hé, les gars ! Venez voir devant, on a gagné le gros lot, s'esclaffe-t-il.

– On doit garder nos positions, Tony. Ce sont les consignes du boss.

– Tu ne comprends pas mon gars, on a attrapé un troll ! Un put** de vrai troll !

– Un troll ? Y'a pas de troll dans cette région, Tony !

– Bah pourtant, c'est bien un troll. Et y'a un clébard avec lui. Je ne sais pas lequel est l'animal de compagnie de l'autre. Ah ah ah.

– Et tu ne trouves pas ça bizarre ? Un troll et un chien dans la campagne espagnole ? Mais il t'a embauché où le patron ? Fait chier.

Les trois hommes se précipitent à l'intérieur de la villa. J'avale difficilement ma salive. Ils ne sont pas dupes. Si leurs soupçons se confirment, ils risquent de s'en prendre au troll. Il faut agir rapidement.
– On y va, souffle l'agent Solander. Nicolas est loin d'être idiot, contrairement à l'autre. Même si Bog a quitté ses vêtements, il y a toujours un risque pour qu'il le reconnaisse.
– Vous aviez dit que c'était quasiment impossible qu'ils se soient déjà croisés.
– Nicolas a été envoyé en mission à l'étranger pendant deux ans, il n'est rentré que quelques temps avant qu'Aleyna sorte Bog des cuisines de l'APICM. Mais le risque zéro n'existe pas. Il faut envisager toutes les possibilités. Nous devons agir rapidement.
Sans perdre une seconde de plus, nous nous avançons, vérifiant chacun un angle différent autour de nous.
– RAS, murmure le demi-Elfe.
Notre chef d'équipe entrouvre la porte et glisse dans l'interstice un petit miroir pliant. La pièce semble vide car il range rapidement l'objet dans sa poche et se glisse à l'intérieur. Sans me poser plus de question, je m'engouffre à mon tour dans la gueule du loup.
Le silence est d'abord pesant, puis les éclats de rire des hommes de main nous parviennent, étouffés. Ils sont à l'extérieur. Alors que je commence à douter de la suite du plan, les aboiements du chien résonnent avec force et nous donnent les informations dont nous avions besoin.
– Waouf. Waouf. Waouf. Waouf. Waouf.
Cinq hommes. D'après les sorties nocturnes de l'agent Solander, il en manque donc un. Sans compter le fameux boss dont nous ignorons tout. Nous reprenons notre avancée, tous les sens en alerte. En fouillant sur internet, le demi-Elfe a réussi à trouver le permis de

construire de la villa. Elle a été construite sur trois niveaux, dont un sous-sol sans accès extérieur. L'endroit parfait pour retenir quelqu'un contre son gré. L'agent Brook se trouve certainement là en bas, peut-être en compagnie de son tortionnaire. Il doit d'ailleurs y être depuis un moment pour que ses hommes se permettent de désobéir à ses ordres. Pourvu qu'il ne soit pas en train de la torturer…

Nous nous plaçons le plus discrètement possible aux ouvertures donnant sur la face avant de la villa. J'ai le souffle court et une perle de sueur roule sur mon front. Là dehors, se trouvent cinq mercenaires armés jusqu'aux dents et moi, Benjamin Thomas, je m'apprête à leur tirer dessus avec un petit pistolet à fléchettes paralysantes. Je serre les lèvres pour retenir un rire nerveux.

–Maintenant ! souffle l'agent Solander en se redressant avec souplesse. Une montée d'adrénaline me submerge et je me lève à mon tour, tenant mon arme à bout de bras. Mais dans la précipitation, une fléchette part et se plante dans le cuir épais du ventre de Bog juste sous le nez des cinq mercenaires. Un instant, le temps semble figé. Tout le monde a les yeux rivés sur cette minuscule fléchette aux plumes bleutées. Puis aussi soudainement qu'il s'était arrêté, le monde se remet en marche. Passé l'incrédulité, l'agent Solander et le demi-Elfe ont le temps de tirer une première fléchette avant que les hommes ne se retournent et dégainent leurs armes. Deux d'entre eux tombent aussitôt au sol, paralysés. Mais les trois autres ne perdent pas une seconde et une rafale de tirs crible soudain la façade, faisant exploser les vitres en milliers d'éclats de verre tranchants. Une douleur me traverse le crâne et je sens un liquide chaud couler le long de ma tempe. Du sang ! Je suis blessé ! Je tâtonne doucement du bout des doigts mon front endolori, et en retire un petit éclat de verre. Un courage nouveau me pousse à me redresser à nouveau tandis que les tirs cessent. Je risque un coup d'œil à l'extérieur, mais il ne reste qu'un Bog à moitié nu au milieu du jardin, et à ses pieds l'un des trois fuyards. Il tient dans sa main une sorte de petit gourdin en métal. Je me retiens de lui demander où il avait bien pu le cacher. Je n'ai aucune envie de le savoir…

Je réalise alors que nous sommes complètement seuls. L'agent Solander et le demi-Elfe ont disparu à leur tour. Sans doute partis à la poursuite des deux derniers mercenaires. Mais si l'un d'entre eux revenait ? Bog et moi serions sans défense. La seule personne à pouvoir nous protéger, c'est l'agent Brook. Nous devons la libérer avant qu'une de ces brutes ne revienne nous faire la peau. Elle est sans doute surveillée par son mystérieux ravisseur, mais étrangement, cela ne m'effraie pas. L'agent Solander est persuadé que ce n'est pas un militaire. Je lui fais confiance sur ce point. En espérant que cela ne me coûte pas la vie…

Je fais signe au Troll d'approcher et de me rejoindre dans la villa. Une fois arrivé à ma hauteur, je lui explique mon plan. Puis mon regard se pose sur la fléchette toujours plantée dans les bourrelets de son ventre tombant.

– Pardon pour… ça.

– Y'a pas de mal.

– Ca ne vous fait rien ? Je veux dire, les deux autres sont tombés comme des masses.

– Non, rien. Jusque quelques fourmillements dans les doigts. Ca chatouille.

– OK, alors on y va, et surtout on reste sur nos gardes. Le dernier mercenaire peut être n'importe où.

Je m'avance lentement vers la porte du sous-sol repérée la veille sur les plans de la villa. Chaque pas fait un peu plus craquer le parquet ciré et un peu de sueur vient rejoindre le filet de sang qui coule sur mon front. Le stress fait trembler ma main lorsque je la pose sur la poignée de la porte qui mène en enfer. Je m'apprête à l'ouvrir lorsque je me rends compte que tout est silencieux derrière moi. Le parquet aurait dû hurler sous le poids du Troll qui devait me suivre. Je me retourne lentement, persuadé de voir apparaître un homme armé dans mon dos, mais il n'y a personne. Soulagé et passablement agacé, je reviens sur mes pas, pensant que le Troll n'a simplement pas compris mes explications. Lorsque j'arrive dans le salon, il n'a pas bougé d'un pouce.

– Bog ! Qu'est-ce que vous faites ? Vous devez venir avec moi ! chuchoté-je depuis l'autre bout de la pièce. Le Troll sourit, les yeux mi-clos, mais ne bouge pas d'un pouce.

– Bog ?

Toujours pas de réponse. Mais quelques secondes plus tard, des ronflements s'élèvent, faisant trembler les bibelots délicatement exposés non loin de là.

Bon sang, il dort debout !

La fléchette paralysante a finalement fait son effet, et je me retrouve seul au monde face au danger qui m'attend au bas des marches du gouffre sombre et terrifiant qui s'ouvre derrière moi. Je suis soudain très tenté de prendre mes jambes à mon cou et de filer en douce le plus loin possible de ce guêpier dans lequel je me suis fourré, mais je repense au courage des deux autres hommes qui m'accompagnent. Ils ne se laissent pas dominer par leurs émotions. Depuis que je suis avec eux, je me découvre moins lâche, moins égoïste aussi. Je ne peux pas me défiler maintenant. Je ne me le pardonnerais jamais. Un excès de fierté masculine me pousse à être à la hauteur. Je fais demi-tour, et avec précaution, je descends les marches rendues glissantes par l'humidité de la cave, m'habituant petit à petit à l'obscurité qui règne ici-bas. Après quelques minutes d'exploration, je dois me rendre à l'évidence. Aleyna Brook n'est plus là.

Où est-elle passée ? Son mystérieux ravisseur l'a-t-il emmenée ailleurs ? Dans ce cas, pourquoi les mercenaires à sa solde gardent-ils encore la villa ? Etait-ce un piège ?

Soudain, des grognements me font sursauter. Je me retourne prestement et découvre avec surprise et un soupçon de peur Rambo qui me fixe, les babines retroussées, dévoilant des crocs d'une taille impressionnante. Il n'a vraiment pas l'air commode.

– Gentil chien, tenté-je de l'amadouer, la voix chevrotante. Je ne comprends pas son animosité soudaine. Je lève les mains en signe d'apaisement, sans succès. Une seconde plus tard, le molosse se jette sur moi et je vois ma dernière heure venir tandis que ses cinquante kilos de muscles me frappent de plein fouet. Je suis propulsé au sol et le choc fait trembler mes os jusqu'à la moelle. Je suis sonné, mais je perçois tout de même des bruits secs retentir au-dessus de ma tête, tandis que la douleur vrille mon corps tout entier. Je le soupçonne de s'être brisé en mille morceaux. Puis je réalise que de la poussière me tombe sur le visage et que les étranges craquements ne proviennent pas de mes os mais bien de balles qui se fichent dans la paroi de brique au-dessus de moi. On me tire dessus !

Tout autour de moi semble comme ralenti tant l'adrénaline booste mon organisme, et une seconde plus tard, je me suis réfugié derrière le mur d'une cellule sombre où pendent des chaînes de métal rouillé. Bonté divine, Aleyna était-elle retenue ici ? En un coup d'œil, une autre évidence me fait monter le cœur au bord des lèvres. Il n'y a aucune issue. Je suis pris au piège. Le molosse qui m'a étonnamment sauvé la vie a de nouveau disparu. Je n'entends que le crissement des semelles de caoutchouc du tireur sur le sol de béton humide. Il se rapproche, lentement mais sûrement, et je n'ai rien pour me défendre. Il va me zigouiller, et je vais mourir à l'image de ce que j'ai été toute ma vie : en *looser*. Faible et sans défense. L'homme n'est plus qu'à quelques pas lorsque j'aperçois le reflet de mon arme paralysante de l'autre côté de la pièce sordide. Elle a dû glisser là lorsque Rambo m'a renversé au sol. Un souffle d'espoir me submerge, bien vite balayé par la réalité. Je ne suis pas un agent spécial surentrainé. Dès que je bougerai, je me ferai repérer et je serai mort bien avant d'avoir atteint mon objectif. Il me faudrait une diversion. Paniqué et sans autre choix, je tente le tout pour le tout.

– Rambo, attaque ! crié-je de toutes mes forces en me jetant en avant vers l'arme de mon salut. Je ne vois pas la scène qui se déroule dans mon dos, mais j'entends les grognements du chien qui détournent l'attention du mercenaire, puis un coup de feu, tandis que je saisis le pistolet paralysant. Sans perdre une seconde, je me retourne et tire sur l'homme qui me fait face. Le mercenaire s'écroule au sol, endormi. Ma joie et mon soulagement sont de courte durée. Sur le sol un peu plus loin, Rambo est à terre, immobile.

Journal de l'agent Brook

(18 janvier)

Après avoir laissé Ozsan agoniser sur l'autel sacré, j'ai emporté le Cœur là où jamais il ne le trouverait. J'ai cherché ceux qui sont nés de la terre et ont été façonnés par le chant des arbres. Ils sont apparus il y a à peine une dizaine d'années. Ils ne sont qu'une quinzaine à vivre isolés des autres peuples dans l'immense forêt qui jouxte le royaume maudit d'Eledor. Ces créatures enchantées sont aussi pures que les Oxiones. Ils sont mon dernier espoir.
– Nous sauver toi.
La créature est penchée au-dessus de mon corps brisé. Ses yeux violets débordent de compassion et de douceur. Mais je ne peux pas les laisser me guérir. Je mérite mon sort.
– Non, laissez-moi mourir. J'ai maudit mon amant. Il n'est pas dans le Cœur. Son âme va errer pour l'éternité. Mais il n'aura de cesse de chercher à revenir. A accomplir son terrible dessein. Je sais maintenant que son rêve n'est qu'une chimère. Nous ne pourrons jamais revenir en arrière. Les Oxiones sont perdus. Les faire revenir reviendrait à condamner les peuples qui occuperont les Terres Originelles à l'avenir. Je ne peux le permettre, même si cela signifie sacrifier les miens.
– Toi errer aussi. Maudite.
– Alors qu'il en soit ainsi.
La créature me glisse une écorce rouge entre les dents. Je sens le goût amer se répandre dans ma bouche, et déjà mon visage se crispe sous l'effet du poison qui se propage dans mon corps.
– Prenez soin du Cœur. Cachez-le là où personne ne le trouvera jamais. Vous en êtes désormais les gardiens.
– Hey.

– *Hey, mon ami. Adieu.*

Tous les fils du destin se croisent et se rejoignent en cet instant, tandis que nous roulons à vive allure en direction de l'aéroport le plus proche. Ozsan est tendu par l'excitation et l'appréhension depuis que je lui ai révélé la vérité. Il attend depuis si longtemps, et enfin le moment est venu. Celui de boucler les boucles trop longtemps laissées en suspens.
Moi, Aleyna, je retourne là où tout a commencé.
Moi, Ellyssa, je retourne là où tout s'est terminé.

PIECES A CONVICTION
Professeur Benjamin Thomas

Oh mon Dieu, tout est de ma faute, je l'ai tué ! Les larmes ravagent mon visage couvert d'une barbe de trois jours, sans que je ne puisse les arrêter. L'adrénaline est redescendue, et je me rends soudain compte que je viens d'échapper de peu à la mort grâce à cette bête poilue qui n'a pas hésité une seconde à sacrifier sa vie pour la mienne. Je suis rongé par le remord. Si seulement je n'avais pas été si téméraire. Si j'avais attendu les renforts au lieu de me prendre pour un héros, peut-être serait-il encore en vie. Ma vision est brouillée par les larmes et je ne distingue que le sang qui se répand doucement autour du corps immobile du courageux animal. C'en est trop pour mon esprit fragilisé, et je vide le contenu de mon estomac sur le sol bétonné.

Je me redresse quelques secondes plus tard, et en m'essuyant la bouche d'un revers de manche, mon regard humide se pose sur le corps immobile mais bien vivant du mercenaire allongé quelques mètres plus loin. De rage, je me précipite sur lui et le roue de coups de pieds, sans pouvoir m'arrêter. J'ai besoin de libérer ma peur, ma colère, ma culpabilité. Je ne me serais peut-être jamais arrêté. Mais je les ai entendus. Des gémissements, petites plaintes sourdes. Alors, je me retourne et je le vois, mon sauveur, bouger doucement une patte dans ma direction comme s'il m'appelait, comme s'il me demandait de l'aider. Et cette fois, je ne le laisserai pas tomber.

– Il est vivant ! Il est vivant ! A l'aide ! hurlé-je à plein poumons, ivre de soulagement et libéré du poids qui pesait douloureusement sur ma conscience.

La suite est un peu floue, je dois l'avouer, car je me suis évanoui lorsque, après ce qui m'a semblé une éternité, l'agent Solander et le demi-Elfe sont apparus au bas des marches comme des anges portés par la grâce.

***

J'ai laissé le soin aux vrais agents de gérer la situation pour explorer la villa. Tout est sous contrôle. L'agent Solander s'est occupé de rassembler tous les mercenaires au sous-sol et les a enfermés dans la cellule même où, quelques heures plus tôt, l'agent Brook était retenue prisonnière. Malheureusement, le géant n'a pas pu tirer grand-chose d'eux. Ils ne savaient même pas que leur boss et sa prisonnière avaient disparu. Ils ont apparemment filé en douce sans prévenir personne. Cela m'a d'abord surpris. Comment cet homme a-t-il fait pour s'enfuir avec Mlle Brook sans qu'elle ne fasse tout pour l'en empêcher ?
Puis un nom est tombé. Un nom sorti d'un autre temps, des rêves flous et mystérieux d'une jeune femme liée malgré elle à quelque chose qui la dépasse. Qui nous dépasse tous.
Ozsan.
Il devrait être mort depuis des milliers d'années. Et pourtant…
Ozsan et Ellyssa. Les derniers Oxiones. Aujourd'hui réunis. Il me manque quelques pièces du puzzle, mais j'ai l'intime conviction qu'ils sont de retour tous les deux pour terminer ce qu'ils ont commencé, quoi que cela puisse être. Cela m'inquiète, mais pas autant que le sort réservé à l'agent Brook. Collabore-t-elle avec l'esprit qui l'habite ? A-t-elle perdu le contrôle ? Est-elle manipulée contre sa volonté ?

Un jappement de douleur me ramène à la réalité. Un étage plus bas, le demi-Elfe a installé un mini-hôpital éphémère afin de soigner la patte blessée du Mastiff, et de réveiller le Troll endormi. Grâce à la trousse de secours que nous avions pensé à emporter dans notre quête, il y a tout le nécessaire pour désinfecter la plaie, retirer la balle et faire un bandage. Le pauvre animal… Pour le Troll, je me fais moins de soucis, même si là encore, je suis coupable. Un simple antidote piqué dans la cuisse et il sera sur pied en un instant.

Enfin, je tombe sur une porte entrouverte. La pièce à l'intérieur m'attire comme un aimant. Un instant, je comprends l'attirance mystique d'Ellyssa pour cet Ozsan. La pièce dégage puissance et sensualité masculine, à travers les meubles de bois sombre, le cuir des fauteuils et des livres anciens, jusqu'à l'encens musqué qui embaume l'air tout autour de moi. J'ai l'impression qu'il est là dans la pièce, et un frisson me parcourt. Quelques rayons de lumière filtrent à travers les persiennes closes. Je m'avance presque religieusement, effleurant du bout des doigts les statuettes anciennes et les vieux parchemins. Pris d'une envie soudaine de suivre ses traces, je m'avance vers un immense globe sur pied dont le secret ne m'est pas inconnu. D'une pression légère, je décale l'hémisphère Nord vers le haut, révélant le contenu de la sphère : des verres à whisky et une belle bouteille en cristal remplie du précieux liquide ambré. Sans réfléchir, je me sers un verre et le porte à mes lèvres. L'alcool me brûle la gorge, mais ce n'est pas désagréable. D'une main, je réunis tous les documents éparpillés dans la pièce, je les dépose sur le bureau en acajou, puis je prends place sur le fauteuil de cuir noir qui doit valoir une fortune. Prenant encore une gorgée, je me glisse avec délice dans l'étude des précieux documents, perdant toute notion de lieu et de temps. Je suis là où j'ai toujours rêvé d'être. Je lis avec avidité un parchemin, puis deux, puis trois.

Certains traitent des Oxiones, mais la plupart sont des récits de femmes ayant marqué l'Histoire, à plusieurs époques, dans plusieurs pays différents. Elles n'avaient que peu de points communs. Age, physique, origines sociales, rien ne semble les relier. A part leur soif de pouvoir.

Cléopâtre, la célèbre et mystérieuse reine d'Egypte.

Zénobie, l'impitoyable impératrice de l'empire de Palmyre.

Roxelane, l'esclave ukrainienne devenue sultane.

Catherine II de Russie, despotique et pourtant éclairée.

Ozsan pensait-il retrouver en elles sa bien-aimée disparue ? La cherchait-il depuis tout ce temps ? Si c'est le cas, pourquoi ont-ils mis si longtemps à se retrouver ?

Encore tellement de questions qui se bousculent dans mon esprit frustré, et aucune réponse. J'ai soif de savoir. L'alcool commence à me monter à la tête mais je ne cesse pas pour autant mes recherches. Je sais que la réponse est là, quelque part. Il me suffit de persévérer. Et soudain, il est là. Le parchemin dérobé par les gobelins. Mon parchemin. Mon trésor perdu. Je le parcours avec frénésie, encore et encore, jusqu'à ce que ce qui m'avait échappé si longtemps me revienne. Le secret était bien caché, mais soudain, tout est clair et évident. Ce parchemin était la clé depuis le début.

– Professeur Thomas ? Où êtes-vous caché, bon sang ?! hurle une voix grave dans le couloir, me faisant sursauter. Quelques secondes plus tard, l'agent Solander déboule dans la pièce, les traits tirés.

– Ah, vous êtes là. Ça fait dix minutes qu'on vous cherche partout. Vous pourriez répondre quand on vous appelle !

Je reste bouche bée, ne sachant que répondre. Absorbé par ma découverte, je n'ai absolument rien entendu. Mais je sais comment me faire pardonner.

– J'ai trouvé ! Je sais tout ce qui s'est passé ! lui réponds-je en me levant avec un peu trop d'entrain. L'alcool me fait vaciller, et je manque de m'étaler aux pieds du géant américain.

Il me retient d'une main puissante et me fixe avec suspicion. Je vois ses narines se dilater tandis qu'il renifle l'air autour de moi.

– Vous êtes saoul ?

Je veux répliquer, mais ce n'était pas vraiment une question. Il fixe la bouteille à moitié vide sur le bureau derrière moi.

Je vois le rouge colorer son visage, et je rentre la tête dans mes épaules pour absorber le choc :

– On se démène pour retrouver Aleyna, et vous, en plus de mettre la vie des membres de l'équipe en danger, vous vous saouler la gueule posé dans un fauteuil ! vocifère-t-il, me couvrant de postillons.

– Mais je…

– Rien à battre de vos explications ou de vos excuses. On discutera plus tard. Pour l'instant, vous posez votre cul dans le van, et fissa.

– On s'en va ? osé-je tout de même demander, étonné.

– Oui, Monsieur le professeur. Si vous aviez daigné rester avec nous, vous auriez peut être trouvé le mot d'Aleyna vous-même. Ainsi, l'agent Brook a laissé des indices derrière elle pour que nous puissions la retrouver. Elle n'est donc pas totalement sous l'emprise des amants maudits.

– Et où allons-nous ?

Le géant tourne les talons et s'engage dans le couloir. Je perds espoir qu'il me réponde tandis que nous descendons les escaliers menant au salon, mais finalement il chuchote, presque religieusement, si bien que je dois faire un effort surhumain pour l'entendre.

– On retourne là où tout a commencé. Au Brésil.

***

A travers le hublot poussiéreux, je vois défiler les verts profonds et éclatants de la canopée amazonienne. Le petit avion pétarade dans le ciel pur et je resserre autour de moi les sangles usées qui me retiennent à mon siège d'un confort plus que sommaire. L'agent Solander a réussi à convaincre un pilote local, un certain Paolo, de nous conduire à destination. Celui-ci a tenté de s'enfuir en nous voyant débarquer, mais une liasse de billets l'a rapidement fait revenir à la raison. Il a finalement accepté, à une condition…
Je déglutis tandis que l'on me tend un parachute. Face à moi, l'agent Solander et le demi-Elfe décrochent leur ceinture de sécurité, se lèvent et enfilent leur sac à dos sans aucune trace d'une quelconque inquiétude. Ils sont plus déterminés que jamais à sauver leur chef. Ils savent qu'elle est en grand danger. Si nous n'arrivons pas à temps, Aleyna Brook risque de disparaître de la surface de la Terre…
C'est ce que j'ai découvert dans le bureau d'Ozsan. Ce mystère si longtemps inexpliqué.
Le cœur d'Eledor. Le cœur de la Terre. Le cœur des Oxiones. C'est ce qu'Ellyssa et Ozsan sont partis chercher. Ils veulent restaurer ce qui a été perdu. Faire revenir les Oxiones et les fils d'Adésien. Mais ce n'est qu'un rêve, impossible à réaliser.
J'étais le seul à pouvoir relier tous les indices. C'était mon destin, moi, le professeur renégat d'histoire des civilisations anciennes.
Les Oxiones et les fils d'Adésien ne sont plus. D'autres sont apparus. Huit civilisations humaines autonomes qui émergent en un millénaire, sept mille ans après la disparition des Oxiones. La civilisation sumérienne en Mésopotamie, née vers 3500 avant Jésus-Christ, vite suivie des civilisations égyptiennes, sabéennes et de

celle de l'Indus. Puis viennent les civilisations chinoises et indiennes, la civilisation olmèque, à l'origine des Mayas et des Aztèques, et enfin la civilisation de Caral.

Homo sapiens commence son essor après des milliers d'années de vie primitive. Et cela n'est pas dû au hasard. Un coup de pouce du destin.

Les Oxiones et les fils d'Adésien ont compris qu'ils n'avaient aucune chance de se libérer de leur malédiction en restant deux entités distinctes et antithétiques. Ils ont accepté de redevenir un. Et ils sont revenus sous la forme d'un peuple conquérant. Un peuple fort et belliqueux, un peuple de mortels aux vies éphémères emplies d'amour, de peines, de joies, de créativité, de colère. Les Hommes.

Le cœur n'est plus une prison dorée pour les Oxiones, il est un purgatoire. Il est leur fin. Ellyssa et son amant Ozsan sont les deux derniers. Et s'ils touchent le cœur… Aleyna ! Elle ne doit pas le toucher. Si Ellyssa disparaît, qu'adviendra-t-il de son hôte ?

Journal de l'agent Brook
(20 janvier)

Le temps semble suspendu autour de moi. Les souvenirs se mélangent dans ma tête, ceux du présent, ceux du passé, ceux d'un passé que je n'ai pas connu. Je suis Aleyna, je suis Ellyssa, il n'y a plus de limite entre nos esprits.

Un sciapode s'avance à la lisière de la forêt et nous observe en silence. Un goût de bile me monte à la gorge, au souvenir de la créature que j'ai étranglée quelques mois plus tôt. Un goût amer me pique la langue au souvenir du poison que son ancêtre a glissé entre mes lèvres.

Ozsan est à mes côtés, fort et confiant. Je le hais, je le hais à en crever mais je l'aime plus encore. Alors, je le laisse glisser sa main dans la mienne. Sa chaleur me rassure et me réconforte.

Le sciapode approuve d'un air grave. Sans un mot, il s'enfonce dans l'obscurité verdoyante, nous invitant à le suivre à travers le labyrinthe luxuriant de sa jungle natale. J'ai marché à travers ces arbres, agonisante et désespérée. J'ai parcouru des kilomètres, confiante et hardie aux côtés d'un homme à la peau hâlée. A chaque fois, la mort était au rendez-vous.

Je frissonne malgré la chaleur et l'humidité étouffante. Je suis terrifiée et déterminée. C'est aujourd'hui que tout se termine.

Enfin, nous arrivons au village. Tout est silencieux. Je ne m'inquiète pas, je sais où ils sont. Ils nous attendent à la stèle de marbre. Là où tout a commencé. Nous marchons encore et encore, et je sens les doigts d'Ozsan qui enserrent les miens de plus en plus fort. Je risque un coup d'œil dans sa direction et je suis de nouveau frappée par la beauté de son regard enflammé. J'ai le souffle court

et le cœur qui bat au rythme des tambours qui résonnent au loin. Qui résonnent de plus en plus vite.
Bam.
Bam Bam.
Bam Bam Bam.
Bam Bam Bam Bam.
Bam Bam Bam Bam Bam.
A travers les branchages épars, je vois apparaître des tâches écarlates qui s'agitent dans un frisson d'excitation. Eux aussi ont attendu ce moment pendant des milliers d'années. Eux, les gardiens d'un secret oublié.
Nous traversons la foule sous les regards écarquillés des petites créatures aux yeux violets. Le prêtre nous attend une cinquantaine de mètres plus loin, devant l'autel sacré sous lequel repose notre destin à tous. Arrivée à sa hauteur, ma vision se trouble et le visage de son prédécesseur me revient avec une netteté terrifiante. Puis celui, plus vieux encore, du premier prêtre, celui à qui j'ai légué mon fardeau. Une fois les souvenirs évanouis, je remarque qu'il ne s'agit pas d'un prêtre, mais d'une prêtresse. Sans vraiment savoir pourquoi, ce changement me donne du courage. Je me laisse tomber à genoux devant elle, les yeux clos tandis qu'elle trace des symboles sur mon visage et mon corps à la poudre jaune. Ozsan hésite, mais je l'entends m'imiter, non sans un grognement désapprobateur. Je sais ce qu'il ressent. J'ai envie de prendre mes jambes à mon cou, mais nous devons jouer le jeu. Je m'apprête à me redresser pour rejoindre l'autel de pierre, mais la prêtresse m'arrête d'un geste et commence à psalmodier dans un langage qui m'est à la fois familier et inconnu. Petit à petit, le peuple sciapode tout entier rejoint son guide, et le chant mystique s'élève de plus en plus fort dans la forêt silencieuse, faisant frémir les arbres autour. Le murmure des

feuilles se mêle au sifflement du vent qui se lève pour accompagner l'étrange complainte. La forêt semble tout à coup vivante, à la fois mère protectrice et ennemie dissimulée. Puis vient la voix de la Terre elle-même…

C'est d'abord un grondement sourd et ténu comme les ronflements d'une créature endormie. Puis le son se fait plus grave, plus profond, venu des entrailles du globe. Je sens le sol trembler sous mes pieds, de plus en plus fort, tandis que les chants des Sciapodes ont redoublé d'intensité. J'ai du mal à garder mon équilibre, et soudain, un craquement assourdissant retentit, à la fois terrifiant et fascinant, tandis que la stèle de marbre d'un mètre d'épaisseur se fissure de part en part. Dans un dernier tremblement, les morceaux de roche se renversent, soulevant un nuage de poussière. Puis c'est le silence, aussi brutal que bienvenu. La prêtresse s'avance lentement entre les débris, mais je ne parviens pas à faire le moindre mouvement pour la suivre. Ozsan, lui, s'est relevé, et fait quelques pas derrière la petite créature à la robe jaune, mais il s'arrête finalement au pied de la stèle, laissant la prêtresse continuer seule. A travers la poussière qui retombe encore avec lenteur en un nuage blanc, je devine la créature qui se penche et se redresse avec un petit coffre de bois sombre entre les mains. J'ai le cœur qui tambourine dans ma poitrine. Il est là. Il est vraiment là. Ozsan se retourne et me fixe d'un regard victorieux. En trois grandes enjambées, il est de nouveau près de moi et m'aide à me redresser. Je vacille, et il me serre contre lui. J'ai envie de hurler. J'ai envie de l'embrasser.

Alors que la prêtresse s'apprête à faire demi-tour, c'est soudain le chaos. Les centaines de sciapodes qui nous entourent sont pris de panique et s'enfuient en tous sens, se bousculant, criant, bondissant sur leur unique pied pour quitter le lieu de la cérémonie au plus vite. Dans un premier temps, je ne comprends pas leur réaction. Puis au milieu de la foule éparpillée, j'aperçois une épaisse fumée bleue au centre de laquelle trône un géant tatoué. Un immense voile blanc tombe doucement au sol dans son dos. Un parachute. Dans le ciel au-dessus de lui, deux autres hommes lancent des fumigènes colorés à travers la foule de petites créatures terrifiées. Ils sont déjà là. Une part de moi veut les rejoindre, les serrer dans mes bras, mais l'autre, plus forte, reste aux côtés d'Ozsan et cherche la prêtresse du regard. Elle a disparu, et avec elle, le Cœur des Oxiones. A sa place se tiennent trois guerriers elfes, qui nous barrent le passage.

PIECES A CONVICTION
Professeur Benjamin Thomas

J'ai atterri lourdement au milieu d'une vague de créatures paniquées qui déferlent sur moi à toute vitesse. Je n'ai pas le temps de me redresser que déjà je suis bousculé de toutes parts, et il me faut de longues secondes pour retrouver mon équilibre et attraper un fumigène pour éparpiller les petites créatures terrifiées. L'une d'elles, un peu plus téméraires que les autres, attrape un caillou et me le lance au creux de l'estomac. J'esquisse un hoquet de douleur et la créature affiche une moue désolée avant de s'enfuir sans demander son reste. Je me fais malmener par des êtres pacifistes qui font la moitié de ma taille. Je tâcherai de zapper ce passage gênant lorsque je raconterai mes aventures, à l'avenir…

Je me débarrasse rapidement de mon équipement et cherche le reste de l'équipe du regard. Au loin, j'aperçois l'agent Brook dans une longue robe de soie blanche, et à ses côtés se tient un homme de haute stature, très élégant dans un pantalon de lin et une chemise blanche, de confection italienne à n'en pas douter. Il se dégage de leur duo une aura de force et de pouvoir qui me donne des frissons. Je remarque alors qu'ils sont en position de combat. Face à eux, se tiennent trois grands elfes en armure étincelante.

Les Elfes ? Que font-ils ici ? Nous ont-ils suivis depuis que nous avons quitté leur royaume ? Après tout, ce n'est pas si étonnant. Ils veulent le Cœur coûte que coûte depuis des siècles. Le graal tant prisé est aujourd'hui à portée de main. Ils imaginent sans doute qu'il s'agit d'un trésor inestimable. S'ils s'avaient que le Cœur n'a de valeur que pour les deux derniers représentants d'une espèce depuis longtemps disparue. Et que si ces derniers le touchent, ils disparaîtront à leur tour.

L'homme aux côtés de l'agent Brook engage le combat avec les elfes. Ozsan. Je ne peux m'empêcher de l'observer avec admiration. Il se bat avec la grâce et l'agilité d'un vétéran forgé par des millénaires d'entrainement. L'agent Brook se joint rapidement à lui, elle aussi si leste et précise dans ses attaques. Je reconnais les enchainements, ce style inimitable qui caractérise l'insupportable jeune femme. Aleyna est bien là. Si Ellyssa est aussi présente en elle, elle lui laisse pour l'instant les commandes. Le contraire aurait été une erreur. Les elfes, pourtant réputés pour être d'excellents combattants, sont vite mis en porte-à-faux et perdent du terrain sur leurs adversaires.

Soudain, je manque d'être renversé par l'agent Solander, aux prises avec un autre elfe en armure dorée. Je m'écarte prestement et cherche désespérément quelque chose pour l'aider. Le géant américain ne semble pas aussi à l'aise qu'Aleyna et Ozsan face à la créature rapide et habile qui lui fait face. Il encaisse de nombreux coups et quelques gouttes de sang perlent sur son arcade droite.

Après plusieurs secondes, je tombe enfin sur ce que je cherchais. Une mini-grenade de produit hypnogène. Je m'apprête à la dégoupiller quand la voix grondante de l'agent Solander me stoppe net.

– Rangez-ça tout de suite, imbécile ! Vous allez tous nous gazer !

Déconcentré, il prend un violent coup au thorax qui le projette quelques pas en arrière. Une grimace de douleur et de colère lui déforme le visage.

– Je suis désolé… m'excusé-je d'un air abattu, bouleversé par la brutalité de l'attaque. Je suis d'une inutilité frisant l'indécence et je mets en danger les vrais héros. Je suis une catastrophe ambulante, un nuisible boulet, un futile emmerdeur.

Mu par le désespoir, je me jette sur l'elfe et lui enserre le torse de mes bras, lui bloquant momentanément les membres antérieurs. Cela ne dure que cinq secondes. Cinq longues secondes pendant lesquelles je bande mes muscles, pensant de nouveau à ces séances de musculation glanées pendant une offre découverte d'un mois gratuit dans la salle de sport en bas de chez moi. Je serre les dents tandis que l'elfe force pour se libérer. Et puis soudain, sa tête part en arrière et vient fracasser mon nez dans un craquement écœurant. La douleur me vrille l'esprit et je vois danser mille chandelles tandis que je tente de garder l'équilibre. Le goût ferreux du sang envahit ma bouche et je peine à respirer. Lorsque je reprends enfin conscience de ce qui se passe autour de moi, l'elfe est étendu à mes pieds, complètement dans les vapes. L'agent Solander me rejoint en deux enjambées et me donne une grande tape dans le dos, me faisant crachoter, mais libérant par la même occasion mes voies respiratoires du sang qui les encombraient.

– Belle diversion, professeur ! me félicite-t-il dans un éclat de rire.

– Qu'est-ce qui s'est passé ? haleté-je, pas persuadé de trouver la situation très comique.

– Il a pris la puissance de mon poing en pleine face, se vante-t-il en toute modestie, brandissant son énorme poing sous mon nez insupportablement douloureux.

– C'est vrai que c'est un sacré poing… très impressionnant… C'est du sang sur vos jointures ?

– Même les elfes saignent face à l'agent Solander, M. Thomas ! Vous pourrez noter ça dans votre petit calepin !

OK… Il commence sérieusement à prendre la grosse tête. Maintenant que ma vision est redevenue plus ou moins nette, je

remarque que nous sommes seuls dans l'immense clairière. Les dernières fumées de fumigènes finissent de se dissiper, et tout est étrangement silencieux autour de nous. Les petites créatures aux cheveux rouges ont disparues. Tout comme Aleyna et Ozsan. Et le demi-Elfe.
– Avez-vous vu Sélénin ?
– Non, pas depuis notre atterrissage. Il a dû partir à la poursuite d'Aleyna. Venez, il faut les rattraper !

Journal de l'agent Brook
(20 janvier)

L'adrénaline fait vibrer tout mon corps tandis que je suis Ozsan dans la forêt à la poursuite de la prêtresse sciapode et de ses ravisseurs. Ces sales traîtres ne se mettront pas en travers de notre chemin. Le Cœur est à nous. Il est notre héritage. Il est notre destinée.

Je ne suis pas inquiète, je suis en colère. Les elfes ne sont qu'un caillou dans nos chaussures. Mais ils nous font perdre du temps. Nous avons déjà tellement attendu. J'écraserai le moindre moucheron insignifiant qui se dressera entre le Cœur et nous…

Et oh, calmos la reine du Chaos, je tiens à garder un minimum de contrôle ! secoué-je Ellyssa.

Je suis désolée, Aleyna... C'est Ozsan....

Oui, et bien tâche de penser avec ta tête, pas avec ton vagin !

Pardon ?!

Laisse tomber.

Ozsan doit voir se peindre sur notre visage l'échange silencieux car il nous lance un regard suspicieux et brûlant de rage. Je ne lui laisse pas le temps de cracher ses reproches et sa haine. Nous devons retrouver la prêtresse avant les autres. Soudain, une tâche jaune bondissante traverse mon champ de vision, à travers la végétation dense. A ses côtés, un grand elfe aux longs cheveux blonds qui ne m'est pas inconnu. Celeborn.

Ils se déplacent vite, mais le lourd coffre de bois les ralentit considérablement. Sans perdre une seconde, j'indique à Ozsan la direction empruntée par la créature colorée et le prince elfique. Nous nous élançons de plus belle, jusqu'à nous enfoncer de nouveau dans la jungle inextricable, loin du village et du tumulte de la cérémonie avortée. Je ne sais pas si l'équipe nous a vus. S'ils sont à notre poursuite. Je n'ose pas regarder en arrière. J'ai peur de renoncer si je croise le regard de Hank. Je dois être forte, ils ne sont plus qu'à quelques dizaines de mètres devant nous. Nous accélérons encore, j'ai le souffle court, les branches fouettent mes bras et lacèrent ma robe au tissu délicat. Je ne vois même plus où je vais. Et puis soudain, tout s'arrête. Nous débouchons dans une petite clairière naturelle emplie de fleurs multicolores et baignée de lumière. La prêtresse et Celeborn se sont immobilisés et nous font face, le coffre posé à leurs pieds. Je n'ose bouger, de peur de les faire fuir à nouveau, mais ils ne semblent pas vouloir partir, bien au contraire. Je remarque que la créature en robe jaune s'est mise à psalmodier des chants incompréhensibles à mi-voix, mais l'Elfe à ses côtés ne semble pas s'en apercevoir. Il nous fixe, un rictus méprisant sur les lèvres.

– Vous voulez le Cœur ? Venez le chercher ! nous presse-t-il d'un ton empli de défi.

Ozsan s'avance le premier, et je le suis à quelques pas de distance. Alors que nous ne sommes plus qu'à une vingtaine de mètres, une dizaine d'elfes en armure apparaissent et nous narguent de la pointe de leurs épées. Ozsan grogne de mécontentement mais ne tremble pas.

– Nous ne sommes pas armés, Ozsan…

Il ne me répond pas. Il se baisse et cueille une fleur de sa main gauche, puis tend sa main droite. Lentement, d'un souffle à peine audible, il psalmodie dans une langue que je n'ai pas entendue depuis des millénaires. Je reste alors bouche bée devant le spectacle qui s'offre à moi. Une grande épée à la garde sculptée apparait dans sa main tendue, tandis que dans l'autre, la fleur éclatante de beauté tombe en poussière.

– Comment …

– La magie, Ellyssa. Elle est toujours là. Tu pourras le faire toi aussi, avec de l'entrainement.

Je n'en suis pas certaine, mais je préfère ne pas répondre. De toute façon, je n'ai pas le droit de tuer de créature magique. Du moins, je n'ai pas l'intention de recommencer.

– Aleyna ! m'interpelle la créature qui arrive en courant dans notre direction. Je mets quelques instants à reconnaître Sélénin, le visage caché derrière les mèches cendrées de ses cheveux détachés. Il ressemble tellement à ses semblables ainsi que j'ai bien failli le prendre pour un autre. Ozsan le menace de son épée, mais je pose ma main sur son bras pour le calmer.

– Demi-Elfe, n'essaie pas de nous arrêter, intimé-je d'une voix qui se veut dure et autoritaire, mais d'où perce tout de même l'émotion de le revoir.

Sélénin ne s'offusque pas du ton employé. Son regard se porte derrière nous lorsqu'il prononce son avertissement.

– Ne touche pas le Cœur, Aleyna.

Sans attendre de réponse, il me lance un tube de métal noir qui se déplie dans les airs avant d'atterrir entre mes mains, froid et rassurant. Mon bâton de combat.

Puis, le regard empli de défi, il s'avance en direction des soldats elfiques.

– N'y va pas !

Il ne m'écoute pas. A mon grand étonnement, les elfes s'écartent pour le laisser passer. Ils ne peuvent pas lui faire de mal. Après tout, un sang royal coule dans ses veines. Mais son cousin lui, n'hésitera pas un seul instant. Malheureusement, je n'ai plus le temps de m'en soucier. Ils passent à l'attaque.

– Je suis avec toi, Aleyna. Tout ce que tu as appris jusqu'à présent, les entrainements, les sacrifices, ils t'ont menés jusqu'à ce moment précis. Tu es prête. Tu ne souffriras ni de fatigue, ni de douleur. Ta vue ne se brouillera pas, tes forces ne s'épuiseront pas.
– Tâche simplement de me garder en vie, me contenté-je de répondre à Ellyssa.

PIECES A CONVICTION
Professeur Benjamin Thomas

Nous arrivons trop tard. La bataille a déjà commencé. Nous restons pantelants devant le spectacle hypnotisant qui se joue sous nos yeux. A notre droite, Ozsan et Aleyna ont entamé un ballet captivant avec une dizaine de soldats elfiques. La chorégraphie est millimétrée, magnifique, mortellement fascinante. Ils bougent tous en harmonie, semblant à peine se frôler, tandis que le bruit fracassant des épées et du bâton de combat qui s'entrechoquent rythme l'ensemble dans un tempo glaçant. Les coups pleuvent et résonnent comme un tambour annonçant la fin d'une ère. Pendant un moment, personne ne semble vouloir flancher. Puis, comme une note dissonante dans une partition de piano, un premier elfe perd pied, et c'est la débandade.

Ils tombent un à un devant les chefs d'orchestre de la plus ancienne symphonie jamais jouée sur cette terre. Alors que plus rien ne semblait pouvoir les arrêter, le disque s'enraille. Aleyna hurle le nom de Sélénin. Le tranchant d'une épée lui entaille le haut de la cuisse, et elle met un genou à terre. Je ne vois aucune douleur sur son visage. Uniquement de l'inquiétude. Puis plus rien. Un masque de fer efface toute trace d'émotion de son beau minois. L'elfe tente de profiter de sa faiblesse pour lui porter le coup de grâce. Mais Ozsan ne laisse personne blesser sa reine sans en payer le prix. Tandis qu'il aide sa bien-aimée à se relever, la tête de la malheureuse créature roule sur le sol, les traits figés dans une expression de terreur. C'est plus que je ne peux en supporter, et je détourne le regard, pétrifié d'horreur et d'une admiration morbide. C'était horrible. C'était magnifique.

Je me rends soudain compte que l'agent Solander n'est plus à mes côtés. Je l'aperçois un peu plus loin, aidant le demi-Elfe à se relever. Mais celui-ci le repousse et fait de nouveau face à son adversaire, qui le toise avec un rictus de mépris suffisant. Le prince Celeborn. Je les rejoins discrètement, conscient que cette rencontre relève d'une importance capitale dans l'Histoire des créatures de la forêt. Ils doivent se confronter. Ils doivent opposer leurs points de vue et leur rancœur. Pour le meilleur ou pour le pire.

– Tu n'es qu'un bâtard au sang-mêlé, tu ne vaux pas mieux que ton misérable géniteur, qui a perverti l'esprit de ma très chère tante et souillé la pureté de la lignée royale, siffle Celeborn d'un ton méprisant.

– De quel droit te permets-tu de juger ? Tu te crois supérieur parce que tu es de sang pur ? Une lignée de consanguins péteux, qui ne se préoccupent que de leurs avantages et de préserver leur précieuse dynastie ? Tu seras peut-être surpris de l'apprendre, mais je n'ai pas honte d'être ce que je suis. Pour rien au monde je ne voudrais devenir comme toi. Mes parents s'aimaient, malgré leurs différences. Ils ont vu en l'autre des qualités qui allaient bien au-delà de ce qui les séparait. Je suis né de cette alliance. J'ai hérité du meilleur de chacun deux. Ne fais pas l'erreur de me sous-estimer.

– Tu as brisé notre famille ! Si tu n'étais pas né, rien de tout ça ne serait arrivé. Mon père aurait ramené Enetari à la maison, comme il l'a toujours fait. Elle ne serait pas morte, et Père n'aurait pas été si malheureux depuis. T'imagines-tu ce qu'a été mon enfance, avec un père qui ne me prêtait aucune attention, perdu dans ses souvenirs amers ? Et ma mère ? La reine n'a jamais eu de valeur à ses yeux. Elle n'a jamais pu être à la hauteur de ce trésor disparu. Elle est devenu si triste, si aigrie. Deux siècles de peine et de douleur, tout ça parce que tu as eu le malheur de prendre ton premier souffle sur cette terre.

– Je suis navré, Celeborn. Je n'imaginais pas que tu aies pu souffrir autant de la situation. Mais tu as tort de croire que les choses auraient pu être différentes. Enetari n'était pas heureuse dans le Royaume. Elle aurait continué à fuir coûte que coûte. Elle m'a même avoué un jour que si… si le roi l'avait enfermée définitivement dans le Royaume… elle se serait donné la mort, avoue le demi-Elfe d'une voix chevrotante.

– Tu mens ! Elle n'aurait jamais pu dire une chose pareille ! rugit le prince elfique, incapable d'accepter la triste réalité.

– C'était ma mère. Ma merveilleuse mère. Celle qui m'a élevé, celle dont j'ai vu les rides se former, les cheveux blancs remplacer les belles boucles blondes, tandis que je restais le même. Elle était mon tout, ma confidente, mon amie, mon soleil et mon cœur. Ne m'accuse pas de trahir sa mémoire.

– Cela ne change rien…

– Pourquoi ? On se ressemble plus que tu ne le penses. Elevés sans une figure paternelle à laquelle se référer. Mais contrairement à la tienne, ma mère était heureuse. Parce qu'elle était libre. Tu as encore tes deux parents à tes côtés, Celeborn. Moi je n'ai plus que des souvenirs…

– Cela n'aurait pas dû se passer comme ça.

– Je ne peux qu'être d'accord avec toi. Mais tu ne peux pas continuer à m'accuser de tous les maux. Je n'en suis pas le responsable. Nous sommes les victimes des erreurs passés de nos ainés. Pas l'inverse.

Les deux elfes s'observent, partagés entre leur rancœur et une envie de pardon fleurissante. Sélénin tente un pas en avant, mais son cousin a un mouvement de recul. Il n'est pas prêt.

– Je suis venu pour le Cœur de la Terre, pas pour toi. Reste en dehors de tout ça.

Celeborn s'avance en direction de la prêtresse sciapode, restée étonnamment immobile auprès du lourd coffre pendant que le chaos déferlait tout autour d'elle. Elle chantonne dans une langue inconnue, les yeux clos, insensible au danger qui se rapproche. Après quelques pas, le prince elfique stoppe net. Son regard se porte sur ses soldats, tous à terre. Ozsan et Aleyna se dirige aux aussi vers le Cœur, et Celeborn est sur leur chemin. Le prince sort une fine épée de son fourreau et les attend de pied ferme. Mais la rencontre n'a pas lieu.

La prêtresse sciapode prononce une dernière incantation et un champ de force magique écarte Celeborn, traçant une voie sans encombre pour les amants maudits. L'agent Solander et le demi-Elfe s'élancent pour les arrêter, mais ils sont eux aussi repoussés par la barrière invisible.

– Aleyna ! Ne fais pas ça ! s'époumone le géant à la peau dorée en donnant de grands coups dans l'obstacle surnaturel.

– C'est inutile, elle ne nous entend pas, soupire le demi-Elfe, fataliste.

– Je ne la laisserai pas mourir ! s'entête-t-il, la voix brisée par l'émotion.

– Prions pour qu'Aleyna soit assez forte...

Journal de l'agent Brook
(20 février)

— Qui vous être ?

D'abord surprise par la question, je réponds la première.

— Je suis Ellyssa, reine des Oxiones, libératrice des esclaves, fille maudite et femme trahie.

— Je suis Ozsan, fils d'Adésien, homme fidèle à son sang, amant damné.

La créature ne dit mot, mais elle acquiesce d'un signe de tête et ouvre le coffre de bois.

Un tourbillon d'émotions contradictoires me submerge comme une vague dévastatrice tandis que mon regard se pose sur la poupée aux yeux bleus qui repose, intacte, dans le coffre sculpté.

Je revois la petite fille allongée au milieu des flammes, cette petite Ellyssa dont je n'ai jamais été à la hauteur. Je revois mon père, Jellissandre, me conter des histoires, la poupée au creux des bras. Je revois la jeune fille naïve que j'ai été ce jour où je suis tombée amoureuse de la mauvaise personne. Et surtout, surtout, je revois ce jour maudit où la poupée aux yeux bleus est devenue le cœur des Oxiones, ce jour où j'ai tué celui que j'aimais plus que tout au monde, et qui pourtant se tient aujourd'hui à mes côtés.

Après tout, s'il existe une chance, une infime petite chance pour qu'ils reviennent, si je pouvais rattraper mes erreurs… Je tâte machinalement la dague dissimulée entre les plis déchirés de ma robe. Elle est toujours là. Je peux le faire, je dois le faire, d'une pierre deux coups. Après tout, je l'ai déjà fait.

Il me suffit de toucher le Cœur. Libérer mon peuple si injustement prisonnier depuis si longtemps. Et tuer mon âme sœur.

– *Et me tuer moi, n'est-ce pas ? C'est ce que tu as prévu Aleyna. Dès que mon âme aura repris matière, tu me tueras aussi.*
– *Je suis désolée, Ellyssa.*
– *Ne le sois pas, c'est ce que je mérite. Et puis, je ne peux continuer à vivre sans lui. Pas après l'avoir perdu une deuxième fois…*

Ozsan me scrute, impatient et exalté. J'approche ma main de la sienne, en direction de la poupée. L'avertissement de Sélénin résonne comme une alerte dans mon esprit. Pourquoi ne dois-je pas la toucher ?

– Tu doutes encore, m'interrompt Ozsan, coupant court à mes interrogations. Nous devons libérer nos peuples. Ils sont restés trop longtemps enfermés. Le temps est venu pour les fils d'Adésien et les Oxiones de reprendre la place qui est la leur. Et toi et moi, nous serons leurs guides dans ce monde qui leur est inconnu. Nous serons leurs souverains, comme cela aurait dû être il y a si longtemps.

– On y va à trois. Trois, deux, un…

Le temps semble suspendu. J'avance ma main vers la poupée aux yeux saphir. Ces yeux qui me hantent depuis des semaines. Depuis des millénaires. Des yeux auparavant si magnétiques et aujourd'hui si vides. Vides…

Fais-le, Aleyna. Tu seras libre. C'est ce que tu voulais, non ?

Je continue lentement à approcher ma main du Cœur. La colère et la rancœur que j'éprouve face à Ellyssa est toujours vive et douloureuse. Elle m'a fait tellement de mal. Ozsan s'avance lui aussi, et nos regards se croisent. Il a peur. Je le comprends. Après tant d'années à espérer ce moment, il redoute maintenant ce qui pourrait arriver. Je lui adresse un sourire d'encouragement.

– Pour la justice, murmuré-je dans un souffle.

Il hoche la tête, et ses doigts saisissent la poupée de porcelaine. Les miens ne sont plus qu'à quelques millimètres de l'artefact.

– *Je ne peux pas. J'ai encore besoin de toi.*
– *Non, Aleyna ! Libère-moi. Je t'ai assez fait souffrir.*
– *J'ai encore un combat à mener et tellement de choses à prouver. Je ne suis pas sûre d'être assez forte sans toi.*
– *Je ferai de ta vie un enfer !*
– *Pour quoi faire, Ellyssa ? Tu n'as plus rien à perdre, mais rien à gagner non plus. Tu me dois bien ça.*
– *Alors fais-moi une promesse. Lorsque tu auras accompli ce que tu as à accomplir, libère-moi.*
– *Je te le promets. Lorsque mon heure sera venue, je toucherai le Cœur.*

J'ai juste le temps de faire un pas en arrière, et j'observe Ozsan, complètement immobile. Je m'attends à le voir briller de mille feux, à le voir triomphant, renaissant. Mais dans son regard je ne vois que déception et angoisse. Il ne s'attendait pas à ça. Moi non plus. Il va mourir. Tristesse, résignation, amour. Tant d'émotions traversent ses prunelles et je sens mon cœur se serrer et les larmes ruisseler sur mes joues.

– Ozsan…

Une unique larme roule le long de son visage parfait, et la vie quitte ce corps qui n'était pas le sien. Son âme est partie, emportant avec elle l'âme de l'innocent auquel il était lié. Le corps sans vie s'effondre sans bruit sur un tapis d'herbes fraiches. C'était donc cela. Je n'aurais pas survécu.

Tant d'années, de siècles à espérer. A courir après une chimère. Notre rêve n'aurait jamais pu se réaliser. Nous avons échoué, et ce depuis bien longtemps. Un soulagement intense m'envahit, tout comme la douleur déchirante de la perte de l'être aimé.

Je m'approche doucement et laisse Ellyssa pleurer l'homme qu'elle aimait, l'homme qu'elle haïssait. Tant de douleur, de passion, de colère et de tendresse. Tant d'émotions à déverser après dix millénaires à jouer au chat et à la souris. Je ne me retire pas. Je me suis promis de ne plus lui laisser le contrôle complet, quoi qu'il arrive. Alors je pleure avec elle. Je laisse le chagrin me submerger jusque dans le noyau de mes cellules. Je l'accepte, je le chéris même, car la douleur est acceptation. Il règne autour de nous un silence religieux. C'est fini… Tout est fini. La barrière magique tombe mais personne ne bougent. Les garçons ne comprennent pas vraiment, mais respectent notre deuil. Puis après un temps qui me parait une éternité, les larmes cessent de couler. Je reste là, épuisée et meurtrie devant le corps sans vie d'Ozsan. Il est parti. A tout jamais.

Je me redresse, et fais face à mes compagnons. Ellyssa se retire dans mon esprit, anéantie et délivrée.

– Contente de vous revoir, les gars !

Sélénin et Hank se précipitent sur moi pour me serrer dans leurs bras, manquant de m'étouffer.

– Aïe, doucement, vous me faites mal ! m'écrié-je, surprise par la douleur qui envahit tout à coup l'ensemble de mon corps. Je baisse les yeux et aperçois des dizaines de bleus qui apparaissent sur ma peau rougie. Je suis bien amochée. Ellyssa avait raison. Je n'ai rien senti.

Je détaille alors mes camarades, qui ne s'en sortent pas indemnes n'ont plus. Sélénin a la lèvre supérieure fendue. Je jette un regard noir à son cousin, qui se contente de hausser les épaules.

Hank a une arcade en sang et me fait concurrence pour un record du plus grand nombre d'ecchymoses. Le professeur, dont l'œil au beurre noir commençait à peine à s'estomper, se retrouve avec un nez cassé, et un filet de sang qui lui coule jusqu'au menton. Je ne peux m'empêcher de le piquer :

– Vous avez vraiment une sale gueule, Benjamin.
– Je vous retourne le compliment, Aleyna.
Tout le monde rit soudain, la tension et les craintes accumulées s'évaporant enfin.
– Où sont Bog et Rambo ? m'inquiété-je, soudain consciente du vide de leur absence.
– Ne t'inquiète pas pour eux. Ils prennent un peu de repos dans une planque avec vue sur l'océan. Te retrouver n'a pas été une partie de plaisir, ma belle, plaisante Hank, un merveilleux sourire aux lèvres.
– Ce sont de véritables héros, lâche le professeur d'un air grave et solennel.
Je suis surprise de le voir si révérencieux à l'égard de mon équipe, et surtout envers le monstre poilu avec qui la relation était plus que tendue. J'ai hâte qu'ils me racontent toute leur histoire. J'ai même mieux.
– Professeur, avez-vous votre carnet sur vous ?
– Oui, pourquoi ?
– Parce que je réquisitionne ce document.
– Ah non, pas encore !
Les rires de Hank et Sélénin emplissent la clairière qui se pare de reflets orangés tandis que le soleil se couche sur la canopée. A l'orée de la forêt, Celeborn disparait à travers le feuillage, non sans un dernier regard en arrière.
– J'ai raté quelque chose ?
– Je n'en sais rien… Le temps nous le dira, soupire Sélénin, soudain un brin mélancolique.
Finalement, Hank demande :
– Et maintenant que fait-on, chef ?
Je réfléchis quelques instants, puis propose :

– D'abord, on s'occupe du corps de ce pauvre garçon. Ozsan a peut-être volé son esprit, mais il avait sans doute une famille, des parents. Ils ont le droit de récupérer le corps de leur enfant. Sélénin, occupe-toi de trouver son identité. Je me chargerai de parler à la famille. Je leur dois bien ça…
– Et ensuite ?
– Ensuite, on s'occupe du Commandant Splark.

EXTRAIT DU TOME 2

Salut, c'est encore moi, Aleyna Brook.

Je sais ce que vous vous dites. C'est reparti, encore elle, cette nana qui raconte sa vie à tout bout de champ et à qui il arrive des trucs improbables et extraordinaires. Vrai !

Mais je commencerai par vous dire que j'ai changé de carnet. Exit le vieux carnet vert puant imposé par le Commandant Splark, ce traître de chef misogyne aux cheveux gominés. J'en ai terminé avec cette partie de ma vie où j'acceptais de plier l'échine devant la hiérarchie quelles qu'en soient les conséquences. Le Commandant nous a déclaré la guerre, et la guerre il aura. Libérée du poids qui me liait à l'Agence, je me sens renaître. J'ai donc pris seule la décision de poursuivre mes récits, mais cette fois, mes mots seront couchés sur un papier de qualité, bien protégés par une couverture de cuir rouge comme ma soif de vengeance.

Seule n'est peut-être pas le terme adéquat. Il est vrai qu'Ellyssa est toujours là, quelque part dans mon esprit. Je dois avouer que la collocation n'a pas été facile à accepter au début. J'ai dû réapprendre à lui faire confiance, et elle à respecter les règles de cohabitation que je lui imposais. Aujourd'hui, même si ce n'est pas facile tous les jours, je crois que nous avons trouvé un équilibre qui nous permettra d'atteindre notre but commun : nous débarrasser du Commandant, et peut-être trouver un moyen de rompre sa malédiction.

Vous êtes perdus ? Je m'en excuse, il est vrai que lorsque je suis énervée, je perds un peu de cohérence. Et ma colère est un brasier qu'il m'est difficile de contrôler. Mais passons.

Bienvenue à vous, chers lecteurs, dans cette nouvelle ère de lutte contre le patriarcat et l'oppression d'un homme abject et sans cœur.
Je suis Aleyna Brook, agent spécial de l'APICM : Agence de Protection et d'Intégration des Créatures Magiques. Notre rôle est de veiller au maintien de l'équilibre entre les créatures magiques et les humains. Mais surtout, surtout, de faire en sorte que personne ne soupçonne leur existence. C'était mon job de rêve.
Malheureusement pour moi, ça a merdé.

Heureusement pour moi, je suis une femme, et rien ne m'arrêtera.

REMERCIEMENTS

Ce premier tome est l'aboutissement d'un rêve, et surtout d'un jeu de patience et d'obstination. Pendant neuf longues années, je me suis accrochée à mes idées tandis que je quittais le lycée pour me lancer dans le grand inconnu de la fac, puis du monde du travail. Et à chaque étape de cette plongée dans la vie d'adulte, j'ai croisé des personnes formidables qui m'ont donné la force de poursuivre mes rêves.

Je tiens à dire un grand merci à toutes les personnes qui ont pris le temps de s'intéresser à mon projet et qui m'ont accompagnée tout au long du processus de création, et notamment :

Mes collègues de sciences, ces gens incroyables qui rendent ma vie en région parisienne tellement plus belle et qui me portent de leur soutien sans faille.

Mes collègues littéraires, qui ont pris le temps de me relire et de me conseiller avec bienveillance.

Chloé pour sa relecture et ses conseils professionnels.

Guilhem pour ses belles illustrations.

Alex et Lisa pour la réalisation de la couverture.

Et je vous remercie vous tous qui avez pris le temps de me lire, et qui peut-être continuerez à me suivre dans mes aventures livresques !

Croquis

Illustrations : Guilhem Desanges